国家社会科学基金青年项目（12CWW001）结项成果
国家社会科学基金重大项目（17ZDA282）阶段性成果
苏州大学人文社会科学学术专著出版资助计划

Борис
Михайлович
Эйхенбаум

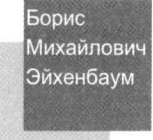

鲍·艾亨鲍姆文艺思想研究

李冬梅 著

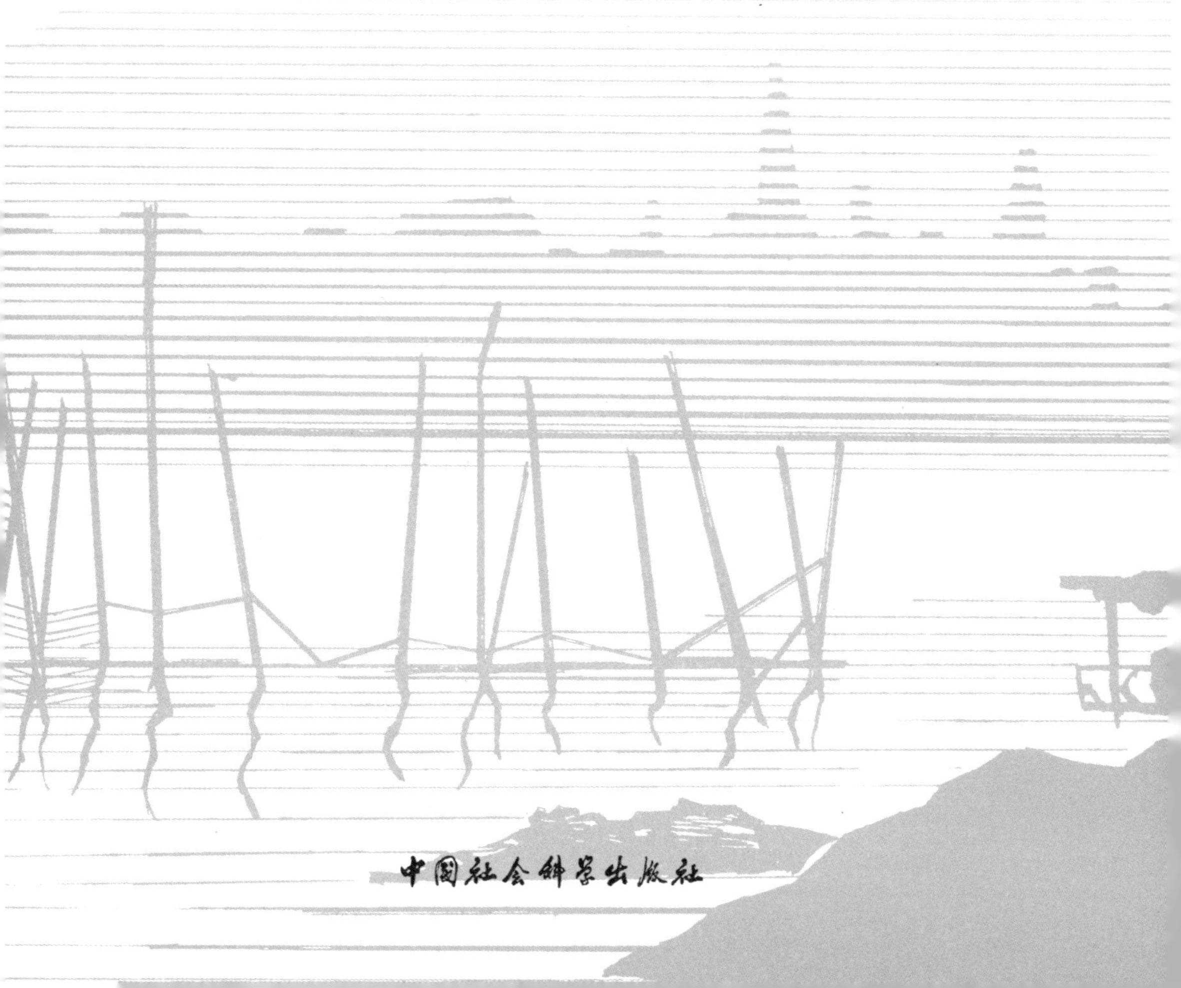

中国社会科学出版社

图书在版编目(CIP)数据

鲍·艾亨鲍姆文艺思想研究/李冬梅著. —北京：中国社会科学出版社，2023.10
ISBN 978-7-5227-2535-2

Ⅰ.①鲍⋯ Ⅱ.①李⋯ Ⅲ.①鲍·艾亨鲍姆—文艺思想—研究 Ⅳ.①I512.063

中国国家版本馆CIP数据核字(2023)第165864号

出 版 人	赵剑英
责任编辑	刘志兵
责任校对	赵雪姣
责任印制	李寡寡

出　　版	中国社会科学出版社
社　　址	北京鼓楼西大街甲158号
邮　　编	100720
网　　址	http://www.csspw.cn
发 行 部	010-84083685
门 市 部	010-84029450
经　　销	新华书店及其他书店

印　　刷	北京明恒达印务有限公司
装　　订	廊坊市广阳区广增装订厂
版　　次	2023年10月第1版
印　　次	2023年10月第1次印刷

开　　本	710×1000 1/16
印　　张	15
插　　页	2
字　　数	216千字
定　　价	79.00元

凡购买中国社会科学出版社图书，如有质量问题请与本社营销中心联系调换
电话：010-84083683
版权所有　侵权必究

目 录

绪 论 ………………………………………………………（1）
 第一节　鲍·艾亨鲍姆生平概述 ……………………………（2）
 第二节　鲍·艾亨鲍姆研究现状述评 ………………………（14）
 第三节　本研究的内容和意义 ………………………………（30）

第一章　鲍·艾亨鲍姆文艺思想的哲学基础 ………………（34）
 第一节　鲍·艾亨鲍姆文艺思想与认识论哲学 ……………（34）
 第二节　鲍·艾亨鲍姆文艺思想与象征派语言哲学 ………（45）
 第三节　鲍·艾亨鲍姆文艺思想与实证主义哲学 …………（55）

第二章　鲍·艾亨鲍姆的基于"形态学"的文艺本体论 …（66）
 第一节　论文学系统 …………………………………………（66）
 第二节　论文学讲述体 ………………………………………（79）
 第三节　论文学演变 …………………………………………（87）
 第四节　论电影诗学 …………………………………………（107）

第三章　鲍·艾亨鲍姆的"文学的日常生活"理论 …………（118）
第一节　文学与日常生活 ……………………………………（119）
第二节　基于"文学的日常生活"理论的托尔斯泰研究 ………（128）

第四章　鲍·艾亨鲍姆文艺思想的贡献 ………………………（143）
第一节　守卫形式论诗学 ……………………………………（143）
第二节　鲍·艾亨鲍姆文艺思想的当代传承 …………………（153）

结　语 ……………………………………………………………（159）

附录一　《早期鲍·米·艾亨鲍姆》等译文选篇 ………………（163）

附录二　鲍·艾亨鲍姆重要作品目录 …………………………（222）

参考文献 …………………………………………………………（225）

后　记 ……………………………………………………………（235）

绪　　论

一百多年前，在充满革命激情的俄国，文学团体"莫斯科语言学小组"（МЛК，1915）和"诗歌语言研究会"（ОПОЯЗ，1916）相继成立，之后在此基础上逐渐形成了20世纪颇具影响力的一支文艺批评流派：俄罗斯形式论学派。[①] 该派的文学理论探索，影响了同时代及后来的文学流派与批评思潮，引发了现代文学观念的大变革，并为相

[①] 关于这一文艺批评流派的称名，目前在中国文艺理论界较常见的有"俄国形式主义""俄罗斯形式论学派""俄国形式派"等。其实，"形式主义"一词是"从它的对手加给它的贬义来说"（托多罗夫语）的。我们知道，在这一学派建立初期，为了反对"重内容轻形式"的传统文艺观，该派代表人物确曾侧重研究"形式"，甚至宣称"形式决定一切"，这种不乏偏激的做法使他们得到了"形式主义"这一"标签"。对此称名，该学派的代表人物也曾提出异议，如艾亨鲍姆在专著《青年托尔斯泰》"前言"中说："……人们习惯将这种方法称为'形式的'——而我更愿意称之为形态学的，以便区别于其他方法（心理学的，社会学的等）……我们认为，研究作品本身就意味着要对其进行'解剖'，而这通常首先需要杀死活的生物。我们经常因此'罪行'而遭到谴责。但，众所周知……我们谈论的是一种建筑在研究历史的基础之上的科学。历史，不管它以何种方式再现，终究已被时光带走了生命。"不论当事人如何界说，我们认为，这一学派的诗学理论主要基于以下认识：文学作品是一个客观存在的语言系统，要科学地评价作品，必须把它与作家的意图、读者的反应及外部世界分离开来，将它作为一个独立自主的整体来分析。这一学派所谓的"形式"其实是相对于传统的"内容"而言的，在后期他们也逐渐丰富了早期的形式论，并尝试以动态概念为指导来分析"形式"，因此，他们的形式论不是僵死不变的，而是富于发展的。据此，我们认为，不妨称其为"形式论学派"。又因这一批评学派的活动跨越了俄国和苏联两个时期，故称为"俄罗斯形式论学派"。需要指出的是，目前俄罗斯、欧美及中国文艺理论界对该派的称名不尽一致，为了避免混乱，我们在引用文献资料时保持了引文的原貌，但在行文中都使用了"俄罗斯形式论学派"这一称名。

关理论范式的兴起提供了充分的理论准备。从这个意义上来说，这一学派的创建者无疑值得我们给予高度关注。而在俄罗斯形式论学派的众多代表人物之中，鲍里斯·米哈伊洛维奇·艾亨鲍姆在形式文论的建构方面取得了令人瞩目的成就。作为一位理论工作者和文学批评家，艾亨鲍姆在不同时期对诸多理论概念做出过独到阐发，著述丰硕，对俄罗斯文学理论发展做出了巨大贡献，对当代世界文艺理论也产生了深远影响。

第一节　鲍·艾亨鲍姆生平概述

鲍里斯·米哈伊洛维奇·艾亨鲍姆（Борис Михайлович Эйхенбаум，1886—1959），20世纪俄罗斯著名文艺理论家、文学批评家、文学史家。艾亨鲍姆参与并见证了俄罗斯形式论学派发起的轰轰烈烈的学术革命，以其渊博学识成为该学派的精神领袖之一，以其睿智成为俄罗斯形式论诗学的捍卫者之一，曾与什克洛夫斯基、蒂尼亚诺夫一起被誉为"革命的三套马车"。艾亨鲍姆一生著述颇丰，在"奥波亚兹"[①]时期积极参与形式论诗学的建构，以观点新颖、论证严谨而著称；在"奥波亚兹"解散之后的"隐性发展"[②]时期，他创作了三卷本传记《列夫·托尔斯泰》，大胆将文化历史因素引入文学研究，完成了自身批评方法的转变，实现了对早期形式论诗学的修正和超越。

[①] "奥波亚兹"是"诗歌语言研究会"俄文缩写名称的音译，即"ОПОЯЗ"——Общество по изучению стихотворного языка。

[②] 我们认为，艾亨鲍姆的学术活动大致可以分为三个时期："奥波亚兹"前时期、"奥波亚兹"时期和"奥波亚兹"后时期（即"隐性发展"时期）。"奥波亚兹"前时期（1907—1918）是艾亨鲍姆的文学学术兴趣形成时期，他主要尝试实践以"认识论"为基础的文艺学研究方法；在"奥波亚兹"时期（1918—1926）他主要建构和发展以"形态学"为基础的形式论诗学；在"隐性发展"时期（1926—1959），艾亨鲍姆提出"文学的日常生活"理论，创作传记文学，对早期形式论诗学进行总结和修正。

绪　论

一　革命激流中的学术探索

1886年10月4日，鲍里斯·米哈伊洛维奇·艾亨鲍姆出生于俄国斯摩棱斯克市，1888年随家人迁往俄国南部的沃罗涅日市。艾亨鲍姆的祖父雅科夫·莫伊谢耶维奇（1796—1861）是著名犹太数学家、诗人，其事迹曾被收入犹太大百科词典，父亲米哈伊尔·雅科夫列维奇和母亲娜杰日塔·多尔米东托夫娜都是普通医生。带着父母的殷切希望，1905年艾亨鲍姆进入彼得堡军事医学院学习。不久，风云变幻的革命时代到来，俄国知识分子面临着艰难的抉择：是否应当对革命提出的要求做出回答，是否应当确定自己在生活中的位置。艾亨鲍姆对此写道："是的，我们面临的是一个新的时代，可我们仍然继续自己的事业。我们会相互理解吗？历史在我们之间划出了革命的红色分界线。不过，也许，在对待新创作、在对待艺术和科学的热情上，历史能够把我们联系起来？"[①] 艾亨鲍姆这种对待新创作、对待艺术和科学的热情早在革命前就已经迸发出来了。在军事医学院学习期间，艾亨鲍姆一度热爱音乐并立志成为音乐家。1907年发表处女作《诗人普希金和1825年暴动》之后，艾亨鲍姆意识到自己更适合做一名文学批评家而不是音乐家，于是进入彼得堡大学语文系斯拉夫部学习，后转入罗曼语德语部，由于对俄语和斯拉夫民族始终怀有一种特殊的深厚感情，艾亨鲍姆在1911年重返斯拉夫部学习，1912年获得学士学位，1913年考取硕士，1917年通过硕士毕业论文答辩，留校任教。

在攻读硕士学位期间，艾亨鲍姆结婚成家。随着孩子的出生，家庭经济紧张起来。为了养家糊口，艾亨鲍姆去古列维奇中学担任文学

---

① Б. Эйхенбаум, "Анна Ахматова. Опыт анализа", Б. Эйхенбаум, *О поэзии*, Л.: Изд. Советский писатель, 1969, С. 76.

课兼职教师。在柳·雅·古列维奇（Любовь Яковлевна Гуревич）[①]的鼓励下，艾亨鲍姆开始为杂志《俄国传闻》（Русская молва）、《北方纪事》（Северные записки）、《俄国思想》（Русская мысль）等撰写文学评论兼书评。在1913—1916年间艾亨鲍姆主要评述当时的欧洲文学和俄国文学，从精练不落俗套的分析中已经能看出他日后成长为优秀文学批评家所具备的敏锐的文学感知力。譬如艾亨鲍姆对象征派文学的思索，他指出，这时期象征派的发展已经日渐衰微，必然会出现一个新的文化阶段，象征派所遗留的理论问题也必将得到解决。艾亨鲍姆自诩为"后象征主义"思潮的批评家，表达了追求整体诗学的立场：应当抛弃旧的文学史研究方法，应当使诗学与现代文学的要求相结合，在新的历史条件下重新解读古典文学作品。这个思想的产生或许受到了维·日尔蒙斯基（В. Жирмунский）的影响。艾亨鲍姆在罗曼语德语部学习时结识了日尔蒙斯基："他是一个盛开在彼得堡象征主义花园的浪漫主义者。随着象征主义花朵的凋谢，他也转变为一个古典学者。"[②] 1914年日尔蒙斯基也曾在论著《德国浪漫主义与现代神秘主义》中描述了艾亨鲍姆所追求的这种诗学境界：重新评价文学史上的一些现象并确定它们与现代最新诗歌的联系。

19世纪末20世纪初，俄国社会发展进入一个重大的转折时期，俄国思想文化史发展到了一个激动人心的阶段。面对革命的到来，作为俄国精神文化传统的继承者，俄国知识分子以探索人的命运和意义为己任，全面审视人类的精神文化史。艾亨鲍姆一度潜心思索哲学问题，尝试创建一种以哲学为依据的文学研究方法。他与同样对形而上学感兴趣的语文学家尤·亚·尼科利斯基（Ю. А. Никольский）结成

[①] 柳·雅·古列维奇（Любовь Яковлевна Гуревич，1866—1940），俄国作家、文学与戏剧评论家、翻译家，其父亲雅·戈·古列维奇创办了古列维奇中学。

[②] Б. Эйхенбаум, *Мой временник: Художественная проза и избранные статьи 20-30-х годов*, Спб.：Инапресс，2001，С. 51.

同盟，二人经常聚会，探讨康德、亨利·柏格森、谢·弗兰克、尼·洛斯基等的学说，在激烈辩论中产生了思想火花的碰撞。其实，创建新的研究方法这一渴望也源自艾亨鲍姆的经历和体验。早在彼得堡大学语文系读书时，艾亨鲍姆就对老师讲解的文学史感到失望，认为内容老套毫无新意；1914年艾亨鲍姆在古列维奇中学讲授文学史时，也遭遇如何讲、讲什么的问题。这些都促使他开始反思传统文化历史的、心理学的文学研究方法。此后艾亨鲍姆尝试将这种哲学与文学相结合的研究方式付诸实践，撰写了一系列论文，如《关于中学文学学习的原则》《丘特切夫的信》《杰尔查文》《卡拉姆津》，等等。

20世纪初俄国的学术气氛较为宽松，当时比较流行的一种学术交流方式是成立学术辩论小组及学术团体。艾亨鲍姆也积极投入彼得堡的文学生活中：旁听普希金讲习班、出席诗人古米廖夫领导的"诗人行会"活动、参加未来派学术沙龙，等等。普希金讲习班由彼得堡大学著名教授谢·文格罗夫（С. А. Венгеров，1855—1920）于1908年开设，因允许存在不同见解、不同观点而深受学生们欢迎。在讲习班上艾亨鲍姆注意到了尤·蒂尼亚诺夫（Ю. Тынянов）。当时蒂尼亚诺夫正狂热地崇拜普希金，甚至在行为举止上也刻意模仿伟大的作家。艾亨鲍姆回忆说："在一次研讨课上，一个酷似普希金的年轻人要求发言，他用……坚定的语气反驳着报告人。这不是欧洲语系的，也不是斯拉夫部俄语系的学生。……我记住了这个普希金主义者——不是没有原因的。"[1] К. А. 巴尔什特（К. А. Баршт）认为："与其说谢·文格罗夫的讲习班是未来的形式主义者的方法学基地，倒不如说是他们的聚集地。"[2] "诗人行会"是20世纪初期俄国现代诗歌流派——阿

---

[1] Б. Эйхенбаум, *Мой временник: Художественная проза и избранные статьи 20-30-х годов*, Спб.: Инапресс, 2001, С. 52.

[2] Цит. по: Дж. Кертис, *Борис Эйхенбаум: его семья, страна и русская литература*, Спб.: Академический проект, 2004, С. 69.

克梅派的前身，领导人为尼·古米廖夫（Н. Гумилёв）和谢·戈罗杰茨基（С. Городецкий）。艾亨鲍姆曾参加过"诗人行会"活动，对诗人们的审美观与艺术观产生了浓厚兴趣，但当古米廖夫怂恿艾亨鲍姆担任阿克梅派的领袖时，后者明确表示了拒绝。未来派也是当时迅速崛起的一个诗歌流派。但最初艾亨鲍姆对未来派并没有任何好感，甚至产生了厌恶的感觉，他曾这样描述该派举办的晚会："未来主义者——理性主义者、机械师，难怪他们会到机器中寻找灵感。这是真正的无神论者，这是冷血的实验师……我飞奔着冲向了楼梯，因为再听下去，我就会喊叫起来，冲上台去，并开始破口大骂。……现在我知道什么是未来主义了。"① 在晚会上发言的维·什克洛夫斯基（В. Шкловский）同样没给艾亨鲍姆留下什么好印象："在库利宾发言之后上台的是一个年轻的矮个子学生，宽宽的脑门，黑黑的头发，大嘴巴，粗嗓门。这就是维·什克洛夫斯基。"② 这段外貌描述显然充满了嘲讽，很难想象日后二人竟能成为莫逆之交。

  身处变幻莫测的革命年代，切身感受到自由的学术气氛，艾亨鲍姆的思想受到了极大的冲击和震荡。随着未来派和"奥波亚兹"活动的进展，艾亨鲍姆对待这些文艺流派的态度也发生了转变。1916年，当"奥波亚兹"的第一本论文集《诗语理论文集》面世时，艾亨鲍姆认真阅读后，对文集中的观点表示了一定的认可："可以认为，它是朝严肃的和卓有成效的研究诗的材料工作转向的一个标志。"③ 艾亨鲍姆开始对"奥波亚兹"的研究工作产生兴趣，自己也尝试对具体诗学进行具体分析，这一点在《卡拉姆津》（1916）、《席勒的悲剧性理论

---

  ① Цит. по: М. Чудакова; Е. Тоддес, "Наследие и путь Б. Эйхенбаума", Б. Эйхенбаум, *О литературе: Работы разных лет*, М.: Советский писатель, 1987, С. 12.

  ② Цит. по: М. Чудакова; Е. Тоддес, "Наследие и путь Б. Эйхенбаума", Б. Эйхенбаум, *О литературе: Работы разных лет*, М.: Советский писатель, 1987, С. 12.

  ③ Б. Эйхенбаум, "К вопросу о звуках стиха", Б. Эйхенбаум, *О литературе: Работы разных лет*, М.: Советский писатель, 1987, С. 328.

中的悲剧》(1917)等文章中已初露端倪。1917年艾亨鲍姆终止与尼科利斯基的通信联系，同年夏天开始与"奥波亚兹"成员奥西普·勃里克（O. Брик）频繁往来，并将加入"奥波亚兹"的程序提上日程。1918年艾亨鲍姆正式加入"奥波亚兹"，实现了从以认识论为基础的文艺学研究向具体诗学研究的转变。艾亨鲍姆的转变之所以能够发生，一方面在于他体会到，哲学研究方法往往会使研究者忽视作品的材料和结构的问题，最终使这些具体问题得不到解决，因此他抛弃了形而上的哲学研究方法，开始以纯语言学的方法来研究诗学问题；另一方面，对于他来说，这一转变不仅具有学术上的意义，而且也具有社会意义。在艾亨鲍姆看来，在革命的背景下，哲学美学态度就是与旧文化、与文化惰性相联系，而他渴望挣脱旧文化的束缚。"经过革命，俄国将会诞生关于艺术语言的新科学——这是毫无疑问的"[①]，在艾亨鲍姆心目中，什克洛夫斯基等"奥波亚兹"成员就是这种新科学、新文化的创建者。

二 "奥波亚兹"时期的创建与守卫

加入"奥波亚兹"之后，艾亨鲍姆与其他成员密切合作，撰写多篇有分量的文章和著作，探讨文学自身的发展规律，研究文学内部机制，以形态学方法论为出发点，提出了一系列理论和概念。可以说，这是艾亨鲍姆在学术上最为丰富多产的时期。

"奥波亚兹"成员包括艾亨鲍姆通常将文学理解为词的艺术，将文学作品视为一个封闭的整体，视为艺术手法的总和。在他们看来，文学发展过程就是手法的替代过程，即占主导地位流派的手法在失去效力和可感性之后，必将被其他手法所取代。而这些其他手法往往由

---

① Цит. по: М. Чудакова; Е. Тоддес, "Наследие и путь Б. Эйхенбаума", Б. Эйхенбаум, *О литературе: Работы разных лет*, М.: Советский писатель, 1987, С. 16.

外围的、不成熟的文学流派所支配。在具体研究文学作品和作家创作时，艾亨鲍姆认为文学现象仍具备一定规律，不论是作为整体的还是作为个体的要素，都具有自己的规律，但这种规律不再和哲学体系相联系，它完全是自主的。在研究中，为了将文学语言与事务（科学的、哲学的，等等）语言区别开来，艾亨鲍姆特别凸显了声音这种形式，如节奏与格律的问题、选音与旋律的问题等。在作品《关于艺术语言》（1918）、《果戈理的〈外套〉是怎样写成的》（1919）、《俄国抒情诗的旋律》（1922）中艾亨鲍姆都毫无例外地强调了音响的作用，认为诗歌本质就是一种独特的音响，散文作品也很重视听觉的因素，不少作家在创作中都致力于营造一种口头讲述的氛围并希望读者能感知到这种听觉的因素，如普希金、屠格涅夫、果戈理，尤其是列斯科夫，艾亨鲍姆甚至称他为"天才的说书人"。在《果戈理的〈外套〉是怎样写成的》（后被收入1919年出版的第三本"奥波亚兹"文集《诗学》）一文中艾亨鲍姆考察了叙述者的言语手段及个人语调，分析了产生这种特殊风格的结构特征，强调作品形式的丰富性和重要意义，认为这种形式甚至还体现在词语的声音外壳和声学特征上。

随着研究的深入，艾亨鲍姆开始关注作家的整体风格，探索文学史演变的规律。他主要研究了莱蒙托夫、涅克拉索夫、托尔斯泰等，其中对托尔斯泰的研究跨度最大、成果最丰富。作为一个托尔斯泰研究者，艾亨鲍姆撰写了多部托尔斯泰研究著作，写作时间跨越了40年（1919—1959）——这个时间段比其他任何研究托尔斯泰的批评家的创作时间都要长，他的批评方法也一直处于持续演变的状态。在"奥波亚兹"时期，艾亨鲍姆主要采用形式论方法研究托尔斯泰的创作，成果包括《论列夫·托尔斯泰》（1919）、《列夫·托尔斯泰》（1919）、《论托尔斯泰的几次危机》（1920）等。在这些文章中，艾亨鲍姆延续了《果戈理的〈外套〉是怎样写成的》一文的风格，质疑了传统批评方法，认为形式结构才是批评家首要关心的。艾亨鲍姆对传统批评的抨击直指两点：其一，他认为将托尔斯泰的艺术生活从道德生活中分离出来是毫无道理的，因为"托尔斯泰一直都是艺术家，从未放弃过艺术，即使当他停止艺术创作而撰写宗教道德文章时亦是如此"[1]。其二，他表示，托尔斯泰一生中经历的危机不止一次而是数次，所有这些危机的发生只体现在文学形式方面。譬如1880年托尔斯泰摆脱创作危机的方法就是从注重描述细节的庞大心理家庭小说转向民间故事创作，同时更为注重简洁的俄国谚语文体，这个转变发生的前提是托尔斯泰的小说技巧已经比较完美，想寻找一个更简洁的形式和文体来传达自己的思想。

在稍后的形式论力作《青年托尔斯泰》（1922）中，艾亨鲍姆在摒弃作家个性的前提下，对托尔斯泰的日记和小说进行了多方位考察。在这本薄薄的书中，艾亨鲍姆阐述了托尔斯泰笔下从早期日记到作品《塞瓦斯托波尔故事》的形式手法的发展，强调托尔斯泰对形式和手法的重视和关注，艾亨鲍姆认为，托尔斯泰的所有早期创作，都可以视为从文学角度对俄国浪漫主义文学的自动化了的以致失去新意的创作规则的一种更新，简言之，托尔斯泰所有危机的真正出发点是寻找新的艺术形式和证明该形式的新理由。在艾亨鲍姆笔下，托尔斯泰是一位始终处于变动之中并与形式做不懈斗争的文学家。这种观点解构了传统批评仅仅局限于托尔斯泰的生活和哲学从而将托尔斯泰视为先知和真理传播者的神话。可以看出，这时期艾亨鲍姆在考察文学史演变时，总是有意将作家的个性、社会心理等因素剔除出文学发展进程，将文学的发展和演变视为手法的更替过程。

作为一个文艺理论流派，俄罗斯形式论学派以反传统的面貌问世。他们既挑战哲学的美学，又挑战艺术的意识形态论，既与象征主义论战，也与自诩为"马克思主义文艺学家"的庸俗社会学论战。自然，

---

[1] Б. Эйхенбаум, *Литература: Теория. Критика. Полемика*, Л.: Изд. Прибой, 1947, С. 19.

他们凯歌前行的发展势头也引起了庸俗社会学家的恐慌。在庸俗社会学家看来，俄罗斯形式论学派的发展势必会影响到自己在文坛上的地位，于是纷纷撰文批判形式论学派的观点，质疑其方法论的可行性。到 20 世纪 20 年代末，庸俗社会学批评家对形式论学者的批判已经升级至人身攻击乃至政治打击，形式论学者在面临外界压力的同时，本身也缺乏转向另一个阶段所需要的精神动力，开始在思想上发生动摇。1930 年什克洛夫斯基亲口承认形式论学派的迷失，他是俄罗斯形式论学派的创建者，也是其墓志铭的书写者。此后，"奥波亚兹"宣布解散，大部分学者转入"隐性发展"时期，不能公开发表文学理论著述，但仍在默默坚持文学创作；"莫斯科语言学小组"的某些成员移居布拉格，继续从事语言学与诗学研究。自此，作为一个文艺学流派，俄罗斯形式论学派在苏联成了历史。

三 "隐性发展"时期的超越

进入"隐性发展"时期，整个 20 世纪 30 年代艾亨鲍姆仍然在继续文学研究：将列夫·托尔斯泰的小说《高加索的俘虏》改编为儿童电影，但未得到拍摄；翻译席勒的作品；1933 年创作历史小说《通往不朽之路——丘赫洛马市贵族和国际词典学家尼古拉·彼得洛维奇·马卡罗夫的生活与功绩》，1936 年为少年儿童撰写莱蒙托夫传记，然而都反响平平。其实，这一时期艾亨鲍姆最引人瞩目的成就当属创作传记《列夫·托尔斯泰》，这是艾亨鲍姆在"隐性发展"时期对"文学的日常生活"这一理论的具体阐发，是对"奥波亚兹"时期文学理论研究的修正和总结。

"文学的日常生活"这一理论是理解艾亨鲍姆"隐性发展"时期的关键词，它的形成与艾亨鲍姆经历的一次次学术思想危机息息相关。20 世纪 20 年代苏联文化界的学术氛围比较宽松，在相对自由的学术探索中，艾亨鲍姆文思敏捷，在学术研究上获得了大丰收，完成了论著《莱蒙托夫》、文章《列斯科夫与现代散文》《欧·亨利与短篇小说理论》《"形式方法"的理论》等，尽管硕果累累，他却感觉没有工作激情，认为著作虽有新意，但基本是以形式理论方法为指导，在他看来，形式论研究已经不是当下之需。另外，苏联官方开始对文艺研究实行行政干预，作为列宁格勒大学的教授和作协成员，艾亨鲍姆经常被要求定期参加由苏联官员主持召开的会议，被迫谴责同事并承认由那些自诩为"专家"的人在他的作品中挑出的"错误"。这些会议的目的就是以恐吓手段来压制学者们，以使他们的思想与当局保持一致。艾亨鲍姆显然与这种学术生活格格不入，他比以往更强烈地意识到：目前至关重要的不是如何写作，而是如何成为一个作家，在什么意义上作家才能是独立的，这也更凸显了文学演变中"文学的日常生活"的意义。1927年艾亨鲍姆撰写了《文学的日常生活》一文，对苏联文学创作所处的社会环境、支配文学活动的社会的、经济的和审美的因素等做出分析，提出了"文学的日常生活"这一理论，并将此理论践行于传记文学的创作之中。

艾亨鲍姆创作的传记《列夫·托尔斯泰》共分三卷，分别出版于1928年、1931年和1960年。在创作三卷本传记时，艾亨鲍姆大胆地引入文化历史因素，将作家个人的、社会的经历与创作相结合，构建了作家的生平。在第一卷中，艾亨鲍姆主要研究托尔斯泰在20世纪50年代及社会进展、分化、危机等条件下的自我确定，同时在历史命运、历史行为，而非生活本身（生活与创作）的条件下考察了作家的生平；在第二卷中，艾亨鲍姆关注了托尔斯泰在60年代的社会活动及创作，在第三卷中，他考察了70年代托尔斯泰与时代先进运动的联系。这显然与艾亨鲍姆以前只关注文学作品的内在要素不同。看来，在经历了局限于文学序列的批评方法之后，艾亨鲍姆又走向了广阔的社会学批评之路。

20世纪40年代初，德军突袭苏联，发生了著名的列宁格勒大围困，人们生活在饥寒交迫之中。1942年3月在从列宁格勒大学转移到萨拉托夫的途中，艾亨鲍姆不慎丢失了创作《列夫·托尔斯泰》传记第四卷所需的资料，这对他不啻一个沉重的打击，另一个打击是儿子的失踪（后查实他已牺牲在斯大林格勒城下）。为了重新搜集资料和打探儿子的消息，艾亨鲍姆向苏联政府申请去莫斯科，在那里，他见到了蒂尼亚诺夫，之后不久，这位昔日的战友就因病去世。1944年2月24日艾亨鲍姆进入萨拉托夫大学任教，那里在战后的最初几年聚集了一大批精英知识分子。1946年苏联当局发布《关于〈星〉和〈列宁格勒〉两杂志的决议》，苏共中央主管意识形态的书记日丹诺夫发表讲话，对杂志多次发表左琴科和阿赫玛托娃的作品提出了严厉的批评。这对艾亨鲍姆来说不是一个好兆头，因为他与文学团体"谢拉皮翁兄弟"（左琴科属于该团体）偶有联系，与阿赫玛托娃有近三十年的交情，又曾公开表示过对这位女诗人作品的赞赏。果不其然，在一次讨论日丹诺夫报告的会议上，有人指出艾亨鲍姆与阿赫玛托娃的关系，并强迫他承认自己的"政治错误"。接着，文学刊物上陆续出现了批评艾亨鲍姆的文章。1946年8月一个叫马斯林的人发表《关于文学杂志〈星〉》一文，认为艾亨鲍姆不久前在《谈谈我们的职业》一文中所阐述的观点会毒害到人们的思想；1946年秋留里科夫在《艾亨鲍姆教授的有害观点》一文中指出，艾亨鲍姆在关于列夫·托尔斯泰的论著中曾谈到这位俄国伟大作家与德国哲学家叔本华的联系，这是"在西方面前低三下四"的表现，是对伟大俄罗斯文学和俄罗斯人民的不敬，是对整个俄罗斯民族的蔑视。这篇文章出现后，艾亨鲍姆被解除了俄罗斯文学教研室主任职务。政治气氛越来越紧张。1949年9月《星》杂志刊登了多库索夫的《反对对伟大俄罗斯作家的污蔑》和Б.帕普科夫斯基的《形式主义和艾亨鲍姆教授的折衷主义》，他们还特意提到了艾亨鲍姆的著作《我的编年期刊》，显然非常了解他，他们对艾亨鲍姆的批判都很尖锐：如艾亨鲍姆曾谈到托洛茨基在形式论发展中的积极作用，在关于列夫·托尔斯泰的书中未引用列宁的权威评论，等等。这时，艾亨鲍姆已患上心脏病，身体变得很虚弱，再加上不久前妻子因心肌梗死去世，因此，尽管思维还很清晰，但他已无力做出回应。

在"隐性发展"时期，艾亨鲍姆对俄罗斯文学发展所做的贡献还体现在版本学工作方面。在苏联版本学界，艾亨鲍姆被视为当之无愧的奠基人之一。早在1909年，艾亨鲍姆在投入语文学研究时，就开始尝试版本学、图书档案工作。1917年之后，许多隐秘档案得以对外开放，包括以前不为人知的与作家们思想遗产相关的文本和资料，此外，在语文系实践工作中也逐渐暴露出早期文学作品版本的不足，经典作品亟须再版，这些工作吸引了不少学者，包括艾亨鲍姆，从此版本学工作开始像文学理论研究一样成为他衷心热爱的事业。20世纪30年代开始，除了创作传记，艾亨鲍姆将剩余的精力放在版本学工作上，校注并出版了米·莱蒙托夫、米·萨尔蒂科夫－谢德林、雅·波隆斯基、列夫·托尔斯泰等人的经典作品。艾亨鲍姆的工作态度科学严谨，他主张尽量全面地研究该文本所有的版本和手稿资料，坚持用心比较作者的最终版本和此前的所有环节，甚至包括草稿，认为唯有如此才能够创造性地解决有争议的问题，才能加工出正确的、经得住科学检验的文本。对于版本学和编辑工作，艾亨鲍姆有时甚至比对文学研究更感到自豪：这项工作更能让他体会到"人民事业"这几个字眼的直接意义。据同时代人回忆，经艾亨鲍姆修改过的哪怕只是一个单词也能够在作品的文学意义方面给人以新的启迪。在人生的最后岁月里艾亨鲍姆曾打算撰写一本版本学教科书，并列出提纲，设想该书将集科学性、趣味性和实践性的功能于一体，但这一愿望在他生前并未得到实现。值得指出的是，20世纪初期艾亨鲍姆等学者们对版本学的关注也推动了文艺学研究由材料与主题问题向方法学问题转向的发生。

1956年10月14日艾亨鲍姆阅读到美国学者维·厄利希（V. Erlich）

的著作《俄罗斯形式论学派：历史与学说》，1957年12月27日他阅读了美国学者雷内·韦勒克（René Wellek）和奥斯汀·沃伦（Austin Warren）编写的《文学理论》，认为这两部作品都对俄罗斯形式论学派做出了客观公正的评价，觉得十分欣慰。

1959年11月24日艾亨鲍姆在列宁格勒去世。当时他正出席戏剧家阿纳托利·马里延戈夫①的剧本上演晚会，其间应邀上台致辞，结束发言返回座位不久，心脏停止了跳动。昔日的形式论学派领袖罗曼·雅各布森（Р. Якобсон）从目击者那里了解到整个情况并记录了下来："1959年11月24日在列宁格勒的'作家之家'上演了阿纳托利·马里延戈夫的新剧。戏剧家邀请鲍·米·艾亨鲍姆致开幕词，艾亨鲍姆起初觉得有些不自在……但无法拒绝这个请求。艾亨鲍姆以简洁明了的话语结束了致辞：'对于报告人来说，最重要的是要及时结束；我就在这里停住吧。'他走下舞台，在第一排靠近孙女的座位上坐了下来，掌声刚刚平息下来，他的心跳也停止了，头还靠在孙女的肩膀上。"②

第二节　鲍·艾亨鲍姆研究现状述评

形式论学派的出现是现代俄罗斯文学理论发展史上的一个里程碑。自诞生之日起，这一学派的理论主张就在苏联学术界内外不断引起争鸣。数十年之后，这一学派的理论思想又在俄罗斯、欧美及中国的文

---

① 阿纳托利·鲍里索维奇·马里延戈夫（Анатолий Борисович Мариенгоф，1897－1962），俄国诗人、散文家、戏剧家。

② Р. Якобсон，"Борис Михайлович Эйхенбаум（4 октября 1886—24 ноября 1959）"，Б. Эйхенбаум，*Мой временник：Художественная проза и избранные статьи 20-30-х годов*，Спб.：Инапресс，2001，С. 604. 雅各布森弄错了一点：那天陪艾亨鲍姆观看新剧的不是孙女丽莎，而是女儿奥莉加。

艺学界引起广泛的关注，获得了"第二次生命"。艾亨鲍姆的文艺思想体系博大精深，在研究中往往同时注重理论建构与批评实践，提出并发展了不少至今仍富有生命力的理论范畴，对俄罗斯形式论学派的发展做出了不容置疑的贡献。有学者认为，艾亨鲍姆的文章《"形式方法"的理论》"确是可以当做'形式论学派十年发展史'来细读的，是今人了解现代文论第一场革命原貌的一份重要文献"[①]。可以说，艾亨鲍姆是当之无愧的"奥波亚兹"三巨头之一。但遗憾的是，艾亨鲍姆的重要地位尚未引起我国学界的充分重视，我们对艾亨鲍姆的研究规模与其学术地位尚不相称，在具体研究上也存在不少空白点。相比之下，国外的艾亨鲍姆研究已形成一定气候，俄罗斯学者由于对本土文艺理论的研究有着天然的优势和长处，他们对艾亨鲍姆的研究自然不容小觑；欧美学界或许由于新批评、结构主义等文艺流派与俄罗斯形式论学派的渊源，在这方面也取得了长足的进步。这一切都足以说明我们必须高度重视国外的艾亨鲍姆研究，以此为我们深度挖掘与整理俄罗斯形式论学派及其学术遗产提供有益的参照。

一 俄苏学界的鲍·艾亨鲍姆研究

自"奥波亚兹"成立后，其不同凡响的文学理念在当时的苏联文艺界引发了不小的震动，围绕"形式主义""形式主义方法"等问题展开了各种争论，出现了种种相当尖锐的批评声音。如果说，在艾亨鲍姆早期从事文学研究时，评论界对其还算温和的话，那么在形式运动时期，部分论战对手不尝试认真分析艾亨鲍姆的文章而对其做出极端评价，这虽不能以特殊历史时期的意识形态性一言以蔽之，但艾亨鲍姆等形式论学者遭遇不公正评价却是不争之事实。除了时代的局限性，当时学者个人远见的缺乏也妨碍了对艾亨鲍姆做出公正的学术评

---

① 周启超：《现代斯拉夫文论导引》，河南大学出版社2011年版，第127页。

判。众所周知，作为"奥波亚兹"的主要代表，艾亨鲍姆知识渊博，理论素养极高，这意味着，如若马上对其文章做出相应的评判，批评家本身必须具备出色的洞察力、巨大的学术勇气和广阔的学术视野，即自己至少就是一位出色的学者。因此，在对艾亨鲍姆的学术思想进行质疑及批判的声音中不乏一流学者，如米·米·巴赫金（М. М. Бахтин）以梅德维杰夫（П. Н. Медведев）为笔名撰写了专著《文艺学中的形式方法》（1928），这是一部较为全面地评价俄罗斯形式论学派的论著，至今仍不失学术价值。巴赫金首先梳理了西欧形式论方法的起源和发展史，认为俄罗斯形式论方法是整个欧洲形式论的一个分支。在综述了俄罗斯形式论学派的发展历程之后，巴赫金指出，俄罗斯形式论学派作为统一的流派目前已经不存在了，其走向解散的原因主要在于该派的虚无主义倾向和固守文学序列的研究方法。接下来，巴赫金对俄罗斯形式论学派的诗学研究和文学史研究中的形式论方法做出了具体评析。形式论学派的理论以诗语与实用语的区分为基石和出发点，但巴赫金认为，既不存在专门的实用语，也不存在专门的诗语，更不存在二者对立。因此，建立在这种虚拟的二元对立基础上的诗语理论是错误的。此外，巴赫金还剖析了形式论学派的"文艺作品是独立的客观存在"的观念。形式论学派坚持把文艺作品当作独立于作者和读者意识之外的客观存在来研究。巴赫金指出，以此论题来反对心理学美学是无可厚非的，"的确，无论在诗学中还是在文学史中，主观心理学方法都是不可取的"[1]，但这并不意味着可以忽视个体的意识，而形式论学派恰恰犯了这样的毛病：在排斥主观意识的同时，也抛弃了一切与意识相关的思想、评价、世界观、情绪等的独立自主性。这些内容，在巴赫金看来是客观存在的，失去了这些，"作品成为完

---

[1] ［苏］巴赫金：《文艺学中的形式方法》，邓勇、陈松岩译，中国文联出版公司1992年版，第211页。

绪 论 ❖❖❖

全失去思想意义的空壳"①。因而，俄罗斯形式论学派的"文艺作品是独立自主的"这一理论前提也有失偏颇。由此我们也可以看出，巴赫金重视文艺作品的意识形态内容，这与俄罗斯形式论学派不同。在对俄罗斯形式论学派做出总体批判的过程中，巴赫金也肯定了其合理的地方。他公正地指出，形式论学派在俄国第一个开创了文学形式与技巧的系统研究，该派将象征主义者开创的诗歌音响结构的研究提升到较高的学术水平，该派在作品情节建构、结构布局等形式因素方面的理论建树也很独特，该派大胆地提出了文艺科学中的一些重要问题，虽没能解决，但已引起人们的关注，所有这些都是该派对整个20世纪文学理论发展做出的重要贡献。巴赫金对俄罗斯形式论学派的批评不是全盘否定，也不是盲目贴标签。他本着求真求实的态度，考察了形式论方法的理论渊源，又深入形式论诗学内部进行详细分析。因此，巴赫金的批评是有理论深度的，富有建设性的；他的批评也是善意的，是与形式论学派进行的一场思想对接与潜在对话。

自"解冻"以降，20世纪五六十年代起，随着社会发生的巨大变化，苏联文艺学界开始重新反思形式论学派。一些学者公开表达了对形式论学派的欣赏之情，如语文学专家阿·若尔科夫斯基说："什克洛夫斯基的功绩在于：他成功地阐明了'奇特化'（остранение）② 理论。正是这一理论使文学语言独立出来、凸出起来。它说明了诗歌语言具有一种阻碍阅读的品格，一种聚集功能——使人把注意力集中到某些事物身上直至使之绝对化而达到纯真；而散文语言则具有不太费力就可阅读的品性。"③ 苏联文艺界开始重新关注"失宠"的"奥波亚

---

① [苏]巴赫金：《文艺学中的形式方法》，邓勇、陈松岩译，中国文联出版公司1992年版，第212页。
② 关于俄文词语"остранение"，中国文艺理论界有多种译法，如"陌生化""奇特化""奇异化"等。
③ 乔雨：《俄苏形式主义在当代苏联文艺学界的命运》，《外国文学评论》1991年第3期。

兹"的文学理论遗产,维·伊万诺夫（В. Иванов）、瓦·柯日诺夫（В. Кожинов）等学者尝试从语文学、语言学、文艺学等的立场出发考察艾亨鲍姆的文艺思想。我们认为,以尤·洛特曼（Ю. Лотман）为代表的塔尔图－莫斯科符号学派（Тартуско-московская семиотическая школа）对艾亨鲍姆理论遗产的关注具有重要意义。囿于当时的意识形态单一化,在评价形式论学派时,洛特曼并不能够自如引用"奥波亚兹"代表包括艾亨鲍姆的著作,并且不得不在评语上附加类似"错误""缺陷"和"矛盾"等字眼（这也恰恰说明形式论学派处于"失宠"的尴尬境地）,但可以肯定的是,由于洛特曼等符号学派学者对"奥波亚兹"及艾亨鲍姆文艺思想进行了深刻的再思考,结构诗学才得以传承俄罗斯形式论学派的诗学精髓,从而延续了俄罗斯形式论学派的生命,并成为俄罗斯文艺科学进一步发展的推动力。这一时期俄苏文艺界也开始再版形式论学派代表的著作,重新整理并刊发过去未能发表的文章、通信、日记等,这给学者们提供了丰富的研究资料,催生了一批有分量的学术论文,如伊·安德罗尼科夫（И. Андроников）的《艾亨鲍姆的道路》（1975）、格·比亚雷（Г. Бялый）的《鲍·米·艾亨鲍姆——一位文学史家》（1986）、玛·丘达科娃（М. Чудакова）和叶·多德斯（Е. Тоддес）的《鲍·艾亨鲍姆的道路与遗产》（1987）等。其中,伊·安德罗尼科夫认为艾亨鲍姆是一个思想敏锐、具有辩论气质的理论家,其学术探索基于一个牢固的信念:文学不仅具有社会功能,还具有独特的内部规律。此外,伊·安德罗尼科夫还注意到艾亨鲍姆在俄罗斯形式论学派解散后发生的转变,指出,艾亨鲍姆虽然在研究方法上转向了社会学批评,但并非迫于政治压力,而是源于他对"历史与人"的关系的重新认识。格·比亚雷较为完整地梳理了艾亨鲍姆的学术探索历程,分析了艾亨鲍姆在不同时期的思想特征,认为他首先是一位文学史家。比亚雷是艾亨鲍姆的学生和朋友,占有了较为丰富的"第一手"资料,因此他在文章中谈到的艾亨鲍姆的生活事实较为可信，对艾亨鲍姆学术思想的评价也颇为中肯。玛·丘达科娃和叶·多德斯则在概括艾亨鲍姆一生发展道路的基础上，侧重研究了他从哲学方法论转向具体诗学研究的原因，分析了他加入"奥波亚兹"前后的思想变化。

到20世纪80年代末，苏联文艺界不仅再版艾亨鲍姆的著述，而且积极翻译国外研究形式论学派的著述，对艾亨鲍姆的研究达到了一个新的阶段。当代研究艾亨鲍姆的一个中心就是蒂尼亚诺夫家乡拉脱维亚的首都里加，自1982年起，这里每隔两年就会举行蒂尼亚诺夫国际学术研讨会，定期出版会议报告《蒂尼亚诺夫文集》（《Тыняновский сборник》），文集中收录了不少专门研究艾亨鲍姆的文章。如玛·丘达科娃在《艾亨鲍姆和蒂尼亚诺夫的学术活动中的社会实践、语文学反思和文学》一文中梳理了20世纪20年代之后艾亨鲍姆与什克洛夫斯基、蒂尼亚诺夫、雅各布森的往来信件，解读了信件内容和艾亨鲍姆日记，披露这几位学者对艾亨鲍姆传记创作的评议，剖析了俄罗斯形式论学派在后期转变文学研究方向的原因，即当时的社会环境和形势变化使然。《鲍·米·艾亨鲍姆与维·马·日尔蒙斯基的通信》一文则收录了1913—1946年间艾亨鲍姆与日尔蒙斯基的通信，其中包括24封艾亨鲍姆致日尔蒙斯基的信件和9封日尔蒙斯基致艾亨鲍姆的信件，并且附上艾亨鲍姆妻子致日尔蒙斯基（1921年10月）及日尔蒙斯基致什克洛夫斯基（1970年9月6日）的信件。叶·多德斯在引言中梳理了这些信件的内容，指出，从信件中可以看出艾亨鲍姆与日尔蒙斯基的九年友谊、二人在学术研究上的相似点与不同点，并由此对艾亨鲍姆在加入"奥波亚兹"前后的心路历程做出了详细的探讨（涉及当时各文学思潮流派对艾亨鲍姆的影响）。这些信件对我们研究艾亨鲍姆学术思想的发展提供了可贵的参照，学术价值不言而喻。此外，叶·多德斯在《30—50年代的鲍·米·艾亨鲍姆》一文中梳理了艾亨鲍姆在30—50年代对政治生活所持的态度，认为他在这一时期所撰写的作品是对生活的反思,是其经历的写照。

苏联解体之后,俄罗斯学者在接受西方思想资源的同时,也坚持本土资源的开采,积极反思历史,清理学术核心范畴,艾亨鲍姆理论思想在俄罗斯得到进一步重视。几乎所有的无论是基础理论的,还是有深度的美学著作都触及艾亨鲍姆的文艺思想,现当代伟大哲学家和美学家,如谢·阿维林采夫(С. Аверинцев)、叶·巴辛(Е. Басин)、Е. 沃尔科娃(Е. Волкова)、鲍·梅拉赫(Б. Мейлах)、瓦·哈利泽夫(В. Хализев)等也都高度关注艾亨鲍姆。2002年白俄学者安德烈·戈尔内赫(А. А. Горных)在专著《形式论:从结构到文本及其界外》中梳理了俄罗斯形式论学派、英-美新批评和法国新批评等重要的文论流派,指出,形式论并没有成为僵化的教条,它不仅展示了明确稳定的传承性,而且还蕴含了令其不断超越"自身界限"的内部资源,该著作对艾亨鲍姆的理论也有所论及。

2012年,莫斯科大学教授叶·奥尔洛娃(Е. Орлова)在俄罗斯学界重要学术刊物《文学问题》上发表了文章《作为文学批评家的鲍里斯·艾亨鲍姆》。该文以艾亨鲍姆论批评的几篇文章(包括尚未引起研究者注意的几篇早期批评文章)为研究对象,考察了艾亨鲍姆的文学批评家身份及其有关批评本质和任务的观点。奥尔洛娃教授指出,艾亨鲍姆一直在关注和思考批评与语文学的关系,他认为:"必须使文学与文艺学密切联系……正是在这种密切中可以产生并且正在产生新的批评","批评——这不是专业,而是体裁"[①]。即批评是文艺学的体裁。奥尔洛娃教授认为,早在1912年底,艾亨鲍姆在评论伊万·诺维科夫作品时曾做如下表述:"我们仿佛重新感受到了公鸡、狗恩、蜜蜂、蜘蛛、夜晚、人们,及整个大自然。这是怎样的一种愉悦啊——重

---

① Е. Орлова, "Борис Эйхенбаум как литературный критик", *Вопросы литературы*, No. 2, 2012, С. 36.

新体验那些已经定型了的、僵化了的！"① 显然，这可以被视为什克洛夫斯基此后在《作为手法的艺术》（该文发表于1917年，被艾亨鲍姆誉为"形式论学派的宣言"）中提出的"陌生化"这一核心概念的雏形。2012年，俄罗斯学者扬·谢·列夫琴科（Я. С. Левченко）出版了专著《别样科学：经历探索的俄罗斯形式论者》，研究了形式论学者的方法论和哲学起源问题，他们如何建构学术圈，什克洛夫斯基如何在批评实践中实现自我意识的创新等。另外，作者对艾亨鲍姆进行了专章论述，勾勒了艾亨鲍姆的研究图景，认为他的文学研究与日常生活息息相关，在学术研究中寻找到了自我。

2013年8月在莫斯科人文学院举办了"俄罗斯形式论学派100年国际学术研讨会"②，不少俄罗斯学者提交了研究艾亨鲍姆的论文。俄罗斯科学院高尔基世界文学研究所学者莉·伊·萨佐诺娃（Л. И. Сазонова）在文章《早期鲍·米·艾亨鲍姆：在通往形式论的路途上》③ 中着重梳理了艾亨鲍姆对句法学的研究，披露了他与阿·亚·沙赫马托夫院士的深厚情谊。塔·亚·卡萨特金娜（Т. А. Касаткина）在文章《独立的语言现实：艾亨鲍姆论果戈理和莱蒙托夫》中指出，20世纪哲学家把现实视为语言的反映，形式论学者则把语言从与其不相干的现实中解放出来，不受任何干扰地研究语言的现实，艾亨鲍姆对果戈理和莱蒙托夫的研究则证明了这些。其他文章，如叶·弗·卡比诺斯（Е. В. Капинос）的《"时间形式"和历史观》、瓦·谢·利沃夫（В. С. Львов）的《安·别雷和艾亨鲍姆："期刊批评路线"》、瓦·弗·波隆斯基（В. В. Полонский）的《鲍·艾亨鲍姆论现代主义神秘

---

① Е. Орлова, "Борис Эйхенбаум как литературный критик", Вопросы литературы, No. 2, 2012, C. 41.
② 有关该会议的报道，参见周启超《"俄罗斯形式论学派100年国际学术研讨会"纪要》，《俄罗斯文艺》2014年第1期。
③ 参见附录《早期鲍·米·艾亨鲍姆：在通往形式论的路途上》。

剧：学者的"前形式论"时期的宗教—哲学基质》、达·马·费尔德曼（Д. М. Фельдман）的《形式论学者和20世纪20年代"文学的日常生活"问题》等，或探讨艾亨鲍姆和弗兰克、别雷等的学术渊源，或分析艾亨鲍姆以哲学为基础的学术批评，或肯定艾亨鲍姆等形式论学者为建构"文学的日常生活"这一理论而做出的尝试。2014年，俄罗斯学者伊·弗·鲁多梅特金（И. В. Рудометкин）发表文章《艾亨鲍姆的文学讲述体观》，简述了维诺格拉多夫、蒂尼亚诺夫和巴赫金等对讲述体的看法，肯定了艾亨鲍姆在创建讲述体理论中的开拓者地位，重点分析了当代俄罗斯学者对列斯科夫讲述体的研究，由此可以看出艾亨鲍姆理论遗产的传承性。

综上所述，我们认为，俄苏学术界对艾亨鲍姆文艺理论思想的认识经历了从排斥打击到重新认识的曲折过程。在新时期，即使时局动荡、经济不景气，学者们也从未停止对其理论资源的开采与发掘，尚能够公正科学地评价其理论思想体系，既有宏观上的把握，也涉及具体理论学说，甚至关注到艾亨鲍姆曾经为将社会性因素纳入研究体系而做出的努力。虽然俄苏学界目前尚未出现真正意义上的艾亨鲍姆研究专著，却也不乏专题性的研究。可以认为，俄罗斯对艾亨鲍姆文学理论建树的研究虽已形成一个较为完善的研究系统，但仍具有较大的拓展空间。

二 欧美学界的鲍·艾亨鲍姆研究

在20世纪20年代与30年代的欧美学界，俄罗斯形式论学派经由捷克结构主义学者的介绍而广为周知，此后对该派的研究呈现出由引入到译介到深入研究的趋向。20世纪40年代，欧美学者对艾亨鲍姆的研究主要以引入和译介为主。美国学者雷内·韦勒克和奥斯汀·沃伦在《文学理论》（1949）一书中将俄罗斯形式论学派放在世界文论的背景下来探讨，认为该学派的研究方法属于内部研究，文中肯定了艾亨鲍姆对19世纪俄国抒情诗的研究的学术价值。美国学者维·厄利希在《俄罗斯形式论学派：历史与学说》（1955）中全方位梳理了俄罗斯形式论学派的发展历史和理论观点，行文中多次谈到艾亨鲍姆，肯定他在该派中的重要作用及对形式论诗学发展做出的贡献。张隆溪先生曾这样描述："当维克多·埃利希在五十年代中期把俄国形式主义最初介绍到西方时，他那本英文著作《俄国形式主义的历史和理论》并未引起足够重视；十年之后，茨维坦·托多洛夫用法文翻译俄国形式主义者的论文，汇成《文学的理论》这本小书出版，却立即引起热烈反应。从莫斯科到布拉格再到巴黎，也就是从俄国形式主义到捷克结构主义再到法国结构主义，已经被普遍认为代表着现代文论发展的三个重要阶段。形式主义被视为结构主义的先驱，具有十分重要的意义。"[①] 保加利亚裔法国文学理论家茨维坦·托多罗夫（T. Todorov）在编译《俄苏形式主义文论选》（1965）时收录了什克洛夫斯基、雅各布森、蒂尼亚诺夫、艾亨鲍姆等人的文章，其中将艾亨鲍姆于1925年发表的具有总结意义的文章《"形式方法"的理论》视为俄罗斯形式论学派理论入门而置于该书首篇。"1971年，这篇文章在美国被H.亚当斯编入《柏拉图以来的批评理论》，1978年又被L.马特伊卡与K.泼沫斯卡编入《俄罗斯诗学读本》……在1998年于英语世界面世的一部《文学理论文选》中，鲍里斯·艾亨鲍姆这篇文章的标题被译成《形式主义方法导论》。"[②] 由此看来，该文在俄罗斯形式论学派发展史上具有重要意义这一事实得到了广泛肯定。此外，德国学者汉森·廖韦（A. Hansen-love）撰写了《俄罗斯形式论学派：陌生化原则基础上的方法学建构》（1978），美国学者赫伯特·伊格尔（Herbert Eagle）注意到形式论学者在电影诗学方面的贡献，回顾他们建构电影

---

① 张隆溪：《艺术旗帜上的颜色——俄国形式主义与捷克结构主义》，《读书》1983年第8期。
② 周启超：《现代斯拉夫文论导引》，河南大学出版社2011年版，第127页。

诗学的缘起，译介了艾亨鲍姆的文章《电影修辞问题》，这反映在专著《俄罗斯形式论学派电影理论》（1981）中。此后，欧美学者在谈到俄罗斯形式论学派时，都会提到艾亨鲍姆并将其作为该派主要成员来看待。如美国学者弗·詹姆逊（Fredric Jameson）的《语言的牢笼》（1972）、比利时哲学家布洛克曼（J. M. Brockman）的《结构主义：莫斯科－布拉格－巴黎》（1974）、英国学者特伦斯·霍克斯（Terence Hawkcs）的《结构主义和符号学》（1977）、托·本奈特（T. Bennett）的《形式主义与马克思主义》（1979）和法国学者茨·托多罗夫的《批评的批评》（1984），等等。

　　自20世纪70年代至90年代，欧美学者充分认识到艾亨鲍姆之于俄罗斯形式论学派的重要意义，即不研究艾亨鲍姆的著作就不能对"奥波亚兹"的理论做出完整阐释，因此出现不少专门研究艾亨鲍姆的学术文章，包括深入的专题研究乃至专著，对艾亨鲍姆的研究达到了新的高度。詹姆斯·柯蒂斯（James Curtis）在《柏格森与俄国形式论》一文中考察了俄罗斯形式论学者什克洛夫斯基、蒂尼亚诺夫、艾亨鲍姆与法国哲学家亨利·柏格森（Henri Bergson）的关系，认为三位学者都不同程度地接受了柏格森的哲学思想，并将其运用到批评实践中。哈罗德·谢弗斯基（Harold Schefsky）在《艾亨鲍姆的托尔斯泰批评焦点的转换》一文中回顾了艾亨鲍姆的托尔斯泰批评，认为其批评焦点一直在发生着变化，这与艾亨鲍姆的思想发展、学术环境都有一定的关系。卡罗尔·安妮（C. Any）在《"奥波亚兹"中的鲍·艾亨鲍姆：以文本为中心的诗学界限的检验者》一文中认为，在创建以文本为中心的诗学时，俄罗斯形式论学派遇到的最大困难就是如何在研究中避开明显的文化的和历史的阐释，如何防止转向非文本研究，而艾亨鲍姆就担任了解决这个困难的"警戒员"的角色，不但小心谨慎对待自己的批评方法，还经常暗示同事们不要偏离主题，因为这很容易使他们建立独立自足的文学科学的努力毁于一旦；在另一篇文章

绪　论

《鲍·艾亨鲍姆的未完成的关于托尔斯泰的著作：与苏联历史的一次对话》中，安妮解读了艾亨鲍姆的传记《列夫·托尔斯泰》，指出，传记创作是艾亨鲍姆同苏联政府的对话，是他对当局干预文学生活的抗议。

美国学者雷内·韦勒克在《近代文学批评史》（第七卷，1991）中对艾亨鲍姆进行了专节介绍，认为他是俄罗斯形式论学派的领导人物之一，与其他形式论学者一起为文学理论的发展做出了可贵而持久的贡献。在韦勒克看来，艾亨鲍姆规模最大而且持续最久的著作是研究托尔斯泰的鸿篇巨制——三卷本传记《列夫·托尔斯泰》。传记第一卷以早期专著《青年托尔斯泰》为基础，是"形式主义"式的分析，无新颖之处。而在后两卷中，艾亨鲍姆刻意避免了对马克思主义批评或"形式主义"批评的探讨，转向了广义的生平。"不过一方面艾亨鲍姆的托尔斯泰研究所留传世人的是显示其学识渊博的洋洋大观的丰碑，一方面在后几卷里实际上并无什么内容可以称之为文学批评，遑论俄国形式主义批评。"[①] 韦勒克还谈到艾亨鲍姆的文章《文学生活》[②]，认为这是对马克思主义的胜利做出的让步，或者说是承认。这时期欧美学界还出现了两部艾亨鲍姆研究专著：卡罗尔·安妮的《鲍·艾亨鲍姆：一个俄国形式论学者的不同声音》（1994）是一部艾亨鲍姆学术思想研究专著。安妮认为，首先必须承认艾亨鲍姆在俄罗斯形式论学派中的地位，应当发掘出他的独特理论。在某些表达中，安妮显然受到了厄利希的影响，但也有独到见解。譬如指出，在"后形式主义"时期，艾亨鲍姆如同时代的某些知识分子那样屈从了当时的政治要求，因此这时期学术论著的质量难免会打折扣。在如何看待艾亨鲍姆文学遗产的问题上，安妮建议把俄罗斯形式论学派的学术运动看

---

① ［美］雷纳·韦勒克：《近代文学批评史》第7卷，杨自伍译，上海译文出版社2006年版，第559页。
② 即《文学的日常生活》。

作一种自主的、社会的、文化的和精神的现象,而非文学研究,要在广阔的文化背景中去阐释艾亨鲍姆的文艺观发展的逻辑性。詹姆斯·柯蒂斯的专著《鲍·艾亨鲍姆:他的家庭、国家和俄罗斯文学》(2003)侧重从"社会与人的关系"这一角度来考察艾亨鲍姆不平凡的一生。柯蒂斯首先叙述了艾亨鲍姆的家族史,认为艾亨鲍姆的苦难源自犹太血统,他在俄罗斯生活了几十年,却始终没有归属感。然后,柯蒂斯详细地论述了社会文化因素对艾亨鲍姆思想发展的影响,探讨了他加入"奥波亚兹"的前因后果,他在"奥波亚兹"期间的社会活动,等等。最后,柯蒂斯还向我们展示了艾亨鲍姆的晚年生活以及家人的命运,认为个人与社会始终处于相互影响之中,艾亨鲍姆的生活就是俄罗斯文化发展的缩影。2013年8月在莫斯科举办的"俄罗斯形式论学派100年国际学术研讨会"上,来自美国、英国、德国、法国等国家的学者参加了会议,如德国学者汉森·廖韦、美国学者约翰·波特、法国学者卡特琳娜·德普莱托[①]等,他们围绕多个专题展开了讨论,其中意大利学者卡拉·索里维蒂(Карла Соливетти)在文章《艾亨鲍姆的外套和果戈理的外套》中分析了艾亨鲍姆的形式观。

综上所述,欧美学者对艾亨鲍姆的研究已突破形式论局限,并关注到艾亨鲍姆后期的学术理念转向,但尚存在一些问题。譬如所参照文献未必都是"第一手"资料,译者在翻译过程中对原文的误读无疑会影响研究者的理解;此外,欧美和俄罗斯在政治体制、文化背景上都存在很大差异,这也会影响到研究者对某一问题的看法。譬如如何看待艾亨鲍姆在"奥波亚兹"解散后的"隐性发展"时期的方法转变,欧美学者和俄罗斯学者对此存在明显分歧。欧美学者大都认为这是艾亨鲍姆迫于政治压力做出让步的"妥协投降"行为,而俄罗斯学者认为艾亨鲍姆的转变是源于他对历史与人的关系的重新认识,是自

---

① 参见附录《什克洛夫斯基思想在法国:翻译与接受》。

然发生的方法演变。见解的不同足以证明问题的复杂性。究竟是方法上的转变还是思想上的转变，尚待从学术角度进行考察。其实，这些年来俄罗斯文艺学界陆续披露了彼得格勒"诗歌语言研究会"与"莫斯科语言学小组"的学术档案材料，这些档案的开放，为人们客观描述与精准评价俄罗斯形式论学派的学术遗产提供了丰富的资源。

三 中国学界的鲍·艾亨鲍姆研究

20世纪70年代末80年代初，中国学者在翻译外国文艺理论研究著作时，在评价苏联早期文学理论、法国结构主义时都注意到了俄罗斯形式论学派，此后，他们通过翻译俄罗斯形式论学派重要代表人物的著作、撰写相关文章、编写外国文论教材等方式来实现对这一文艺学派的认识和理解。到目前为止，可以看出，中国的科研工作者对该学派的认识在逐步加深，研究工作也日益拓展开来，走出了一条从最初的泛泛介绍到深入的专题研究之路。

从成果来看，在20世纪的数十年间，中国学者大都是从整体上回顾俄罗斯形式论学派的历史和理论学说，主要围绕"文学性"和"陌生化"这两个核心概念、围绕什克洛夫斯基和雅各布森这两个重要人物的理论建树进行较为深入的探讨，而对其他形式论学者的理论思想言之较少。至于艾亨鲍姆的文论著述，目前学者已翻译了下列文章：《论悲剧和悲剧性》[①]，《"形式方法"的理论》《论散文理论》和《果戈理的〈外套〉是怎样写成的》[②]，《谈谈"形式主义者"的问题》《"形式主义方法"论》。[③] 从译文来看，中国的理论工作者们在某些方面还未达

[①] ［俄］维·什克洛夫斯基等：《俄国形式主义文论选》，方珊等译，生活·读书·新知三联书店1989年版，第32—40页。
[②] ［法］茨·托多罗夫：《俄苏形式主义文论选》，蔡鸿滨译，中国社会科学出版社1989年版，第19—57、171—184、185—207页。
[③] 张捷编选：《十月革命前后苏联文学流派》（下编），丁由译，上海译文出版社1998年版，第205—244页。

成一致，如对艾亨鲍姆的名字、文章中出现的术语的翻译，但对这位文艺理论家的研究成果还是有了初步了解。在翻译艾亨鲍姆文章的基础上，文艺理论界也对艾亨鲍姆的思想观点展开了整理和研究，但不是很深入。《当代西方文艺理论》① 和《20世纪俄罗斯文学批评史》② 中设专节介绍艾亨鲍姆，作者张杰简述了艾亨鲍姆的生平，指出其诗学研究的立场是科学实证主义，这首先体现在《"形式主义方法"论》一文中，其次还明显地表现在对词语的研究上。张杰注意到，艾亨鲍姆在"奥波亚兹"时期以及后来研究了一大批俄国作家，致力于探索俄罗斯文学发展的规律，因此，他更主要的是一位文学史家。方珊在《形式主义文论》③ 一书中将艾亨鲍姆视为形式论学派的中坚力量，认为其文章《果戈理的〈外套〉是怎样写成的》是理论原则与具体作品分析相结合的体例，鲜明体现了形式论学派的情节观。申丹在《叙述学与小说文体学研究》④ 中认为，在对叙事作品层次的划分上，艾亨鲍姆和什克洛夫斯基率先提出了两分法，即故事（素材）与情节的区分，这是当代叙述学的源头之一。彭克巽在《苏联文艺学学派》⑤ 第一章中简单介绍了艾亨鲍姆的经典之作《果戈理的〈外套〉是怎样写成的》，认为该文明显暴露了形式论学派的局限性，如在分析作品时舍弃了作者的伦理和审美观点，但对结构手法等的研究还是较有新意的。张冰的《陌生化诗学：俄国形式主义研究》⑥ 是一部以俄罗斯形式论学派为选题的博士学位论文，他从多个角度系统、深入地研究了该学派的历史和学说。在探讨形式论诗学时，他曾多次引用艾亨鲍姆的论著，指出，艾亨鲍姆对讲述体（сказ）⑦

---

① 朱立元主编：《当代西方文艺理论》，华东师范大学出版社2001年版。
② 张杰、汪介之：《20世纪俄罗斯文学批评史》，译林出版社2000年版。
③ 方珊：《形式主义文论》，山东教育出版社1994年版。
④ 申丹：《叙述学与小说文体学研究》，北京大学出版社2004年版。
⑤ 彭克巽主编：《苏联文艺学学派》，北京大学出版社1999年版。
⑥ 张冰：《陌生化诗学：俄国形式主义研究》，北京师范大学出版社2000年版。
⑦ "сказ"一词在国内的译法不一，常见的有"讲述体""自叙体""故事体""直接叙述"等。

的研究最为有力。王加兴在论文《讲述体理论初探》[①]中也关注到艾亨鲍姆对讲述体的研究,并做出了梳理与分析。

近十年来,中国学者对俄罗斯形式论的关注日益增多,中国社会科学院外国文学研究所理论室先后完成了"比较诗学研究""跨文化的文学理论研究"等项目,出版了《外国文论与比较诗学》《跨文化的文学理论研究》等学刊,对斯拉夫文论进行了重点译介。其他如周启超的《现代斯拉夫文论导引》《对话与建构》《开放与恪守:当代文论研究态势之反思》等,汪介之的《俄罗斯现代文学批评史》,杨燕的《什克洛夫斯基诗学研究》等著作都涉及俄罗斯形式论学者包括艾亨鲍姆的理论及学说。2016年四川人民出版社推出"金色俄罗斯"丛书,收入了什克洛夫斯基的著作《马可·波罗》和《动物园·第三工厂》,2017年张冰翻译出版了维克多·厄利希的著作《俄国形式主义:历史与学说》。

值得一提的是,中国文艺理论工作者的研究视野并未囿于艾亨鲍姆的文学理论,还关注了他的电影诗学。1995年远婴翻译了艾亨鲍姆的文章《电影修辞问题》[②],认为艾亨鲍姆剖析了电影的构成因素和修辞特征,表现出了细密而严谨的理论思维能力。2004年,洪宏发表论文《简论俄国形式主义电影理论》[③],梳理分析了艾亨鲍姆和蒂尼亚诺夫的电影理论。在他看来,艾亨鲍姆对电影诗学的研究以形式论学派的文学理论作为出发点,其电影理论的中心内容是从本体论角度探讨电影如何成为艺术,进而对电影艺术形式进行修辞学的解析,以期建立形式本体论的电影艺术观和电影语言学。

从上述回顾可以看出,由于历史的原因,在对艾亨鲍姆理论遗产的研究上,大多经历从曲解、批判到客观公正评价的过程。俄罗斯和

[①] 王加兴:《讲述体理论初探》,《外语与外语教学》1996年第2期。
[②] 李恒基、杨远婴主编:《外国电影理论文选》,上海文艺出版社1995年版。
[③] 洪宏:《简论俄国形式主义电影理论》,《当代电影》2004年第6期。

欧美学者起步较早，已经取得了一定的成就，中国学界的艾亨鲍姆研究尚存在一些问题和不足。首先，目前中国学者对作为一个整体文艺流派的俄罗斯形式论学派展开过或专题的或整体的研究，并且不断深化认识，甚至达到了应用、变形、实践等的程度，还一度影响到中国的文学创作和批评。但中国学者大都是从整体上回顾这一学派的历史和理论学说，且主要围绕"文学性"和"陌生化"这两个核心概念、围绕什克洛夫斯基和雅各布森这两个重要人物的理论建树进行较为深入的探讨，而对其他形式论学者的理论思想未加以重视。就艾亨鲍姆这位学者来说，对其的研究尚处于起步阶段，这显然与艾亨鲍姆的学术地位尚不相称。其次，中国文艺理论工作者对艾亨鲍姆的著作译介的较少，在对艾亨鲍姆著述的理解上尚存一些分歧。即使存在几篇译文，也不足以反映出艾亨鲍姆文艺思想的发展演变和整体风貌。最后，谈及艾亨鲍姆，我们的介绍也仅限于其与俄罗斯形式论学派相关的学术活动，对其在该派解散之后的研究知之甚少。

第三节　本研究的内容和意义

我们知道，鲍·艾亨鲍姆在俄罗斯形式论学派的发展中起着举足轻重的作用，也是该学派的一位重要代表人物，对这样一位学术大师的忽略无疑会影响我们对这一学派乃至整个现代外国文论的理解。全面梳理艾亨鲍姆的学术探索活动、深入开采艾亨鲍姆的文艺理论思想，是我们理论工作者面临的一项重要任务。中国对俄罗斯形式论学派及其代表人物学说的接受，在某种程度上受到过西方学者的影响。西方学者对俄罗斯形式论学派的著作有没有误读？对当时的苏联历史背景有没有曲解？如果他们误读了形式论，如果他们歪曲了当时的历史背景，他们的观点无疑会带上片面性的色彩，进而会影响我们对形式论诗学历史原貌的识读。由此看来，在相关历史文化语境中来细读形式论学派的"第一手"著作，努力进入俄罗斯形式论学派历史原貌的识读，正本清源，是我们必须要做的事情，这也是本书的写作动机之一。

本书研究内容涵盖艾亨鲍姆自1907年至1959年间的文艺理论，并聚焦于其主要理论文献，从以下四个部分进行探讨。

第一部分，从基于认识论的文学研究到基于形态学方法的诗学研究转变。20世纪是哲学繁荣发展的时代，哲学家和文学理论家之间的关联非常紧密，生活在这样一个时代的艾亨鲍姆必然受到一些哲学思想的影响。我们梳理了艾亨鲍姆文艺思想的哲学基础：认识论哲学、俄国象征派语言哲学、实证主义哲学等；分析艾亨鲍姆从基于认识论的文学研究到基于形态学方法的诗学研究的转变之所以发生的原因，阐述其转变过程。关注这个问题，我们才能更好地理解艾亨鲍姆的文艺理论思想。

第二部分，艾亨鲍姆基于形态学的文艺本体论的创建。我们立足于艾亨鲍姆在俄罗斯形式论学派发展时期的文章与著述，分离出艾亨鲍姆就诗歌语言、散文结构等美学问题阐发的诗学范畴，如文学系统观、文学讲述体观、文学演变观、电影诗学观等。艾亨鲍姆的学术活动横跨将近半个世纪，研究范围非常广泛，对诗歌、小说、电影艺术等都有一定的研究，他的理论体系虽受俄罗斯形式论学派总体诗学体系的制约，但也有自成一格的地方。只有在具体问题上作深入探查，我们在宏观把握形式论学派的理论建树时才会有新的发现。尽管艾亨鲍姆的理论大都形成于20世纪二三十年代，尽管他的研究活动已经过去大半个世纪，但现在看来，很多理论观点仍不失新颖之处，仍具有现实意义。今天，认真分析并反思艾亨鲍姆的文艺理论思想，可以促进我们对现当代文学理论的理解，更好地建设我们的文艺学。

第三部分，艾亨鲍姆基于文学与社会关系的诗学理念超越。艾亨鲍姆在形式论学派解散之后，进入"隐性发展"时期，提出了"文学的日常生活"这一理论,并以此理论为依据完成了对托尔斯泰的批评实践。本部分结合艾亨鲍姆的托尔斯泰传记,考察了这位形式论学者如何将艺术的社会功能纳入研究视野从而超越形式论诗学;对比分析艾亨鲍姆晚期诗学理念与苏联早期庸俗社会学批评倾向,指出,艾亨鲍姆晚期的诗学体系虽纳入社会因素,但与当时的庸俗社会学批评倾向存在根本区别,因为他始终坚持"以作品为中心"这条底线。

第四部分,艾亨鲍姆文艺思想的贡献。艾亨鲍姆通过撰文、著书,构建基于形态学的文艺本体论。在20世纪苏联学界围绕形式论诗学展开的论战中,艾亨鲍姆是当仁不让的形式论诗学守卫者,他的文艺思想也影响了后来的俄罗斯文论发展。不仅如此,艾亨鲍姆的某些理念被介绍到西方,深刻启示了西方叙事学、接受美学等当代文论。

本书在研究方法上立足于历史唯物主义和历史比较分析,将艾亨鲍姆置身于20世纪社会发展的历史语境中,置身于众多具体理论范式中进行考察,既从共时角度横向比较其与什克洛夫斯基、蒂尼亚诺夫等的共性和不同,探索其对形式论诗学的独特贡献,又从历时角度纵向梳理艾亨鲍姆在不同时期阐发的文艺理论,进而探寻他在中晚期实现超越形式论诗学的内在逻辑,同时检阅艾亨鲍姆对俄罗斯及西方文艺流派的影响。

我们认为,在考察艾亨鲍姆的文艺思想体系时,既要保持历史研究的严谨性,又要坚持现代思维的开放性。众所周知,艾亨鲍姆是俄罗斯形式论学派的创建者和守卫者。他具有较高的哲学素养,逻辑严谨,论证周密。在形式运动期间,艾亨鲍姆提出理论概念丰富形式论诗学,又进行批评实践,对形式论诗学做出总结、辩护,守卫了形式论诗学;在形式论学派解散之后,他及时对早期形式论诗学做出反思及修正,尝试走出"形式主义牢笼"。因此,他更是俄罗斯形式论诗学的超越者。我们认为,艾亨鲍姆的这种学术理念超越不是妥协也不是投靠,而是其思想成熟的表现,其超越对20世纪文学批评范式的转型具有不容小觑的作用。由此看来，借助"第一手"著作，深入俄罗斯形式论学派生成的原初语境，系统整理艾亨鲍姆的形式论学说及理论范畴，从而展现艾亨鲍姆文论思想的总体面貌，具有极为重要的学术意义。首先，考察艾亨鲍姆在中晚期对早期形式论诗学的反思和修正，有助于我们认识艾亨鲍姆作为俄罗斯形式论诗学之超越者的身份，澄清史上将俄罗斯形式论学者定位于唯形式论之误读，有助于我们把握20世纪文学批评范式从形式主义向结构主义转型的内在学理。其次，系统梳理和分析艾亨鲍姆的理论影响，可促进我们对当代世界文论走向的理解及把握，从而更好地建设中国的文艺理论。最后，系统检阅艾亨鲍姆的批评实践，有助于我们更好地理解其理论学说，也将为我们的研究方法提供多方位的参照和借鉴。

第一章　鲍·艾亨鲍姆文艺思想的哲学基础

西方现代派批评大都具有明确的美学基础，这些美学基础又与一定的哲学基础相关，俄罗斯形式论学派也不例外。通常我们认为，该派批评的哲学基础主要有索绪尔语言哲学、胡塞尔现象学等。众所周知，形式论学派本身是一个富于开放性的学派，其成员虽在理论大方向上基本保持一致，但批评方法各具特色，与之相关的哲学基础也呈多元化态势。总体来看，鲍·艾亨鲍姆的文学理论与文学批评的哲学基础主要有柏格森和弗兰克的认识论哲学、俄国象征派的语言哲学、西方与俄国的实证主义哲学。

第一节　鲍·艾亨鲍姆文艺思想与认识论哲学

谈到鲍·艾亨鲍姆文艺思想的美学基础，谈到哲学传统对他的影响，谈到他的研究工作所依赖的哲学前提，我们应该首先提到法国哲学家亨利·柏格森（Henri Bergson，1859—1941）的名字。艾亨鲍姆曾称自己在1916年和1917年所写文章的"基本目标都是致力于建构一种以认识论为基础的美学"[1]。在早期批评实践中，艾亨鲍姆发现传

---

[1] Б. Эйхенбаум, *Сквозь литературу*: *Сб. статей*, Л.：Academia, 1924, С. 3.

第一章 鲍·艾亨鲍姆文艺思想的哲学基础

统的历史文化学派的、心理学派的文学批评方法已经没有新意，往往导致文学研究沦为其他学科的附庸，以致俄国文学研究停滞不前。基于此，艾亨鲍姆和彼得堡语文学家尤·亚·尼科利斯基开始尝试创建一种以哲学为依据的文学研究与文学批评方法，并在这一过程中接受了法国哲学家亨利·柏格森与俄国哲学家谢·弗兰克的学说。可以说，柏格森与弗兰克的认识论思想是理解艾亨鲍姆乃至整个形式论学派思想发展的一部词典。

艾亨鲍姆的哲学思想认知，很显然是从阅读柏格森的作品开始。早在1912年，艾亨鲍姆就关注到亨利·柏格森的思想，并在文学刊物上介绍了柏格森于1911年5月在牛津大学发表的两篇演讲稿："第一篇是谈普遍问题的——哲学的本质、基础等。第二篇则以一种简练通俗的形式确立了柏格森哲学的基本原理：运动，也就是一般所说的任何一种运动的不可分割性。这两篇都非常有意思。"[①]

艾亨鲍姆主要对柏格森的"绵延说""纯粹直觉""生命感觉""完整的意志"等概念感兴趣。亨利·柏格森的绵延说建立在对当时盛行于自然科学界和哲学界的一元论进行批判的基础上。柏格森认为，自牛顿力学原理诞生以来，人们一直笃信一元论，一元论首先意味着空间和时间的相同与一致。按照这种说法，如果时间是同质的，是由许多离散的因素组成，那么，就不会存在持续的时间和真实的我的感觉。柏格森把时间分为两种：真正的时间和科学的时间。真正的时间就是绵延，它是质的过程，即质的连续不断的变化，没有明显的界限，没有任何人为的、量的因素，是纯粹异质的。纯粹的异质就是纯粹的绵延，它具有不可分割的整体性，整体性意味着异质和多数，而不是同质和单一。运动就是时间的绵延，与空间无关。"纯粹直觉"是柏

[①] Б. Эйхенбаум, "Восприятие изменчивости", *Запросы жизни*, Спб., декабрь 30, 1912, С. 30, 转引自 James M. Curtis, "Bergson and Russian Formalism", in *Comparative literature*, Vol. 28, No. 2 (spring), 1976, p. 112。

格森的认识论哲学的基础概念。在他看来，直觉并不完全代表主观性，它是对客观物体的一种认识，建立在物质基础之上。在日常生活中，普通人观察周围物体时，看到的往往只是它的功利的一面；而艺术家却能通过直觉将自己的意识与物体融合在一起从而揭示其真正本质。因此，艺术家独立于日常生活（但并不脱离它），这意味着他必然会放弃那些影响感觉的日常普通动机，他创造出的成果不具备实用价值，而更接近纯理论认识。这样，柏格森的形而上学就把作品与经验世界联系起来。

在早期文学研究中，艾亨鲍姆一直在有选择地吸收柏格森思想，尝试以认识论指导自己的批评实践。1915 年艾亨鲍姆在给友人的信中写道："我们需要建立某种类似'认知理论'的艺术，采用某种认识论方法来工作……"[①] 1916 年他又写道："如果艺术创造的全部力量在于一种特殊的认知，那么这种认知不仅与创造性的工作相关，也与它的材料有关。材料不是被动的——它有属于自己的规律、生命力和真理，而艺术家只有发现这些，才能更好地去支配它。"[②]

如同柏格森，艾亨鲍姆也把艺术视为对形而上学的探索和对生活的认识。这一年，艾亨鲍姆发表了文章《丘特切夫的信》《杰尔查文》《卡拉姆津》等。可以说，这三篇文章成为他的艺术认知理论的奠基石。在这些文章中，艾亨鲍姆努力探索艺术家们在特殊的直觉认识中如何建构诗学基本原则。他尝试利用个人文献，尤其是信件，证实艺术家们的世界观源于直觉。在研究丘特切夫时，艾亨鲍姆认为，对于考察世界本质的艺术家们来说，时空关系的领域是一个障碍，时间和空间常如同自然风暴那样令他们感到恐慌，丘特切夫在日常生活中敏

---

① 1915 年 3 月 25 日给多利宁的信。Цит. по：Дж. Кертис，*Борис Эйхенбаум：его семья, страна и русская литература*，Спб.：Академический проект，2004，С. 89.

② Б. Эйхенбаум，"Державин"，Б. Эйхенбаум，*Сквозь литературу：Сб. статей*，Л.：Academia，1924，С. 9.

锐地感觉到了这些并在信中明确表达了出来。1840 年，丘特切夫从莱比锡到德累斯顿去旅行，这对他来说是一次痛苦的享受。他直言旅行中的人仿佛总是处于空间的控制之中，这无疑是一种折磨，但同时他又为空间的广阔而欣喜发狂。1851 年丘特切夫在给妻子的信中说："为什么分离对于我比对其他任何人更困难，我想，真正的原因就是，即使那个人不存在，分离对于我依然如故"①，"爱情就是梦，而梦——转瞬即逝"②。丘特切夫把现实等同于梦境和虚无之物，他不再信任时间和空间，对于距离自己遥远的事物以及已成为过去的事物，他只将它们保存在记忆之中，而不相信它们的客观存在。艾亨鲍姆认为，建立在这种世界观基础之上的诗篇往往能引起人的无助感，但同时诗中的节奏又能消除这种感觉。在考察杰尔查文的诗学时，艾亨鲍姆断言："如果文学史属于未来，那么，只有当研究者以哲学态度对待自己的科学时，未来才将是确定的。"③ 在艾亨鲍姆看来，杰尔查文的诗学非常完整独特：在它那里，可以找到通向艺术直觉的道路；在它那里，认识建筑在大自然与精神的和谐之上，建筑在火与爱情的交融之上。而在卡拉姆津的诗学中，闪亮、耀眼的太阳光芒被黑暗与阴影所代替，观察被内省所代替，一切已逝去的事物成为卡拉姆津诗学的来源，这是史学家的诗学。对于史学家来说，在寻找真理的过程中，当理性思维达到极限时，接替它的就是想象，而这些想象和判断都源于直觉意识。所以，卡拉姆津不仅是艺术家，还是思想家，"也可以说，是我们的第一位哲学家"④。在评论伊凡·冈察洛夫和安东·契诃夫时，艾

---

① Б. Эйхенбаум, "Письма Тютчева", Б. Эйхенбаум, *Сквозь литературу：Сб. статей*, Л.：Academia, 1924, С. 54.

② Б. Эйхенбаум, "Письма Тютчева", Б. Эйхенбаум, *Сквозь литературу：Сб. статей*, Л.：Academia, 1924, С. 54.

③ Б. Эйхенбаум, "Державин", Б. Эйхенбаум, *Сквозь литературу：Сб. статей*, Л.：Academia, 1924, С. 6.

④ Б. Эйхенбаум, "Карамзин", Б. Эйхенбаум, *О прозе, о поэзии*, Л.：Худож. Лит., 1986, С. 20.

亨鲍姆认为，厌世的冈察洛夫需要一个安静的"坟墓"来进行创作，但对于契诃夫而言，反映人类痛苦的故事就是麻醉他自己的"酒精"。上述几篇文章都是艾亨鲍姆对同一个问题所做的调查研究，即作家的个性，或者说作家的思想如何反映在艺术之中。

对于艾亨鲍姆来说，生命感觉是一种思维方式，它指向世界体验。艾亨鲍姆在文章中不止一次提到生命感觉，比如普希金的生命感觉、果戈理的浪漫主义式的和契诃夫的现实主义式的生命感觉。艾亨鲍姆视此概念为分析历史文学材料的工具，在他看来，这种感觉将批评家的注意力转向了现代艺术："热爱过去是出于对现在的嫉妒——这是精神的禁欲主义，这是在抑制生命感觉。"①

在早期尝试建构以认识论哲学为基础的文学批评方法的过程中，艾亨鲍姆并不是只关注柏格森的哲学思想，还借鉴了另一位在认识论领域成就斐然的哲学家——俄国哲学家谢·柳·弗兰克（С. Л. Франк，1877—1950）——的形而上观点。

19世纪末20世纪初，柏格森的哲学思想随着西方哲学思潮涌入俄国，不仅影响了艾亨鲍姆等文学批评家，也冲击了部分哲学家的思想。柏格森哲学的三个关键概念——"绵延""异质"和"连续性"率先为俄国哲学界所理解和接受，其中就包括谢·柳·弗兰克。

1915年，谢·柳·弗兰克出版了硕士学位论文《知识的对象》（副标题为"关于抽象知识的基础和范围"），获得俄国哲学界的广泛好评，成为俄国认识论思想史上的一部杰作。《知识的对象》一书分为"知识与存在""普遍性的直觉与抽象的知识""具体的普遍性与有生命的知识"几个部分。弗兰克尝试建立一种不同于当时西方流行的主观主义和心理主义的本体主义认识论。他强调，认识不是主体对客体的反映，而是一种生命体验，它是存在于自身的直觉；认识的对象

---

① Б. Эйхенбаум, "София", *Русская мысль*, 1914, No. 1, С. 22.

第一章 鲍·艾亨鲍姆文艺思想的哲学基础

是独立存在的，对象问题就是对象与认识主体之间的关系问题。可以看出，弗兰克保留了柏格森对时间和直觉主义的理解，但尝试将其与康德的形而上学相调和。在弗兰克看来，柏格森强调时间体验的整体性是正确的，但哲学需要的是对整体性的特点和整体与部分之间的关系的特征做出清晰的说明。弗兰克发展了柏格森对时间固有的多样性的分析，认为时间的多样性形成了整体："整体就相当于超时间性、完整性或者……永恒性。"① 超时间性不等同于那种作为抽象化认识之中介的质的外时间性，所以，时间不能被归结为数量，否则，外时间性和超时间性就会融合在一起。在弗兰克看来，整体就是多样性的统一，信仰一元论必然会导致趋向恒等，即 A = A，这一逻辑方案意味着"我们不去解释或提出恒等性的概念而只会无意义地重复它"②。理性的判断是一种统一，它可以用公式 AB 来表示，即整体的各种形式的多样性。

艾亨鲍姆于 1915 年结识弗兰克，当时两人一起为杂志《俄国思想》工作，都喜爱丘特切夫的诗歌，曾一起探讨重建文学部的工作。1916 年 7 月艾亨鲍姆写信给日尔蒙斯基说："现在我对美学中一切与认识论相关的知识都很感兴趣……你是知道我的思想基础的——它接近弗兰克所主张的观点。"③ 艾亨鲍姆在书信中一贯用语简洁而含蓄，这次却明确谈到弗兰克，说明他确实非常重视这位哲学家，在后来的文学批评中也曾多次运用弗兰克的思想，主要表现在以下两个方面。

首先，艾亨鲍姆直接借用了弗兰克的哲学术语。譬如，在评价尤·

---

① 目前未搜集到此书，引文均转引自 Дж. Кертис, *Борис Эйхенбаум: его семья, страна и русская литература*, Спб.: Академический проект, 2004, С. 94。

② Дж. Кертис, *Борис Эйхенбаум: его семья, страна и русская литература*, Спб.: Академический проект, 2004, С. 94.

③ Дж. Кертис, *Борис Эйхенбаум: его семья, страна и русская литература*, Спб.: Академический проект, 2004, С. 89.

艾亨瓦尔德关于普希金的论文时，艾亨鲍姆写道："尤·艾亨瓦尔德以与文学科学的历史理论作斗争的方式而开始自己的文学事业，但又半途而废。他提出了超时间的美学价值因素，却未以哲学态度对待自己的事业。超时间性并不是外时间性……"①"超时间性"与"外时间性"这两个术语就来自弗兰克的论著。再如，在1916年艾亨鲍姆所写的《杰尔查文》中，多处可见弗兰克的术语："我们的科学在对待杰尔查文时既不细心又有失公正——不是出于恶意，而是无能为力。它只会费力地研究杰尔查文作品中那些受时代限制的非诗性方面，却忽略了超时间性的，即具有现代诗学价值的方面。"②"我根本不认为诗歌是外在于时间的，但它的内在任务本质上却是超时间的……诗歌的形象体系、节奏和语音本身是由作为艺术创作基础的'整体性存在的直觉'所确定的。"③艾亨鲍姆在注释中指出，"整体性存在的直觉"这一说法来自弗兰克的著作《知识的对象》。

其次，艾亨鲍姆在文学研究和文学批评中所体现的历史感，在某种程度上也来源于弗兰克哲学思想的滋养。弗兰克认为，现实只能被设想为过去和将来之间的界限。在研究文学史时，艾亨鲍姆宣称：创造新的艺术形式并不是发明，而是发现，因为这些新形式一直都潜在地隐藏于旧形式之中，现在和过去互相交织在一起，不能将二者分离开来研究。后来，艾亨鲍姆也曾对这一点做出过解释，在1926年6月给什克洛夫斯基的信中他承认，在分析莱蒙托夫的创作手法时，他经常会联想到当代俄罗斯作家，如尼·吉洪诺夫、鲍·帕斯捷尔纳克等。在评论安娜·阿赫玛托娃的诗歌时，艾亨鲍姆也采取过类似的看待过

---

① Б. Эйхенбаум, "Ю. Айхенвальд. Пушкин", Б. Эйхенбаум, *О литературе： Работы разных лет*, М.： Советский писатель, 1987, С. 311.

② Б. Эйхенбаум, "Державин", Б. Эйхенбаум, *Сквозь литературу： Сб. статей*, Л.： Academia, 1924, С. 6.

③ Б. Эйхенбаум, "Державин", Б. Эйхенбаум, *Сквозь литературу： Сб. статей*, Л.： Academia, 1924, С. 8.

第一章 鲍·艾亨鲍姆文艺思想的哲学基础 ❖❖❖

去和现在的视角,指出阿赫玛托娃的诗歌中隐藏着那些在象征主义时代所不被采用的短篇小说或长篇小说的因素。在《文学的日常生活》(1927)一文中,艾亨鲍姆这样阐述对历史的看法:"历史实质上就是复杂类比的科学、双重视角的科学:过去的事实作为重要的事实被我们所识别,它们不可避免地、毫无变化地进入了现代问题标志之下的体系之中。这样,一些问题被另外的问题所代替,一些事实被另外的事实所遮蔽。从这种意义来说,历史就是一种借助过去事实来研究现实的特殊方法。"[①] 从这段文字可以看出,艾亨鲍姆认为历史需要同时看到过去与现在,因此要求双重视角,而这种视角的形成正是以柏格森的绵延论为前提。

其实,不只艾亨鲍姆,什克洛夫斯基、蒂尼亚诺夫也都不同程度地接受了柏格森和弗兰克的认识论哲学思想,对此美国学者彼得·斯坦纳指出:"在这些多样化的手法之下存在着的或许就是一系列普遍认识论原则,而形式主义者对文学的理解就建立在它们的基础之上。"[②] 在《柏格森与俄国形式论》一文中,美国学者詹姆斯·M. 柯蒂斯认为,尽管柏格森在著作中从未探讨过形式论学者所关心的问题,如文学史的特征等,却为他们提供了一种阐释文本的范式和结构原则。什克洛夫斯基在文章中曾多次提到柏格森的论点,甚至还化用了柏格森的术语和思想。比如他关于习惯自动化的表述其实就是柏格森的"感受凝固化"的另一种说法。柏格森认为,自我的绵延本来是一直变化的,但在被投入纯粹空间之后就稳定了下来,同样,我们对周围事物的种种印象和感觉也经常变化,但我们总会因为某些外因而忽略它们,这样,感觉就具有不可变动性。什克洛夫斯基认为,这种自动

[①] Б. Эйхенбаум, "Литературный быт", Б. Эйхенбаум, *О литературе*: *Работы разных лет*, М.: Советский писатель, 1987, С. 428.

[②] Peter Steiner, *Russian Formalism*: *A Metapoetics*, Ithaca, NY: Cornell University Press, 1984, p. 22.

化过程的理想表现就是代数学。因为在采用代数思维方式时,"事物是以数量和空间来把握的,它不能被你看见,但能根据最初的特征被认知。事物似乎是被包装着从我们面前经过,我们从它所占据的位置知道它的存在,但我们只见其表面"①。这种说法可以在柏格森的著作中找到类似表达:"……代数学可以把在绵延某一瞬间上所得到的结果,把某一运动在空间所占的位置表示出来,而不能把绵延自身和运动自身表示出来。"② 在谈到电影时,什克洛夫斯基指出,电影的本质就是"一个孩子的不连续的世界,人类的思想为其创造出了一个沉浸在其幻想和想象之中的新的非直觉世界"③。这种观点显然源自柏格森对电影胶片中不连续的幻象序列与一个人头脑中的不连续感觉所做的比较。

在撰写《作为手法的艺术》一文时,什克洛夫斯基在结构上借鉴了柏格森的著作《时间与自由意志》。在文章的开头,什克洛夫斯基谈到了斯宾塞的"节省创造力"思想。他指出,这一思想原则在研究节奏时还是有诱惑力的,所以亚·维谢洛夫斯基、安·别雷等批评家都对这一观念进行了发挥。但这并不意味着这一观念在所有情形中都是适合的。就日常语言而言,这一思想是正确的,但诗歌语言规律不同于日常语言规律,因此,"在论及诗歌语言中的耗费与节约规律时,不应与一般日常生活语言相比,而应根据其自身的规律来探讨"④。这显然与柏格森在论及审美感时质疑斯宾塞的节奏在于"节省力气"一

---

① [苏] 维·什克洛夫斯基:《散文理论》,刘宗次译,百花洲文艺出版社1994年版,第9页。

② [法] 亨利·柏格森:《时间与自由意志》,吴士栋译,商务印书馆2002年版,第80—81页。

③ В. Шкловский, *Литература и кинематограф*, Berlin, 1923, C. 23, 转引自 James M. Curtis, "Bergson and Russian Formalism", in *Comparative literature*, Vol. 28, No. 2 (spring), 1976, p. 113。

④ [苏] 维·什克洛夫斯基:《散文理论》,刘宗次译,百花洲文艺出版社1994年版,第9页。

第一章 鲍·艾亨鲍姆文艺思想的哲学基础

说的做法如出一辙。除了柏格森，在《作为手法的艺术》中还可以看到弗兰克的影子。譬如，什克洛夫斯基在谈到感觉产生艺术时说，艺术"是为使感受摆脱自动化而特意创作的，而且，创造者的目的是提供视感，它的制作是'人为的'，以便对它的感受能够留住，达到最大的强度和尽可能持久。同时，事物不是在空间上，而是在不间断的延续中被感受"①。而弗兰克也有过类似的表述："注意力的具体化功能在于一点：占有的不是意识流内在范围里的内容，而是直接与绝对存在的外时间性整体相关的内容。"②

蒂尼亚诺夫在接受柏格森与弗兰克的认识论的程度上比什克洛夫斯基更为彻底。蒂尼亚诺夫在文学批评中多次抨击静态的文学史观，认为一切创造都具有内在的历史性和有机演变过程，主张从历时角度研究文学史，认为任何一种文学中的继承性联系，都首先是一场斗争，是以旧因素为基础的新的建设，这显然受到了柏格森的创造进化论的影响。如果说，柏格森使蒂尼亚诺夫认识到运动和演变的重要性，那么，弗兰克则令他对这种动态的过程理解得更详细、更充分。谈到知识史时，弗兰克说："在科学的历史中，到处都是各种各样的知识领域的最出乎意外的影响的例子"③，这种不同因素相互影响、相互作用的思想，被艾亨鲍姆和蒂尼亚诺夫所接受，他们将其与"序列"（ряд）概念相结合，说明社会生活的不同领域，如历史、文学、政治等之间的关系。艾亨鲍姆曾认为科学面临着两种选择："或者研究序列的平行性本身——它们的相应性、相互关系等（整体上的文化），或者研究单独的现象序列——每一个这样的序列是依照什么样的方式进行自主

---

① ［苏］维·什克洛夫斯基：《散文理论》，刘宗次译，百花洲文艺出版社 1994 年版，第 20 页。

② Цит. по: Дж. Кертис, *Борис Эйхенбаум: его семья, страна и русская литература*, Спб.: Академический проект, 2004, С. 104.

③ Цит. по: Дж. Кертис, *Борис Эйхенбаум: его семья, страна и русская литература*, Спб.: Академический проект, 2004, С. 102.

生活的。"① 蒂尼亚诺夫则认为系统是独立的、相互作用的统一体的总和。他把序列的思想应用到文学研究中，认为文学序列的系统首先是文学序列功能的系统，而文学序列不断地与其他序列相类比。"当谈到'文学传统'或'继承性'时，人们通常以为它是一条将某一文学支流的年轻代表与老代表联系起来的直线。但是问题要复杂一些。根本不存在直线连续，有的只是从某一点开始的探索、拒斥——即斗争。"② 在蒂尼亚诺夫看来，若以 A 代表果戈理，B 代表陀思妥耶夫斯基，他们之间的关系表现为拒斥的形式，但这种拒斥并不是将 A 与 B 分开，而是促成一种新整体的诞生，因此我们在陀思妥耶夫斯基的作品里也能看到果戈理作品的影子。这里蒂尼亚诺夫借鉴了弗兰克的 AB 整体多样性思想，即 AB 组合代表了一种整体，这种整体既是多样的，又是动态的，这种动态多样化的整体 AB 往往会通过某种概念性的自动丰富而创造出另一种新的整体。

著名文艺学家米·巴赫金的论著中也带有认识论思想的痕迹。当年巴赫金与形式论学者几乎同时在彼得堡大学读书，也热爱哲学。如果说，艾亨鲍姆等形式论学者运用哲学是为了进行一场文艺学领域中的概念革命，那么巴赫金则是因为哲学本身而对其产生了兴趣，但他们在对认识论的看法上或许会有某些相似性，这有待于我们进一步去考察。

艾亨鲍姆选择哲学作为文学批评基础的初衷，是让文艺研究走出传统的批评模式，摆脱社会学式或传记式的作品阐释方式。但随着研究的深入，艾亨鲍姆逐渐认识到哲学方法并不能解决作品中的具体问题，在哲学和作品之间还存在着一个诗学层面，能够解释这个现象的

---

① Б. Эйхенбаум，"Лермонтов"，Б. Эйхенбаум，*О литературе：Работы разных лет*，М.：Советский писатель，1987，С. 140.

② Ю. Тынянов，"Достоевский и Гоголь"，Ю. Тынянов，*Поэтика. История литературы. Кино*，М.：Наука，1977，С. 198.

理论就是语言学。这样，艾亨鲍姆逐渐认同了"奥波亚兹"的文学研究方法，开始转向象征派语言哲学，并将其作为文学批评的基础。

第二节　鲍·艾亨鲍姆文艺思想与象征派语言哲学

俄国象征派的语言哲学也是鲍·艾亨鲍姆文学批评的基础。19世纪末20世纪初，俄国象征派作为一个文学流派登上文坛。该派以法国象征派为师，创作了各具特色的诗歌，还借鉴其文艺理论，建构了以语言形式为重心的文学理论，开创了诗学与语言学相结合的研究方法，成功地将文艺研究者的注意力引向了文学语言及形式，激发了他们研究文学技巧的兴趣，这对传统的社会学文艺批评无疑造成了巨大的冲击，也对艾亨鲍姆产生了较大的影响。象征派批评家的实践令艾亨鲍姆看到了语言学研究方法的可操作性。但后来，艾亨鲍姆也曾公开表示过对俄国象征派的不满。这种矛盾现象应该如何解释？其实，这种矛盾的产生与俄国象征派语言哲学本身所具有的矛盾性有关：俄国象征派的语言哲学是科学性与神秘性的矛盾结合体。

俄国象征派语言哲学的科学性主要表现在勇敢挑战传统文艺观念和重新看待语言与形式问题的实证态度上。俄国象征派之所以在此时高调谈论语言问题，与西欧哲学转向有关。17—19世纪，笛卡儿开创的认识论哲学一直在西欧哲学界处于主导地位，到了19世纪末20世纪初，索绪尔语言学理论与实证主义的影响促使西欧哲学的重心很快从认识论哲学转向现代语言哲学。受这一哲学转向的影响，俄国象征派也开始关注语言，积极探索与作品形式相关的问题，具体表现在：首先，俄国象征派提升了诗歌的地位。19世纪二三十年代俄国诗人普希金、莱蒙托夫等创作了大量优秀诗篇，推动俄国诗歌的发展到达巅峰，创造了一个辉煌的诗歌时代；一度沉寂之后，五六十年代诗歌写作在涅克拉索夫和一批民主主义诗人那里又达到了新的高度；涅克拉索夫去世后，诗歌的地位日渐下跌，小说的地位逐渐上升，屠格涅夫、托尔斯泰、契诃夫等人的创作就是很好的证明；到了世纪之交，象征派诗人在诗歌创作中采用多种新颖的修辞手法，如隐喻、象征等，打破了俄国诗坛的沉寂，把诗歌从小说的阴影之下解脱出来，使其重新回到人们的视野之中。其次，俄国象征派在创作中注重诗歌形式而不是内容。瓦·勃留索夫在创作中力求找到完美的形式，把诗歌艺术提到一种崭新的高度；康·巴尔蒙特把音调、韵律和音响效果带入诗歌；别雷进行过混淆格律的尝试，显示了大胆创新的锐气。他们对新奇形式的尝试和在诗歌创作方面取得的成绩，使批评家们的注意力也随之转向诗歌形式和技巧。

  文学创作往往需要理论支撑。从 18 世纪开始，俄国几乎每个文学流派都有自己的理论家为创作实践提供理论支持，但到了象征派这里，创作者与理论家的关系有机共生，诗人即理论家，他们在写诗的同时也进行理论探索，这一点与后来的形式论学派相似。与追求诗歌创作新颖化相对应，俄国象征派学者对语言与形式理论极为重视。其实，在象征派之前已经有学者注意到了语言问题，如俄国语言学家亚·波捷布尼亚和文学理论家亚·维谢洛夫斯基。纵观当时俄国文学批评界，文艺学家们普遍注重的是文学内容，而不是语言，他们把词语仅仅视为普通的符号、表达思想的工具，语言结构也是毫不相干的事物，形式只是内容的外壳或某种修饰。与他们不同的是，亚·波捷布尼亚主张从语言学出发，把结构与功能统一起来研究诗歌语言问题。他认为词语由三个元素构成：词义的外部符号、内部符号和词义本身，其中内部符号，即内部形式最为重要，它形象地表达词义，而这种形象性正是词的诗意所在；艺术作品是符号，"符号—交际性"是艺术的重要特征之一。亚·维谢洛夫斯基也特别重视研究作品形式因素，倡导运用科学的实证方法去研究文本。他与波捷布尼亚的这些文艺思想，

第一章　鲍·艾亨鲍姆文艺思想的哲学基础

极大地挑战了传统的模仿说和再现说，直接影响了后来的俄国象征派。

在俄国象征派代表人物中，安·别雷（А. Белый）的诗学理论对艾亨鲍姆影响较大。安·别雷不仅对象征派语言理论做出系统阐述，还将这种理论运用到诗歌文本分析的实践中去。从某种意义上来说，别雷的理论和实践充分体现了俄国象征派语言哲学的科学性。别雷强调诗歌的词语是一种可感知的语音，与机械呆板的日常语言相比，诗歌语言生动形象，因为它和它命名的现象之间存在着一种有机联系，但其使命不再限于指称某种客体或思想内容，而是通过独特的音响组合和词语的魔力引发联想，使人产生一种难以言说的情感。若想揭开这些隐秘的含义，就必须深入研究诗歌中的节奏、诗格、隐喻机制等形式。在看待形式上，别雷超越了传统文艺观念对形式内容的二分法，认为二者是不可分割的统一体："……形式各种要素的总和是作为我们的意识内容而出现。因此内容与形式的形而上矛盾是一时的矛盾。对我们来说，艺术自身便是内容的结果。内容并非存在于形式之外。"①"象征主义的统一便是形式和内容的统一。"②

别雷不仅从理论上分析了诗歌形式，还从实践上进行了尝试性研究，这显然挑战了传统文艺观念——语言艺术家不需要系统研究诗歌技巧问题。在集大成之作《象征主义》（1910）中别雷梳理了俄国文学史上从罗蒙诺索夫到象征派这一漫长时期中四音步抑扬格诗歌的演变过程，细致考察了节奏模式在俄国诗歌不同发展阶段上的具体运用情况，深入探讨了"节奏变体"这一问题。别雷以普希金作品为例，指出诗人的四音步抑扬格诗歌中经常会出现一种现象，即在需要完全重音（полноударные）音节的地方却出现了半重音（полуударные）音节。别雷认为，这种现象发生的频率很高，不可能是笔误，可以认

---

① А. Белый, *Символизм*, М.: Русское товарищество, 1910, С. 222.
② А. Белый, *Символизм*, М.: Русское товарищество, 1910, С. 88.

为，这种半重音音节是诗作节奏结构的有机部分，其存在不但不会影响诗歌的表现力量，反而会使节奏更多样化更具美感。这种节奏变体现象也存在于俄国象征派诗人的作品中，他们对文学前辈发展到极致的"音节声调并重"（силлабо-тоническая）模式的诗体进行了再创造，使其更为自由化。勃留索夫、勃洛克和吉皮乌斯甚至发展了一种单纯以重音为调的诗体——三音节诗格变体。据此，别雷得出结论：即使一首诗看上去非常合乎作诗规范，也不能完全避免节奏变体现象，所以绝对服从重音交替规则是不可能的，也是不必要的。别雷的这种说法有些过于牵强，很明显，他在为象征派的诗学进行辩护，力图证明只有象征派的诗歌创作手法才是唯一可行的，才是科学的。

别雷还首次采用了统计学方法来分析诗作。美国学者维·厄利希认为，实际上，"在别雷之前已经有人尝试使用'统计学'方法分析古希腊罗马诗歌，所以别雷借助图表和数据的方法不算是新现象，但他无疑是第一个采用这种方法来研究俄国诗歌的学者"[①]。别雷曾以几何图形和图表来表示所分析诗作的节奏体系，描绘了重音分配、诗行停顿及词语间隔（межсловесный промежуток）等现象；在《试析俄国四音步抑扬格》（后被收入《象征主义》一书）一文中，别雷通过统计每篇诗作中违背节奏模式的次数，或依据统计出的遗漏重音音节数目来判断节奏多样化程度。对于别雷的统计学方法，有些学者颇不以为然。象征派著名诗人勃留索夫曾指出，在文学研究中采取这种数学方法并不得体，他还对别雷根据任意挑选出的一种成分就来判断节奏结构这种做法表示了反对。在勃留索夫看来，半重音的出现频率并不都是诗歌的优点，而遗漏的重音之所以能使节奏产生优美感，那是因为它们是诗人精心设计用来配合诗行停顿及其他因素；形式论学者

[①] В. Эрлих, *Русский формализм: история и теория*, Спб.: Академический проект, 1996, С. 293 – 294.

日尔蒙斯基认为，统计学方法常使别雷沉浸在复杂的数学计算中，而结果未必能说明问题；托马舍夫斯基则警告不要太信任统计数据，"在一切统计之前，都应先进行以实事求是地区分现象为目的的初步研究"①，否则，统计只能是繁复却无意义的计算练习。

尽管别雷的论著存在种种漏洞，却不影响它成为俄国科学诗学的奠基石。别雷这种专注于诗歌形式、力图建立文体分析的做法，无疑有别于陈腐过时的传统文艺批评观；他对诗歌节奏在俄国诗歌近一个世纪发展史上的演变过程的仔细推敲，无疑是向具体、历史地研究诗歌迈出的重要一步。这些具有科学精神的探索，恰恰是象征派语言哲学的科学性之所在，也成了艾亨鲍姆接受象征派语言哲学的思想基础。

首先，象征派对语言及形式的重视是对传统文艺观的反叛和背离，这与艾亨鲍姆对传统文艺观所持的怀疑批判态度相一致。在早期文章（加入"奥波亚兹"前，约1907—1916年间）中艾亨鲍姆曾多次阐发与传统文艺观不同的文艺思想。在《诗人普希金和1825年暴动》一文中，尽管艾亨鲍姆未对"情感与艺术的关系是什么"这一问题做出正面回答，但其论述明显有别于传统批评家将诗歌视为"诗人情感的直接表达"这个说法。而且他进一步对传统批评家们的机械研究方法进行了嘲讽，认为他们总是通过提炼思想或释义的途径来解释诗歌，譬如普希金研究者们一看到题目"先知"，就会先去圣经里检索"先知"的含义。在文章《关于中学文学学习的一些原则》（1915）中，艾亨鲍姆批评了长期统治俄国文学批评界的历史文化学派和心理学派，认为他们经常堂而皇之地把文学作品拿来解释说明某些历史或心理现象，或将其视为某个历史时代的反映，或将其视为作者个性的表达，

---

① Б. Томашевский, "О стихе: статьи", Л.: 1929, С. 36. Цит. по: В. Эрлих, *Русский формализм: история и теория*, Спб.: Академический проект, 1996, С. 294.

如此一来，文学研究就成为历史学和心理学的附属品，成为其他学科的分支。艾亨鲍姆指出，如今这种不科学的研究方法已被写入俄国文学史教程，这必将误导学生，因此，当下迫切需要建立一种独立自主的文学批评。谈到具体研究工作，艾亨鲍姆建议把文学作品视为一个独立系统，在这个系统中每个细节都为整体效果服务，以果戈理的《外套》为例，批评家们往往认为这篇小说的结局出乎意料，其实故事中的某些细节早就预示了这个结局，这些细节看似不重要，却不可或缺。从这篇文章来看，艾亨鲍姆在许多方面的见解已接近三年后成为"奥波亚兹"成员后的思想。

与普希金研讨课的组织者谢·文格罗夫教授分道扬镳的事实也印证了艾亨鲍姆与传统文艺观的决裂。当看到越来越多的学生对形式论诗学感兴趣时，文格罗夫忧心忡忡，担心过分注意形式会导致忽略内容。对此，艾亨鲍姆坦率地说："文格罗夫自己的美学是建立在内容与形式相分离的基础上。……对于他来说，诗的节奏，它的语音体系，甚至文体都只不过是'诗歌的外在体现'。……我们认为学生中发生的真正'转变'同样不是基于对形式的兴趣，而是依据对一种新美学的预感，这种美学的使命就是消除形式和内容之间的矛盾。"①

艾亨鲍姆渴望冲破传统束缚而建立新的科学批评，而安·别雷在《象征主义》一书中所传递出的思想正与之契合。在阅读了《象征主义》之后，艾亨鲍姆毫不掩饰他的溢美之词："事实上，这是俄国第一部关于言语理论的著作，我可以肯定地说，它将具有划时代的意义。以前所有的批评方法——历史的、政论的、印象主义的——必须要么退避，要么放弃它们令人厌恶的浅薄涉猎，成为其他更为普通的学科

---

① 见艾亨鲍姆写的一篇评论"普希金主义者"的文章，原文刊于1916年11月7日的《言论报》(《Речь》)。转引自 C. J. Any, *Boris Eikhenbaum: Voices of a Russian Formalist*, Stanford Univ. Press, 1994, p. 27。

的一部分。真正的批评一定是审美的，是一种形式的批评，一种研究'事物是如何构成'的批评。总之，这是一本值得关注的书。"[1]

其次，象征派学者别雷对于文本形式的尝试性研究较为成功，这启发和鼓舞了艾亨鲍姆。其实，在早期文章中艾亨鲍姆已经涉及与形式相关的论题，如对不同于传统小说体裁的讲述体的关注，这反映在他对叶·扎米亚京的小说《县城纪事》（Уездное）的评论中。1913年，扎米亚京的早期中篇小说《县城纪事》刊登在彼得堡的杂志《约言》（«Заветы»）上，受到文学界的高度评价，给作家带来了广泛的知名度。艾亨鲍姆及时对这部小说做出了回应。在他看来，小说的成功之处不仅仅在于近乎自然主义地描写了俄罗斯外省生活，更在于它的语言和结构特色。扎米亚京在创作中大量运用了取自人民生活的富有表现力的口语和方言，给作品增添了无穷趣味，为生活在大城市中的读者们带来了新鲜感，艾亨鲍姆的这一思想与后来什克洛夫斯基的陌生化理论相类似。艾亨鲍姆还发现，在《县城纪事》的结构中存在着偏离抒情的线索，这表现为作品中并不出现作者，整个故事由讲述人以不含任何感情色彩的语气道出，且讲述人的内心世界在这里也无关紧要。虽然艾亨鲍姆并未指出这种讲述风格正是讲述体小说所特有的，但对这种讲述风格显然持赞赏态度。

可以说，在20世纪初，作为活跃于文学刊物界的评论家，艾亨鲍姆只是客观记录了讲述体这种文学现象，而到了20年代，作为一个文学史家，作为一个理论家，他才开始探寻它的发生起源，这就有了后来的文章《讲述体的幻想》《果戈理的〈外套〉是怎样写成的》等。从另一个方面讲，此时的艾亨鲍姆还没有足够的勇气放弃以认识论哲学为基础的文学批评方法，也没有打算采取别雷倡议的那种系统的、

---

[1] 见艾亨鲍姆在1910年5月4日写给父母的信，转引自 C. J. Any, *Boris Eikhenbaum: Voices of a Russian Formalist*, Stanford Univ. Press, 1994, p. 17。

具体的验证方法，而是继续强调文学与生活的联系、作家创作与世界观的关系等，甚至还对纯形式研究表示出不满，认为它们忽视了创作行为。直到加入"奥波亚兹"之后，艾亨鲍姆才开始真正自觉地从事文学形式研究，他仿效别雷，仔细分析诗节中的音节、句法和单词重音并得出结论：正是这些因素的存在才使我们得以体会到诗歌的特点。

最后，与当时俄国文坛其他文学流派相比，象征派的语言哲学理念也更接近艾亨鲍姆的思想追求。从上面分析可以看出，象征派关注语言，将其抬高到至高无上的地位，这种观点难免成为众矢之的。当阿克梅派登上俄国诗坛后，首先就对象征派语言观发难。与象征派不同的是，阿克梅派尽量缩短诗语与日常语的距离，还原语言之"世俗"的一面。其实，阿克梅派虽宣告与象征派美学思想彻底决裂，但在根本上仍是象征派的继承者，原因在于阿克梅派缺乏大胆创新的精神，未能走出诗歌传统的束缚。"将阿克梅派视为战胜了象征派的新诗歌流派的开端，这是不正确的。阿克梅主义者不是好战的团体：他们认为自己的主要任务是实现平衡、缓和矛盾、进行修正……实际上他们甚至没有改变传统，相反，他们还自觉地捍卫了传统。"[①] "事实上，战胜象征主义的是未来主义者。"[②] 俄国未来派是一支挑战象征派的文学力量，初登上文坛就表现出非同一般的革命激情。他们主张否定一切，既否定传统，公然声称把普希金和托尔斯泰从现代生活的航船上抛下去；又排斥同时代其他文学流派。与此同时，未来派还宣称要对诗歌语言进行全面革新，断言诗人有权使用"无意义语"，在形式上求新求怪，不惊世骇俗誓不罢休。这从他们的诗作题目就可以看出，如《瘦鬼似的月亮》《穿裤子的云》《马奶》等。对于未来派这种

---

① Б. Эйхенбаум, "Анна Ахматова. Опыт анализа", Б. Эйхенбаум, *О поэзии*, Л.：Изд. Советский писатель, 1969, С. 84.

② Б. Эйхенбаум, "Анна Ахматова. Опыт анализа", Б. Эйхенбаум, *О поэзии*, Л.：Изд. Советский писатель, 1969, С. 85.

过分偏激的创作姿态，艾亨鲍姆并不赞同，他说："要将无意义语与诗划等号，只有一个条件：即从创作领域中排除与材料斗争和克服材料的成分。……这就是为什么对作者的提问——对此问题作者本人无法给出一个确定的答案——'真正的艺术作品是否将来有一天会用无意义语写作'——我们认为可以明确地回答：不。"①

在这一时期，"奥波亚兹"的成员核心已经形成，什克洛夫斯基与列·雅库宾斯基和叶·波里瓦诺夫已着手建构形式论诗学。值得一提的是，在使文学批评成为一门基于科学方法的学科这一观念上，俄罗斯形式论学派与象征派相接近。托马舍夫斯基和雅各布森曾沿用过别雷的统计学方法，什克洛夫斯基关于自动化的观念回应了别雷对诗歌语言与日常语言的论述，雅库宾斯基对诗语与非诗语的区分也是别雷这一说法的翻版。由此可见，别雷的著作催生了形式论学派的部分文艺观。别雷开创了一种"解剖式"的文学研究范式，形式论学派第一个接过这个接力棒并超越了他。从这个意义上可以认为，形式论学派继承了象征派的文学理念。因此，艾亨鲍姆在接受了象征派语言哲学之后，也就在心理与思想上为此后认同并加入俄罗斯形式论学派做好了准备。

俄罗斯形式论学派成立之后，其早期活动重在批判旧文艺观。他们反对俄国学院派对文学做出哲学的、心理学的或历史学的阐释，坚持对作品的文学性进行客观的、科学的研究。这种对于客观性、科学性的执着，使形式论学派也一度将批判的靶子对准俄国象征派。艾亨鲍姆说："我们同象征主义者展开了斗争，要把诗学从他们手中夺过来，使诗学摆脱他们的那些主观美学理论和哲学理论，使诗学回到科学地研究事实的道路上来。"② 这与他们对象征派的继承，看上去颇自

---

① Б. Эйхенбаум, "К вопросу о звуках стиха", Б. Эйхенбаум, *О литературе：Работы разных лет*, М.：Советский писатель, 1987, С. 327.

② Б. Эйхенбаум, "Теория «Формального метода»", Б. Эйхенбаум, *О литературе：Работы разных лет*, М.：Советский писатель, 1987, С. 379.

相矛盾，其实不然。我们认为，艾亨鲍姆等形式论学者肯定的是象征派语言哲学的科学性，否定的是象征派语言哲学的主观性和神秘性的方面。

俄国象征派语言哲学的主观性同其科学性一样明显。这主要因为：第一，俄国象征派诗人、作家、批评家不同程度地受到叔本华、尼采等哲学家的影响，艺术观不可避免地打上了主观唯心主义烙印；第二，俄国象征派诗人、作家、批评家接受了法国象征派诗歌的熏陶，而法国象征派的一部分诗人在创作时强调运用象征、隐喻、联想等手法，通过描写意象来展示隐藏在自然界后面的、超验的理念世界，这为他们的诗歌不由添上了神秘色彩；第三，俄国象征派的先驱之一是俄国宗教哲学家兼诗人弗·索洛维约夫，他主张艺术宗教化，认为艺术必须与宗教合二为一，才能拯救世界，他的哲学思想与艺术观都具有浓厚的神秘主义色彩。受这三方面因素的影响，俄国象征派对语言和词语的态度要比其他文学流派更为狂热。他们极度崇拜词语，认为词语拥有非凡的魔力。如安·别雷认为词语具有一种神秘的力量，"诗化语言与神秘创造直接相关，追求语词的形象性组合是诗的根本特征"[①]。维·伊万诺夫把词语视为音响与意义有机结合的综合体，这与他关于诗歌创造的神秘主义观念相关联。伊万诺夫认为，诗歌是绝对真理的体现、认知的最高形式，是能够克服经验可认识的现实与"不可知物"之间的差异的"巫术"，诗语是充满神秘意义的不可解的逻各斯；隐喻这种基本的艺术创作手法在诗中已不再是普通的修辞格，而是一种象征，其功能是"表达现象的与本体的平行性"[②]，揭示可感知世界与更高的先验实在的隐秘联系。老一代象征主义大师也同样对"具有魔力的词语"心驰神往，如巴尔蒙特在论文《作为神魔童话的

---

① А. Белый, *Символизм*, М.：Русское Товарищество, 1910, С. 11.

② Вяч. Иванов, *Борозды и межи*, М., 1916, С. 134. Цит. по：В. Эрлих, *Русский формализм：история и теория*, Спб.：Академический проект, 1996, С. 35.

诗》中说:"诗句就其本性来讲总是拥有魔力,诗句中的每一个字母即是魔法……"[①] 正是基于对语词神秘性的认识,俄国象征派不仅在创作中难以避免主观主义态度,而且在阐述语言理论时也往往使其笼罩在深不可测的迷雾和玄学色彩之中,而这正是探索科学诗学的形式论学派所大力批判的。

综上所述,鲍·艾亨鲍姆接受了俄国象征派语言哲学,认可了什克洛夫斯基等人的"词语的复活"观念,从此,他抛弃了自上而下的形而上的诗学探索,转向自下而上的对语言形式、创作技巧的探寻,力图在封闭的文字系统内找到文学发展的规律。同时,艾亨鲍姆也拒绝了俄国象征派语言哲学中的非理性因素,更多地以科学实证主义的态度来看待文学作品,这与他对科学诗学的追求精神相契合。

第三节　鲍·艾亨鲍姆文艺思想与实证主义哲学

1926年鲍·艾亨鲍姆说:"历史要求我们的是真正的革命热情——坚决的论点,无情的讽刺,果敢地拒绝任何妥协。同时,重要的是要宣传对事实的客观科学态度,反对那些曾鼓舞过象征主义者的理论工作的主观美学原理。由此又产生了形式论学者所特有的新的科学实证主义激情:拒绝哲学前提,拒绝心理学的和美学的阐释,等等。"[②] 俄国形式论学者包括艾亨鲍姆的文学批评的实证主义哲学基础,由此可见一斑,他们与象征主义者的根本分歧也在于此。然而,形式论学派所崇尚的科学实证主义精神显然与俄国学院派的实证主义不同,它是

---

① 转引自周启超《俄国象征派的文学语言观》,《外国文学研究集刊》第十六辑,中国社会科学出版社1994年版,第34页。
② Б. Эйхенбаум, "Теория «Формального метода»", Б. Эйхенбаум, *О литературе: работы разных лет*, М.: Советский писатель, 1987, С. 379.

摒弃了哲学的、心理学的研究范式的新实证主义。

俄国学院派文艺批评兴盛于19世纪末20世纪初，它包括神话学派、历史文化学派、历史比较学派和心理学派，代表人物大多是在俄国著名大学讲授语文学、文艺学和文学史等课程的教授，他们知识渊博，既继承了俄国革命民主主义美学传统，又吸收了西欧的实证主义哲学思想。西欧的实证主义思潮开始于19世纪法国哲学家奥古斯都·孔德（1798—1857）的实证哲学。孔德的实证哲学以18世纪英国的对传统形而上学持怀疑精神的休谟经验主义哲学为源头，把经验作为全部哲学的基础，但基本原则在于实证，强调用自然科学的实证方法来获得经验，且这种经验应该能为科学所证实，以达到改造和超越传统神学和形而上学之目的。19世纪后半期，在接受了孔德的实证论、黑格尔的思辨哲学及达尔文的进化论的基础上，法国文艺理论家泰纳（1828—1893）开创了实证主义美学，并把实证主义美学运用于文艺批评领域。泰纳认为，一切事物的产生和发展都有规律可循，所以无论自然科学还是精神科学，其研究方法类似。他主张从具体事实出发来研究艺术，总结文艺的发展规律。但是泰纳没有完全局限于孔德的实证论，认为"对于玄奥的沉思、文学的修养、心理的感觉以及历史的评价，孔德完全是陌生的"[1]，因此，在坚持实证精神的同时，泰纳也强调艺术家的主观作用和创造精神，主张采用大量历史资料，从种族、环境、时代三个方面研究精神文化和艺术创作。在实践中，泰纳往往把文学研究与自然科学研究特别是生物学研究作类比，这种方法影响了后来的自然主义文论；泰纳把传统的历史研究方法与实证主义方法结合起来，坚持"种族、环境、时代"三要素的学说，具有社会学美学的特征，影响了后来的俄国学院派文学批评。

在文学研究和文学批评中，俄国学院派遵循实证主义精神，主张

---

[1] 转引自伍蠹甫、翁义钦合著《欧洲文论简史》，人民文学出版社2002年版，第339页。

第一章 鲍·艾亨鲍姆文艺思想的哲学基础

改革文学观念和文学研究方法，主张多角度探讨文学创作规律，提出了一系列文学研究和文学批评的新观念和新方法，为俄国文艺学的革新和发展开辟了新天地，提供了新视角，启发了后来众多的文艺批评流派，其中就包括形式论学派。而在俄国学院派中，对形式论学派影响最大的当属历史比较学派的代表人物亚·尼·维谢洛夫斯基（А. Н. Веселовский，1838—1906）。

亚·尼·维谢洛夫斯基是俄国历史诗学创始人、"俄国比较文学之父"。在19世纪上半期，俄国文学史还不是一门系统学科，维谢洛夫斯基也认为这门课程存在着许多缺陷，于是，在批判并汲取历史文化学派、神话学派的合理因素的基础上，他主张历史地、比较地研究各民族文学的异同，建立总体文学史，揭示文学演变的一般规律，从而阐明艺术本质及各种诗学内涵，建立科学的历史诗学体系。同时，维谢洛夫斯基还注意到文学艺术发展规律的特殊性，认为艺术形式的演变不是简单的新旧更替，而是改造传统形式，既有继承，又有创新，这些论断极大地启发了后来的俄罗斯形式论学派。维谢洛夫斯基非常重视叙事文学作品的研究，把文学作品的叙事模式分为母题（мотив）和情节（сюжет）两个基本要素，认为母题是最简单的叙事单位，"它形象地回答了原始思维或日常生活观察所提出的各种不同问题"[①]，而情节是"把各种不同的情境—母题编织起来的题材"，是"一些复杂的模式，在其形象性中，通过日常生活交替出现的形式，概括了人类生活和心理的某些活动"[②]。母题与情节之间对立统一、相互渗透的结构功能是构建情节诗学的基础。维谢洛夫斯基对母题与情节的研究，有助于从情节诗学角度去考察从民间故事、神话传说到现代小说的演变发展规律。这种情节诗学研究，对后来什克洛夫斯基与艾亨鲍姆的

---

① ［俄］维谢洛夫斯基：《历史诗学》，刘宁译，百花文艺出版社2003年版，第595页。
② ［俄］维谢洛夫斯基：《历史诗学》，刘宁译，百花文艺出版社2003年版，第590页。

情节观、普罗普的民间故事叙事结构，以及巴赫金的复调小说理论都产生过重大影响，可谓20世纪叙事学理论的发端。维谢洛夫斯基的历史诗学还研究了诗歌语言风格。传统诗学理论认为诗歌语言在形象性和韵律感方面不同于散文语言，维谢洛夫斯基指出，诗歌语言和散文语言的区分是相对的，它的界限不是固定不变，而是随历史时期不同发生变化。这种关于诗歌语言风格的研究对俄罗斯形式论学派与符号学派的诗学理论、文学风格理论都产生了一定影响。

维谢洛夫斯基对俄罗斯形式论学派的影响不只这些，最基本的影响当属以实证主义美学为基础的研究方法。维谢洛夫斯基所倡导的总体文学史研究是一个科学概念，它必然要求相应的科学研究方法，这就是以实证主义美学为基础的历史比较方法。维谢洛夫斯基认为，只有现象或事实是实证的东西，"你可以把对象分成各个部分来研究，从某一方面来考察，每次你都能取得某种结论，或获得一系列局部性的结论。……这样，步步深入，你就会达到最终的、最充分的概括，这实际上也就表达了你对所研究的领域的最终的观点。"[①] 由此看出，这种方法注重事实和实证，注重考虑各种事实的连续性和重复性，并在比较分析中归纳和概括规律。这种以实证主义美学为前提的批评方法，启迪了后来的形式论学者。也正是在这个意义上，雷内·韦勒克将维谢洛夫斯基视为"俄国形式主义的一位首倡者"[②]。

在艾亨鲍姆的文学批评活动中，实证主义的立场显而易见。早在1907年研究普希金时，艾亨鲍姆就采用了实证主义方法，把普希金的创作同社会环境相联系，着重考察了诗人对当时政治生活中出现的重大事件——十二月党人起义——的反应。普希金与十二月党人交往甚密，了解他们的过去，见证他们的功绩和死亡，不会对这一重大事件

---

① ［俄］维谢洛夫斯基：《历史诗学》，刘宁译，百花文艺出版社2003年版，第5页。
② ［俄］维谢洛夫斯基：《历史诗学》，刘宁译，百花文艺出版社2003年版，第1页。

第一章 鲍·艾亨鲍姆文艺思想的哲学基础

无动于衷；但作为一个诗人的普希金如何看待十二月党人运动，如何在创作中反映这一政治事件，这是艾亨鲍姆较为关心的问题。在这里，艾亨鲍姆采用了一种基于经验的推测方法，即根据自己的判断提出假设，再以实证主义方法一步步证明自己的推测。在后来研究莱蒙托夫和托尔斯泰时，他也经常使用这种方法。艾亨鲍姆以普希金的十一首诗，即从《先知》（1826）到《诗人与人群》（1828）作为研究对象，来展开论证。在他看来，这些诗歌都是普希金在反思十二月党人（大部分是普希金的朋友）及其事件的基础上创作的。依据诗歌，艾亨鲍姆首先做出了以下几种假设：其一，普希金认为自己在道德上有义务继续传播十二月党人被捕后的消息；其二，普希金的心理处于变化不定的状态，时而为起义失败而痛苦，时而顺从地接受这一切；其三，普希金意志过于薄弱而不能履行这项使命。接下来，艾亨鲍姆开始分析诗歌。如果说，这些诗歌是气势恢宏的交响乐的话，那么《先知》就是交响乐的第一乐章，具有寓言意义，如普希金在诗里行间用"六翼天使"来比喻十二月党人起义的理想。诗歌《阿里昂》创作于1827年，即十二月党人就义一年后，普希金在这里描绘了独木舟上航海家和舵手遇难的场景，以此象征十二月党人被处死的悲惨遭遇；诗中的"我"是一个神秘的歌手，却"被风暴和海浪推到了海岸/我仍然唱着昔日的颂歌"[①]。这首诗诞生于阿里昂故事带来的灵感。阿里昂是古希腊诗人和音乐家（公元前7—前6世纪），传说他在海上遇难时得到了被其歌声迷住的海豚的搭救。在诗中，普希金借这一故事来暗喻自己与十二月党人的友谊，他希望能忠于昔日的信念，但又有所动摇，如在《斯坦司》一诗中曾把尼古拉一世比作彼得一世，对其歌功颂德，为其镇压十二月党人起义的行为辩护。《回忆》（1828）是这些诗中的最后一首，反映了诗人极为苦闷的心情：

---

① [俄]普希金：《普希金诗选》，乌兰汗等译，浙江文艺出版社2001年版，第192页。

"我颤栗；

我诅咒自己；

我沉痛地怨诉，

我痛哭，

泪如涌泉，

但却洗不掉悲哀的词句。"①

可见，诗人在为过去的迷失而痛苦，为思想的软弱而备受良心折磨。通过详细分析文本，艾亨鲍姆一步步论证了自己的假设。

在加入"奥波亚兹"之后，艾亨鲍姆与其他形式论学者一样，首先在工作态度上体现出鲜明的科学实证主义精神。艾亨鲍姆反对形式论学派对手把形式论方法视为静止不动的"形式主义"体系。他强调说，现成的科学理论并不存在，科学不是在建立真理时就存在，而是在克服错误的过程中形成。形式论学派在工作原则上非常自由，他们把理论仅仅视为一种工作假设，这种假设本身可以在科学研究过程中不断加以调整，并随时根据科学的要求来进行深化和修改。从这种观念出发，艾亨鲍姆等学者得出结论：文学研究是一门独立的科学，不是其他学科的附属品，具有自己的研究对象和研究方法；文学也是自主的，它的发展和演变具有自身规律，文学研究应当像自然科学研究那样是实证的。在研究中，艾亨鲍姆等"之所以从感觉经验出发并固守感觉经验，就是因为只有可感觉的经验事实才是确实可靠的，即实证的"②。

形式论学者早期对诗语的关注就是一个例证。"关于诗歌声音的问题特别尖锐，与未来派团结在一起的形式论学者正是在这一点上和象征派理论家们展开了面对面的冲突……也正因此出现了第一部文集，

---

① ［俄］普希金：《普希金诗选》，查良铮译，译林出版社2000年版，第234页。
② 陈本益：《俄国形式主义文学批评论的美学基础》，《东南大学学报》2003年第3期。

这部文集完全是探讨声音和'无意义语'问题的。"① 在具体研究中，他们以音位学为基础，对诗歌语言的音响、节奏等容易感知的形式进行了考察。在研究诗歌的同时，艾亨鲍姆等形式论学者对比了诗语和实用语，认为两者的差异在于诗的手法和诗的形式；在研究小说时，他们对比了作品的情节和本事，认为差异在于前者是对后者的独特安排和组织，而这恰恰构成了散文的情节结构，即散文本身。由此可见，差异就是文学形式，即文学本身。形式论学者还主张差异对比方法，即"从现存的无限多样的序列中挑选出与文学序列有接触、但在功能上又有所不同的序列，应当将文学序列与这些其他的事实序列做出对比"②。总的来看，形式论学者在文学研究和批评实践中，总是力求遵循实证主义原则，试图通过具体作家具体作品的分析，以科学论证方式来阐释诗学理论，他们的研究方式确实具有实证主义性质。韦勒克就曾称"他们是一些在文学研究领域中抱有科学理想的实证主义者"③。

形式论学者这种强调实证的、科学的研究方法的精神，显然与维谢洛夫斯基的文艺思想也一致。巴赫金指出："形式主义者几乎没有同他（指维谢洛夫斯基——笔者注）展开论战，并很快开始向他求教……"但同时又指出，他们"却没有成为其事业的继承者"④。这是因为俄罗斯形式论学派的实证批评是独特的，是经历了形式论诗学洗礼的实证批评，是主张使诗学回到科学地研究事实的道路上的新实证主义。

具体来说，泰纳的传统实证批评主张从种族、环境和时代三方面

---

① Б. Эйхенбаум，"Теория «Формального метода»"，Б. Эйхенбаум，*О литературе：Работы разных лет*，М.：Советский писатель，1987，С.381.

② Б. Эйхенбаум，"Теория «Формального метода»"，Б. Эйхенбаум，*О литературе：Работы разных лет*，М.：Советский писатель，1987，С.380.

③ ［美］雷内·韦勒克：《20世纪文学批评的主要趋势》，载《批评的概念》，张今言译，中国美术学院出版社1999年版，第331页。

④ ［苏］巴赫金：《文艺学中的形式方法》，邓勇、陈松岩译，中国文联出版公司1992年版，第79页。

去评论文学，这三要素只能与作品的思想内容、作家的社会背景、创作动机等方面有关系，而不是作品的形式，无疑这是一种重视文学外在因素的批评；俄国学院派的实证批评，如维谢洛夫斯基的历史诗学，虽然注意到了艺术形式、诗歌语言、修辞手段的演变和更新等作品的内部问题，但从总体上来看，维谢洛夫斯基着重强调的还是依据人们的生活方式和思维方式来研究文学，聚焦于社会历史的和文学心理的动因，这仍是对文学外在因素进行的研究。对此，俄罗斯形式论学派明确表示了不同观点。他们认为，文学的不断更新与发展由文学内部规律决定，与时代变迁、社会环境等外在因素完全无关。什克洛夫斯基曾说："在文学理论中我从事的是其内部规律的研究。如以工厂生产来类比的话，则我关心的不是世界棉布市场的形势，不是各托拉斯的政策，而是棉纱的标号及其纺织方法。"① 在具体批评实践中，形式论学者往往视形式构造活动为文艺创作的本质，完全放弃对作家心理、道德伦理观等与作品无关的要素的研究。如艾亨鲍姆对果戈理的《外套》中那个著名片段的分析。小说中一个年轻人"在最快乐的时刻，他会想起那个脑门上秃了一小块的矮小的官员和他的痛彻肺腑的话：'让我安静一下吧，你们干吗欺负我？'——并且在这些痛彻肺腑的话里面，可以听到另外一句话：'我是你的兄弟。'"② 对于这句可怜巴巴的祈求，学院派批评家历来认为这是作家人道主义情怀的表现，但在艾亨鲍姆看来，这句话只是一种艺术手法，为作家营造悲情气氛而服务，并无特别含义，他说："艺术作品往往是由艺术家创作出来的、赋予某种形式的虚构东西，它不仅富有艺术技巧，也是最佳意义上的人为作品；因此艺术作品中没有也不可能存在心理经验的投射。"③ 他

---

① [苏] 维·什克洛夫斯基：《散文理论》，刘宗次译，百花洲文艺出版社1994年版，第3页。
② [俄] 果戈理：《彼得堡故事》，满涛译，人民文学出版社2008年版，第137页。
③ Б. Эйхенбаум, "Как сделана «Шинель» Гоголя", Б. Эйхенбаум, *О прозе, о поэзии: Сб. статей*, Л.: Худож. лит., 1986, С. 59.

第一章　鲍·艾亨鲍姆文艺思想的哲学基础

还指出，不仅这篇小说，而且果戈理的其他作品，如《鼻子》《婚事》《钦差大臣》等都缺乏情节，情节是次要的、静态的，叙事结构和风格才是主要的、动态的。由此看来，形式论学者在文学研究和批评活动中主要强调了文学的内在要素，这明显区别于维谢洛夫斯基的研究。事实上，形式论学者一方面因为维谢洛夫斯基认识到了文学的独立自主性而将其视为自己的先驱，另一方面又为维谢洛夫斯基在文学研究中不能彻底摆脱外在因素而感到遗憾。

对于俄国学院派文艺学其他分支的学术活动，形式论学者也持批判态度。他们认为，神话学派在作品分析中总是力图给故事情节、人物、细节等找到相似的神话内容，找到相应的移植来源；历史文化学派依据作家遗著、书信、日记、手稿等文献资料来考证作品的起源，以社会现象和时代背景来阐释文学，最终导致文学研究成为历史、地理和文化的大杂烩；心理学派注重考察作家的生平细节，差不多把文学史研究等同于作家传记心理研究，还在一定程度上抛开了文艺现象的社会历史根源。另外，值得指出的是，俄国学院派还十分重视文学运动与社会思潮和民族意识的密切联系，研究和评论中也往往渗透着公民精神和政治理想，具有鲜明的社会学和政论的色彩，这是西方实证主义文艺批评所没有的，也是俄罗斯形式论学派所拒绝的。在形式论学者看来，俄国学院派已经把文学史混同于社会思想史和一般文化史，忽视了文学作为艺术现象的审美特性和文学形式的相对独立性，混淆了文学与其他学科的界线，使文学理论丧失了清晰的轮廓、研究对象的特性和明确的研究范畴，这显然缺乏科学性。艾亨鲍姆曾明确表达对俄国学院派的不满："在形式论学者登台以前，'学院式'科学完全忽视理论问题，仍有气无力地利用过时的美学、心理学和历史学的'原理'，其实它已经失去了对自己的研究对象的感觉，以致它自身的存在也成了虚幻。对这种科学无须进行斗争：无须闯进门去，因为根本就没有任何门——我们把穿堂院看成了堡垒。波捷布尼亚和维

— 63 —

谢洛夫斯基的理论遗产传到了学生那里，也只能是积压的资本，就像没有价值的财宝，谁都害怕去碰它，因而也就一文不值了。"①

在从事文艺研究时，俄罗斯形式论学派倡导不屈从任何既定的理论建构，拒绝任何心理学的、美学的阐释："事态的情形要求我们脱离哲学美学和艺术的意识形态理论。应当诉诸事实，放弃一般的体系和问题，从中间开始——从我们遇到艺术事实那里开始。艺术要求人们认真地对待它，而科学则要求人们使之具体化。"② 俄罗斯形式论学派这种对传统实证主义的外部批评取向的责备，这种与之决裂的决心，使韦勒克又毫不犹豫地将这一学派归入20世纪初欧洲反对实证主义文学批评的潮流之中，视其为斯拉夫国家反对实证主义批评的一支主要力量，这显然与他称俄罗斯形式论学者为"实证主义者"的说法相矛盾。不过，从上面我们谈到的形式论学者的实证主义批评特征来看，这种矛盾也是可以理解的：在研究文学的过程中，形式论学者注重事实和科学，他们的方法是实证主义的，可称他们为"实证主义者"；形式论学者不承认外部研究的科学性，主张以文学作品的自身为研究对象，强调内部研究，从这个意义上来说，他们是反传统实证主义批评的。

艾亨鲍姆等形式论学者以实证主义哲学为基础，从形式出发，把文学看成一个独立自足的结构，坚定不移地把关注重心放在文学作品的内部机制上，把作家生平、心理及社会问题等置于研究边缘，从而把人们的注意力引向了与形式、技巧等相关的因素，使人们走进了作品的内在世界，丰富了人们对作品结构的认识，凡此种种，都是形式论学派区别于传统文论之处，也是它对现代文论做出的可贵而持久的

---

① Б. Эйхенбаум, "Теория «Формального метода»", Б. Эйхенбаум, *О литературе: Работы разных лет*, М.: Советский писатель, 1987, С. 378.

② Б. Эйхенбаум, "Теория «Формального метода»", Б. Эйхенбаум, *О литературе: Работы разных лет*, М.: Советский писатель, 1987, С. 379.

贡献。雷内·韦勒克曾说:"他们的工作的可贵之处不仅在于为先锋艺术所作的辩护或者对俄国文学的进程所作的重新解释,而且是对迥然不同的语境中所产生的各种方法进行的探讨、阐扬和发挥。他们的理论学说可以移植于其他国度和时代而且宜于应用。"[1] 的确,俄罗斯形式论学派的某些重要理论要素后来在结构语言学、结构主义文论、符号学等领域生根开花,在欧美等地延续了生命,对当代文论产生了深远影响。

但从另一方面来看,形式论学者在研究中完全放弃作品的思想内容、创作背景及作家世界观,这种纯内部的研究方法很容易导致片面化、偏激化的结论,后来形式论学派走入研究困境并最终解散也与此不无关系。对此,雷内·韦勒克一针见血地指出:"这些形式主义者选择了一条着眼于技巧的、科学性的文学研究途径,它可能吸引当今之世,但是终究会使得艺术脱离人性而且毁坏批评。"[2] 究其原因,在于文学作品不完全等同于自然科学现象。作家在创作文学作品时,总是不可避免地将主观情绪带进作品之中,因此,文学作品除了科学性之外,还具有想象性、虚构性、情感性等与人的意识相关的因素,而这些无法完全用语言学来解释。文学作品是情感的符号,具有一定张力的情感结构是文学作品的必要因素,这也远非科学所能检验论证。因此,我们在进行文学批评时,既要分析作品中的形式手法,又要阐明作品所体现的思想内容,方能对作品做出较为客观合理的阐释。

---

[1] [美]雷纳·韦勒克:《近代文学批评史》第7卷,杨自伍译,上海译文出版社2006年版,第541页。

[2] [美]雷纳·韦勒克:《近代文学批评史》第7卷,杨自伍译,上海译文出版社2006年版,第543页。

第二章　鲍·艾亨鲍姆的基于"形态学"的文艺本体论

加入"奥波亚兹"之后，鲍·艾亨鲍姆立足形态学立场，以科学实干家的激情研究了一大批经典作家的诗歌文本、小说文本。他认为，文学是独立自足的整体，是有机运动的系统，文学的发展就是新的艺术手法代替失去作用的旧手法的过程。艾亨鲍姆还对一系列概念进行了独到阐释，如讲述体、风格等，并将形态学方法论运用于电影研究，为俄罗斯形式论学派创建电影诗学做出了贡献。

第一节　论文学系统

"文学是一门独立自主的系统科学"这一观点是俄罗斯形式论学派的理论基础，是其一切学说的出发点。在讨论形式论学派的文学系统观时，不少学者，如汉森·廖韦、彼得·斯坦纳等都将这一思想归于蒂尼亚诺夫，论据是他在1924年发表的专著《诗歌语言问题》中曾详细探讨过作品的系统本质。在阅读过艾亨鲍姆的论著之后，我们发现，其实，早在1915年，艾亨鲍姆就已在《关于中学文学学习的一些原则》一文中提出了"文学作为一个系统"的论点，但未进行详细

第二章 鲍·艾亨鲍姆的基于"形态学"的文艺本体论

论述,直到1918年,他才在《果戈理的〈外套〉是怎样写成的》这篇论文中首次有力地论证了文学系统观。

艾亨鲍姆对文学系统观的阐发,是以形式论学派早期诗语观为出发点的。在早期,形式论学者对诗语表示了极大的关注,认为诗语的重要特征在于声音。这一思想为艾亨鲍姆形成自己的文学系统观提供了理论原则。

俄罗斯形式论学者大多是著名语言学家博杜恩·德·库尔特内的弟子。他们既钟情于语言学,又对文学感兴趣,自然非常关注文学语言尤其是诗歌语言特质的研究。雅库宾斯基(Л. П. Якубинский)曾对诗歌语音的自主性进行尝试性分析。他指出,应当依据说话使用语言材料的目的来对语言现象分类。在他那里,语言被分为实用语和诗语两大类。前者的语音不具备独立价值,只是交际工具,后者的语音则具有独立价值;前者的审美色彩是中性,因此在普通的交际行为中,当听者明白说者所指时,允许出现说话目的和说话本身之间差异的存在,也就是允许存在随意的口语,而在后者中却是另一番景象:这里所有的语音都必须经过严格检验方可进入意识域。什克洛夫斯基区分了散文语与诗语,前者是规范的普通语言,后者是对前者进行加工使之陌生化的语言,是一种艺术语言。"建立科学的诗学,必须依据大量事实真正承认存在着'诗的'语言和'散文的'语言,它们的规律不同,必须从分析这些区别入手。"[1] 在《论诗歌和无意义语》中,什克洛夫斯基明确表示,在某些语言形态中,语音的地位高于意义,"人们需要语言不仅仅是为了用它们表达思想,甚至也不是为了用词语来代替词语……人们需要的是超越意义的词语"[2]。而"无意义语"正符合

---

[1] Б. Эйхенбаум,"Теория «Формального метода»", Б. Эйхенбаум, *О литературе*: *Работы разных лет*, М.:Советский писатель,1987,С. 386.

[2] В. Шкловский,"О поэзии и заумном языке", В. Шкловский,*Сборник по теории поэтического языка*,Вып. Ⅰ. Пг.,1916,С. 2 – 35. Цит. по:В. Эрлих,*Русский формализм*: *история и теория*,Спб.:Академический проект,1996,С. 72.

某种深刻的心理需求，它的使用成为一种普遍的语言现象。托马舍夫斯基指出，实用语广泛存在于人类日常生活中，具有实用目的："在日常生活中，词语通常是传递消息的手段，即具有交际功能。说话的目的是向对方表达我们的思想。……所以我们不甚计较句子结构的选择，只要能表达明白，我们乐于采用任何一种表达形式。"① 而在文学作品中，诗语注重的是词语的选择和搭配，"比起日常实用语言来，它更加重视表现本身。表达是交流的外壳，同时又是交流不可分割的部分。这种对表达的高度重视被称为表达意向"②。托马舍夫斯基认为，实用语与诗语的区别在于是否具有表达意向，包含表达意向的话语是诗语，不包含表达意向的话语是实用语。在日尔蒙斯基那里，语言被划分为实用语、科学语、演说语、诗语等。实用语与科学语相接近，都是尽可能准确地表达思想，诗语则与演说语相近，都具有艺术功能。在分析普希金的诗歌时，托马舍夫斯基指出，不仅词的选择对诗语起着举足轻重的作用，而且语音也具有重要意义："诗语中声音的表现力，永远和诗的含义相联系。"③ 形式论学者们早期对诗语、语音的关注是其文学研究的基本出发点，他们将语言学与文学结合起来，开辟了20世纪文学研究的新领域。

  形式论学者对实用语与诗语的划分也启发了艾亨鲍姆。这一时期艾亨鲍姆正处于学术道路的十字路口，虽然宣称文学研究应当是独立的学科，但在评论文学现象时，仍然考虑作家的世界观和时代背景与作品的联系。形式论学者的诗语观正是艾亨鲍姆思考过却没能阐述出来的，给他留下了深刻的印象。1916年10月在评论"奥波亚兹"的文集时，艾亨鲍姆对形式论学者的诗语观深表欣赏。他认为，从目的

---

  ① ［俄］鲍·托马舍夫斯基：《艺术语与实用语》，载［俄］维·什克洛夫斯基等《俄国形式主义文论选》，方珊等译，生活·读书·新知三联书店1989年版，第83页。
  ② ［俄］鲍·托马舍夫斯基：《艺术语与实用语》，载［俄］维·什克洛夫斯基等《俄国形式主义文论选》，方珊等译，生活·读书·新知三联书店1989年版，第83页。
  ③ ［俄］鲍·托马舍夫斯基：《艺术语与实用语》，载［俄］维·什克洛夫斯基等《俄国形式主义文论选》，方珊等译，生活·读书·新知三联书店1989年版，第221页。

第二章 鲍·艾亨鲍姆的基于"形态学"的文艺本体论

论来看，把语言现象划分为实用语和诗语两个系统是非常有说服力的。在其他文章中，艾亨鲍姆也阐述了自己对诗语的看法："诗有别于非诗之处，恰恰在于它的语音系列的特点而非语义系列的……可以断言，在诗语构成中，发音的（发音动作的）和语音的表现具有首要意义。如果事情果真如此，那么，日常用语对诗人来说就是一种材料，诗人能够在这种材料的本质中揭示出其在自动化运用过程中被遮蔽了的一面。"[①] 他以果戈理的小说《外套》为例，指出这篇小说本身就是一个独立的声音系统，决定果戈理作品布局的不再是情节，而是各种"怪相和奇怪的发音动作体系"。如果说，艾亨鲍姆在《果戈理的〈外套〉是怎样写成的》中阐述文学系统观时强调了声音在诗语中的首要地位，那么，在后来的文章和著作（如《普希金的诗学问题》《论悲剧与悲剧性》《席勒的悲剧性理论中的悲剧》）中他表示，文学作品系统内的主要成分不再是声音，而是"运动"，即作品情节按照何种方式展开。为了详细说明这一问题，艾亨鲍姆分别对戏剧、诗歌和小说这三种体裁中的"运动"展开了考察。

运动意味着速度和方向，速度可以不变，也可以变，方向可以是直线状（按正常时间顺序来叙述事件），也可以是曲线状（倒叙、平行发展等）。艾亨鲍姆指出，在悲剧中，事件往往按时间顺序呈直线状向前运动发展，但如果运动方式单一，作品形式就会平淡无奇，难以唤起观众的怜悯感，也就称不上完美。对此，席勒曾经说："艺术家的真正秘密在于用形式消灭内容。排斥内容和支配内容的艺术愈是成功，内容本身也就愈宏伟、诱人、生动；艺术家及其行为也就愈发突出，或者说观众就愈为之倾倒。"[②] 艾亨鲍姆对这一见解非常赞同，

[①] Б. Эйхенбаум, "О художественном слове", Б. Эйхенбаум, *О литературе: Работы разных лет*, М.: Советский писатель, 1987, C. 335.

[②] Б. Эйхенбаум, "О трагедии и трагическом", Б. Эйхенбаум, *Сквозь литературу: Сб. статей*, Л.: Academia, 1924, C. 76.

并做了补充。他认为，为了使悲剧情节充分展开，为了"用形式消灭内容"，为了使怜悯成为成功运用悲剧形式的结果，就应该延宕和阻滞悲剧，即席勒所说的"拖延对情感的折磨"。所以，我们会看到，在《哈姆雷特》中莎士比亚引入父亲的幽灵，使哈姆雷特发表了一番具有哲学意味的独白，这成为运动和拖延的理由；在《华伦斯坦》中席勒使主人公变得迟钝，以此来拖延悲剧的发展。可以说，这些作家们无一例外地把事件发展的直线性运动同延宕结合了起来，成功制造了悬念，给观众造成厄运即将来临的感觉，从而唤起他们的怜悯情感。

在诗歌中，艾亨鲍姆深入研究了节奏的运动。什克洛夫斯基曾说，诗的写作过程从"声音点"（звуковое пятно）开始。但艾亨鲍姆否认声音的特权地位，指出，一首诗的出发点是诗人头脑中运动的抽象模式，运动成为意义的承载者，单词和声音都是挑选出来以配合节奏的运动。那么，运动如何充当意义的运输者？艾亨鲍姆通过比较普希金和莱蒙托夫的诗来解释这个问题。这两段诗都是用抑扬格的五音步诗行写成，采用交替的 ABAB 韵，因此它们的基本运动相似，明显不同的是普希金采用的是阳性韵和阴性韵，而莱蒙托夫只使用了阳性韵。如普希金的诗段（选自《1825 年 10 月 19 日》）：

Роняет лес багряный свой убор,

Сребрит мороз увянувшее поле，

Проглянет день, как будто поневоле

И скроется за край окружных гор.[①]

这里的五音步抑扬格产生了一种持续不变的、规则的节奏。但莱蒙托夫的五音步抑扬格诗行（选自《1831 年 6 月 11 日》）却制造出了迥然不同的节奏：

---

① Б. Эйхенбаум，"Лермонтов"，Б. Эйхенбаум，*О литературе：Работы разных лет*，М：Советский писатель，1987，С. 171.

第二章 鲍·艾亨鲍姆的基于"形态学"的文艺本体论

> Моя душа, я помню, с детских лет
> Чудесного искала. Я любил
> Все обольщенья света, но не свет,
> В котором я минутами лишь жил;
> Но те мгновенья были мук полны,
> И населял таинственные сны
> Я этими мгновеньями. Но сон,
> Как мир, не мог быть ими омрачен.①

艾亨鲍姆指出,莱蒙托夫的阳性韵和跨行连续几乎破坏了整首诗的感觉,这仿佛是一篇有韵散文,而且跨行连续和不等长度的句子使诗段的节奏富有弹性和自由,这与普希金诗段中规则的节奏不同。对此,美国学者卡罗尔·安妮曾说:"普希金的诗是自信的、优雅的、宁静的;莱蒙托夫的诗则是从沉思蹒跚到了哲学,在古怪的漫步中闪耀着光芒。"②

在研究小说时,艾亨鲍姆对形式论学者们关于本事(фабула)与情节(сюжет)的区分进行了推敲,认为运动成分在小说这种体裁中也占据中心地位。我们知道,在研究小说诗学的过程中,形式论学者曾提出一对术语:本事和情节。按照他们的解释,本事是指按实际时间、因果关系排列的进入小说的原事件,即素材,情节是指原事件在作品中的实际展开方式。形式论学者十分重视作品的结构或布局,即作家在作品中如何对故事素材进行艺术安排,尤指作家在时间上对故事事件的重新安排(譬如倒叙、插叙等),如什克洛夫斯基这样强调本事与情节的区别:"人们常常把情节概念与对事件的描写混为一谈,

---

① Б. Эйхенбаум,"Лермонтов", Б. Эйхенбаум, *О литературе*: *Работы разных лет*, М.: Советский писатель, 1987, С. 172.

② C. J. Any, *Boris Eikhenbaum*: *Voices of a Russian Formalist*, Stanford Univ. Press, 1994, p. 59.

与我建议有条件地叫做本事的东西混为一谈。事实上，本事只是形成情节的素材。因此，《叶甫盖尼·奥涅金》的情节不是主人公和塔吉雅娜的浪漫故事，而是这一本事在情节上的加工，这种加工是通过引入插叙而实现的……"① 什克洛夫斯基完全把叙事作品当作一种建筑艺术，认为情节的布局要比材料重要得多，因此他十分注重分析作品的框架、平行或并置结构、阶梯式多层结构、延迟结构、重复或节外生枝等各种建构技巧。在他看来，几乎所有的作品最终都能简化为一些同样的结构——框架式（обрамление）、环形（построение типа кольца или петли）、串连式（нанизывание），等等，而延宕则是潜在于所有这些结构之内的一个普遍结构。由此来看，什克洛夫斯基将斯特恩的小说《项狄传》视为"世界文库中最典型的小说"不足为奇，因为这部作品的结构非常清晰。在什克洛夫斯基看来，斯特恩故意使用了"暴露结构"的叙事手法，使延宕等隐含结构也一览无余。对此，彼得·斯坦纳指出："对于他②来说，所有的文学作品在本质上都是相同的，只是构成的方式不同。"③ 什克洛夫斯基的这种情节观使我们联想到普罗普的情节研究。严格地说，普罗普并不属于俄罗斯形式论学派，厄利希也在论著中将他划为形式论学派的外围学者。但毫无疑问的是，普罗普撰写的《民间故事形态学》却是当时影响巨大的形式论著作之一。一般认为，此书开了结构主义叙事学的先河。在普罗普看来，各种各样的民间故事尽管有着诸多变体，组成情节的人物行为功能却恒定不变，由此他提炼出了故事所具有的共同原型模式。诚然，什克洛夫斯基和普罗普都致力于寻找构成作品的根本要素，但前

---

① Б. Эйхенбаум, "Теория «Формального метода»", Б. Эйхенбаум, *О литературе*: *работы разных лет*, М.: Советский писатель, 1987, С. 392.
② 指什克洛夫斯基。
③ Peter Steiner, *Russian Formalism. A Metapoetics*, Ithaca, NY: Cornell University Press, 1984, p. 114.

第二章 鲍·艾亨鲍姆的基于"形态学"的文艺本体论

者注重的是形式技巧,后者注重的是故事原型模式;前者关心的形式手法可以发生变化,后者关心的人物功能却永恒不变。

艾亨鲍姆的情节观与什克洛夫斯基的情节观相似,他认同什克洛夫斯基关于本事和情节的看法:"这样一来,散文研究的问题就走出了僵局。确定了作为结构的情节概念和作为素材的本事概念之间的区别;弄清了情节结构的典型手法,从而为研究长篇小说的历史和理论的工作开辟了前景……"① 但艾亨鲍姆又对什克洛夫斯基的情节观进行了补充。在他看来,情节不仅仅指对事件的艺术性安排,还包括各种省略和拉长叙述片断的手法。1919 年在评论普希金的《别尔金小说集》时,艾亨鲍姆认为,普希金在构建这五个故事时,将重心放在了情节结构上,借助巧妙的艺术手法来拖延故事的发展速度,简单的本事就成了复杂的情节结构,在这个过程中"叙述运动"起了关键作用。小说《射击》本可以只按照一条简单的直线性叙述线索——西尔维奥和伯爵的决斗——向前发展,但普希金在文中安排了一个叙述者,其个性影响了故事的发展方向,导致故事事件的发展陷入停滞状态;小说《暴风雪》中的情节游戏也很明显。故事发展的线索不止一条,而是两条,且平行进行。作家故意从故事中抽出玛丽亚·加甫里洛夫娜和素不相识的军官举行婚礼这一段并将其放了结尾,使两条线索最终得以交汇。艾亨鲍姆指出,在《射击》和《暴风雪》中,看上去仿佛是一个故事打断了另一个故事,其实却是对这个原有故事的继续,只是在结尾才揭露缺少的那一环,这也是情节建构的一种手法。在《棺材匠》《驿站长》《村姑小姐》中,本事游戏也都是借助复杂运动展开,情节结构中暗含了一种反讽意味。如《村姑小姐》是对"罗密欧与朱丽叶"这一经典故事的反讽,后来双方家长的意外和好是对人

---

① Б. Эйхенбаум, "Теория «Формального метода»", Б. Эйхенбаум, *О литературе: Работы разных лет*, М.: Советский писатель, 1987, С. 393.

们习以为常的情节进行的变形，给结局增添了喜剧色彩。

在阐发情节观的同时，艾亨鲍姆还对动机（мотивировка）这一概念表示了一定程度的关注。动机是形式论学派小说诗学中的一个重要概念，蒂尼亚诺夫对它下了定义："艺术中的动机是指从其他要素的角度出发对任一要素所做的说明，是指这一要素与所有其他要素的一致性（维·什克洛夫斯基，鲍·艾亨鲍姆）；每一个要素都可以依据它自身与其他要素之间的联系来加以说明。"[①] 在俄罗斯形式论学派那里，动机常常指能够对情节发展做出解释的各种手法。从1919年至1921年俄罗斯形式论学派发表的著述来看，艾亨鲍姆和什克洛夫斯基都对动机进行过研究，甚至采用了相似的例子，美国学者卡罗尔·安妮认为，很难判断这些思想是谁先发明的。不过在梳理了两人的论著之后，我们发现，他们关于动机的看法不尽相同。

什克洛夫斯基曾说："我认为动机就是指对情节结构所做出的日常生活的解释。从广义上来讲，我们的学派（形态学的）所说的'动机'指的是文学结构中的一切意义的确定。"[②] 在什克洛夫斯基的小说诗学那里，作品人物的地位十分低下，是情节结构的附属品，是促进情节发展的动机，完全从属于形式。譬如，《堂吉诃德》的主人公就是用来连接各类事件的线索和展开情节的理由，其行为也是推动情节展开的手法。如同寻找作品普遍结构那样，在研究动机时，什克洛夫斯基也尝试寻找形成动机的典型手法，如在童话中难题或谜语通常是制造困境的动机，在骑士小说中主人公单独行动也是一种促成历险发生的动机，等等。

如果说，什克洛夫斯基倾向于探索动机的普遍性，那么，艾亨鲍姆专注的则是动机的具体性。艾亨鲍姆关心的不是如何证明存在普遍

---

① Ю. Тынянов, "Проблема стихотворного языка", Ю. Тынянов, *Литературная эволюция: избранные труды*, М.: Аграф, 2002, С. 37.

② В. Шкловский, "Сюжет в кинематографе", В. Шкловский, *За сорок лет*, М.: Искусство, 1965, С. 32.

第二章 鲍·艾亨鲍姆的基于"形态学"的文艺本体论

动机,而是该动机如何被实现或如何被激发,这一观点鲜明地体现在他对莱蒙托夫的经典作品《当代英雄》的研究中。在探讨这部作品之前,艾亨鲍姆首先指出,19世纪30年代的俄国作家们,如普希金、马尔林斯基、奥陀耶夫斯基、达里、维尔特曼等都非常重视如何在创作中组织文学语言和叙述形式,他们有的采取系列小说的体裁,有的运用口语、民间语或创造新词汇来更新文学语言。莱蒙托夫在写作时模仿普希金的《别尔金小说集》,采用系列小说这一体裁,用一个贯穿始终的主人公把这些系列小说连接为一个整体并最终形成一部完整的长篇心理小说。艾亨鲍姆认为,这种体裁在当时比较新颖,为了方便读者接受,莱蒙托夫在创作中非常注重动机,总是事先进行铺垫或说明,这样就使新形式不致突兀,还十分巧妙自然,取得了较好的效果。《当代英雄》的结构确实独具匠心。全文由五个短篇故事组成,但故事排列的次序并不是按照事件发生的前后顺序,而是有插叙,有倒叙,如在小说的中部作者放置了序言,这种动机既延宕了情节发展,又为过渡到"毕巧林的日记"做了充分的铺垫。此外,引入"毕巧林的日记"也是莱蒙托夫刻意制造的动机,也是他的心理分析小说的一个特点。因为,借助第三者的介绍来了解一个人很容易流于肤浅,在形式上也毫无新意,而日记能使我们窥见一个人的真实思想和心理面貌。这样一来,小说中就出现了三个"我":作为旅行家的作者、马克西姆·马克西梅奇和毕巧林。艾亨鲍姆认为,这三个"我"的存在都是必要的,"否则,作者就不得不需要亲自见证某些事件,这样就大大限制了叙述的可能性"[1]。凡此种种,艾亨鲍姆认为,都使形式问题巧妙隐藏到了动机之下,因此,这部作品读起来轻松自然,容易激起读者的兴趣,是俄国文学史上第一部成功的心理分析小说。

---

[1] Б. Эйхенбаум, "Лермонтов", Б. Эйхенбаум, *О литературе: Работы разных лет*, М.: Советский писатель, 1987, С. 272.

综上所述，艾亨鲍姆从戏剧、诗歌、小说三方面探讨了文学系统中的运动成分，认为它是一种主要要素，其他一切要素都从属于它，用一个概念来表示，就是主导要素（доминанта）。主导要素这个概念是艾亨鲍姆从德国美学家布劳德·克里斯汀森（Broder Christiansen）那里借用的。布劳德·克里斯汀森认为，作品是一个由许多和谐要素组成的团体，在这个团体中，由一个占优势地位的要素把其他所有要素统一起来组成一个美学整体。

主导要素概念是"20年代理论诗学领域最富于成效的范畴之一"①。艾亨鲍姆将这一概念运用到了情节分析中。在探讨特殊的小说体裁——讲述体的特征时，艾亨鲍姆指出，材料的任何一种因素，都能作为构建形式的甚至情节的或结构成分的主导要素而突显出来。"在讲述体中，位于首位的那些语言要素是在故事体裁或描述性体裁中处于次要地位的，如语调、语义（'俗语'、双关语）、词汇等。这就是讲述体形式只有在宏大形式的长篇小说失去生命力之时，才会发展起来的原因所在。"②艾亨鲍姆对这一概念的应用和阐释，意味着对"奥波亚兹"早期诗语观的超越。在早期，"奥波亚兹"认为诗和散文的区别主要在于是否用韵。但我们发现，在散文中也存在着用韵的情况，在诗中也存在着无韵的情况，所以，这不能算是二者的根本区别。而主导要素概念则有助于解决这个问题。蒂尼亚诺夫认为，诗和散文是既有区别又有联系的文学体裁，它们具有一种共同功能。在某种文学体系内，承担诗的功能的是格律的形式要素。但随着时代的变迁，诗与散文都在发生演变，诗的功能被转移到了其他特征上（如句法等），其主要功能已不由格律所承担，尽管散文的功能仍继续存在，但有格律的散文也不能被视为诗。蒂尼亚诺夫指出："由于文学系统

---

① 转引自张冰《陌生化诗学》，北京师范大学出版社2000年版，第136页。

② Б. Эйхенбаум，"Лесков и современная проза"，Б. Эйхенбаум，*Литература：Теория. Критика. Полемика*，Л.：Прибой，1927，С. 219.

第二章　鲍·艾亨鲍姆的基于"形态学"的文艺本体论

不是各种要素的平等的相互作用,而是以突出一批要素('主导要素')并使别的要素变形为前提的,作品就是根据这种主导要素而进入文学并取得文学功能。因此,我们不是根据诗歌作品的所有特点,而是根据它的某些特点把它归于诗的而不是散文的范畴。"① 由此看来,诗与散文的区别主要在于是什么在起着主导要素的作用,在诗中语音成为主导要素,而在散文中语义则成为主导要素。

从以上分析我们可以看出,艾亨鲍姆的文学系统观是一个从静态走向动态、不断发展且逐渐完善的思想体系,它强调关注作品本身而不是模仿外部世界,这是对以模仿说为基础的传统文艺观的挑战。模仿说这种文艺批评观在西方源远流长。古希腊的赫拉克利特和苏格拉底都认为"艺术模仿自然",柏拉图视模仿为艺术的基本特征,亚里士多德更是以模仿说为基础建立了文艺理论体系,他在《诗学》开篇就说:"史诗和悲剧、喜剧和酒神颂以及大部分双管箫乐和竖琴乐——这一切实际上是摹仿,只是有三点差别,即摹仿所用的媒介不同,所取的对象不同,所采的方式不同。"② 亚里士多德的这种说法对西方文论影响深远,之后的再现说就是在其基础上产生和发展起来的。在俄国,19 世纪革命民主主义批评家提出"艺术是现实生活的再现"的观点,影响了 19 世纪中期在俄国兴起的学院派文艺批评。学院派批评家们把文艺作品与社会现实、作家的心理及人生经历联系起来,借助社会学、历史学、心理学等方法来研究文艺作品。而在俄罗斯形式论学派看来,这种批评方法使文艺学成了其他学科的附庸,文艺学自身的价值得不到体现,因此是不科学的,应当尽快结束这种混乱的局面。为此,形式论学派提出了自己的文艺观。

---

① Ю. Тынянов, "О литературной эволюции", Ю. Тынянов, *Литературная эволюция: избранные труды*, М.: Аграф, 2002, С. 199.
② [古希腊] 亚理斯多德、贺拉斯:《诗学　诗艺》,罗念生、杨周翰译,人民文学出版社 1962 年版,第 3 页。

形式论学者认为，文学的使命不是模仿自然，而是对自然进行创造性变形。文艺学是独立自主的科学。艾亨鲍姆更是把文学作品视为一个语言体系，把注意力转向了作品和作品的组成部分，这是对形式论诗学的有力支持。但对于艾亨鲍姆来说，当把诗语的声音作为意义的承载者时，这与象征主义的思想仍然相近；为了坚持自己的形态学立场，艾亨鲍姆强调了文学系统中运动的意义，认为作品是一个不和谐要素共同作用的结果，这与蒂尼亚诺夫的思想不谋而合，后者曾这样表述："作品的统一不是一个封闭的对称的整体，而是一个展开的动力学的整体；在这个整体的各要素之间没有均衡和合力的静力学特征，但是永远有相互联系与联成整体的动力学特征。文学作品的形式应当理解成动力的形式。"①

这里，艾亨鲍姆赋予形式"动态意义"，也是对传统文艺观的挑战。传统文艺观把作品分为内容和形式，认为内容就是作品表达了什么，形式就是作品是怎么表达的。艾亨鲍姆等学者认为，这种划分是机械的、毫无意义的，很容易导致人们将二者对立起来。形式论学者还进一步指出，内容与形式一起进入艺术系统中，相互交融，共同参与了审美创造，因此，作品中的内容也不可避免地表现为形式，形式总是一定内容的表达。形式论学者建议以本事和情节这对范畴来取代内容和形式。在我们看来，艾亨鲍姆等学者所谓的形式具有宽泛意义，它是包含了内容的形式。他们的形式观具有一定的辩证性，实际上有助于纠正传统文艺流派重内容轻形式的偏颇。他们虽然强调内容与形式都是审美因素，同时却将形式置于内容之上，这也容易导致走向重形式轻内容的极端，形式论学派也因此被贴上了"形式主义"的标签。

---

① Ю. Тынянов, "Проблема стихотворного языка", Ю. Тынянов, *Литературная эволюция: избранные труды*, М.: Аграф, 2002, С. 33.

第二章 鲍·艾亨鲍姆的基于"形态学"的文艺本体论

第二节 论文学讲述体

讲述体（сказ）是俄罗斯文学中一种独特的叙述体裁。它模仿民间创作风格，再现了讲故事人对民间口头文学或鲜活民间语言的讲述，往往具有独特的语调和模拟性的语言。关于讲述体，不少俄罗斯学者都进行过专门研究，各抒己见，观点不一，至今尚未形成定论。但是，如果回溯源头，在俄罗斯，第一位尝试从理论上阐释讲述体的学者，当属艾亨鲍姆。

20世纪初期，随着诗歌的繁荣发展，俄罗斯学者开始重视诗歌研究，提倡不仅要用眼睛看诗歌文本，还要用耳朵去听，听觉分析成为一项重要的文学研究活动。艾亨鲍姆赞同听觉语文学的观点，他认为诗歌是说者的思考，在本质上是一种发声。同理，在研究散文时，也应当对散文做出听觉上的分析，散文的基础其实就是口头讲述体。在散文中，讲述人不仅在叙述，也在传达人物的话语，并将鲜活的语言和讲述等元素引入散文，人物的对话建构依据口语原则，具有相应的句法色彩和词汇色彩，所以，与口语接近就成了建构散文的基本原则，可以说，整部小说就是借助特殊的讲述者而完成，它保留有声音和语调。因此，读者不仅要去读作品，更要去倾听。在文章《列斯科夫与现代散文》中艾亨鲍姆直接对讲述体下了定义："我所说的讲述体是指叙事散文的一种形式，它在选择词汇、句法和语调的过程中表现出讲述人以使用口头语言为目的。"[1] 在艾亨鲍姆看来，叙事散文中出现讲述体形式具有重要意义，这意味着：一方面，作家将创作重心从情

---

[1] Б. Эйхенбаум, "Лесков и современная проза", Б. Эйхенбаум, *Литература: Теория. Критика. Полемика*, Л.: Прибой, 1927, С. 214.

节转向语言,另一方面,作家在创作中摆脱了与书面印刷文化相关的传统,使作品回归到鲜活的口头语言,没有这些语言,叙事散文的存在只能是暂时的、相对的。

艾亨鲍姆围绕讲述体展开了一系列研究。他首先指出,讲述人是作品中的灵魂人物,其出场往往经过作者的巧妙构思安排。较为常见的一种形式是作者通过作品的引子来介绍讲述人,从而将其引出并指派他进行讲述。当讲述人以回忆或追述的方式登场之后,作者或退居幕后,或化为听众。在这种情况下讲述人就等同于作者,而开场的说明起到了简单的引入作用。如屠格涅夫的作品《安德烈·科洛索夫》是由一个"面色苍白的小个子"来讲述的。这个小个子和一些年轻人坐在壁炉前谈天说地,他建议大家讲讲遇到一位杰出人物的故事,并率先开始了自己的讲述:"小个子扫了我们大伙一眼,瞧了瞧天花板,便这样开始讲:'先生们,十年前我在莫斯科上大学。……'"① 等等。讲述人的现实性往往是通过听者用各种赞叹或评价来打断他而得以突出:"'别扯得太远,别扯得太远,'我们嚷了起来,'你不是要跟我们讲你的奇遇吗?'"② 听众的这种参与就如同作者有意插入的说明,其意义在于揭示作者在实际上高于讲述人这一文学事实。但是,在引入讲述人方面,也有不同的方式。如左琴科在作品《西涅勃留霍夫先生,纳扎尔·伊里奇故事选》中开篇写道:"我是个啥活儿都拿得起的人……你要是愿意——我能用最新的技术把一块地给你拾掇得好好的,你要是愿意——无论啥手艺活儿我都能干,——啥活儿在我手上都能玩得热热闹闹,都能玩得突突打转。"③ 在这部作品中,作者并没有对讲述人进行任何引荐说明,而是让其直接

---

① [俄] И. С. 屠格涅夫:《安德烈·科洛索夫》,南江译,载《屠格涅夫全集》第 5 卷,河北教育出版社 2000 年版,第 2 页。

② [俄] И. С. 屠格涅夫:《安德烈·科洛索夫》,南江译,载《屠格涅夫全集》第 5 卷,河北教育出版社 2000 年版,第 3 页。

③ [俄] 左琴科:《西涅勃留霍夫先生,纳扎尔·伊里奇故事选》,吕绍宗译,载《左琴科幽默讽刺作品集》,译林出版社 2004 年版,第 16 页。

第二章 鲍·艾亨鲍姆的基于"形态学"的文艺本体论

面对听众。

其次,讲述体的一个显著特征是使用口语,"它在词汇、句法和语调选择上都以讲述人的口语为目标"①,而且是具有特殊社会色彩和职业色彩的口语,是农民、知识分子、地主、神甫等的语言。"讲述体的原则要求讲述人的语言不仅在句子语调上,而且在词语色彩上都必须呈现出某种特色:讲述人应当掌握某种用语和某种词汇,只有以这种面目出现,才能实现口语的目标。"② 如在列斯科夫的作品中,语言的特征固化现象就非常明显,作家本人对此也不否认:"对声音的安排,诀窍在于作家是否掌握了自己笔下人物的声音和语言,是否从女中音偏向了男低音。我在努力发展自己的这种技能,尽量让我的神甫们说宗教话,农民们说农民们的话,暴发户们、流浪艺人等都拐弯抹角地说话。我本人说的语言是纯文学的语言,间杂着古老故事的语言和民族宗教的语言。因此,尽管我未署名,但在每一篇文章中都能认出我。这真令我高兴。据说,读者阅读我的书时都很愉悦。这是因为,我们所有人:我笔下的人物和我本人都具有自己独特的声音。"③ 这里列斯科夫所说的"拐弯抹角地说话"是指,在曾被视为典范的文学语言的背景下,非常突兀地出现了乍看上去似乎变形了的语言。在这种情况下,其实语言的可感性明显得到加强,突出了喜剧效果,从而令读者的注意力从事物上、概念上转向话语本身,转向了真正的词汇结构。所以,列斯科夫特别追求词汇的可感性,他广泛收集民间各阶层的语言,大胆采用"俗语源"(народная этимология),并心甘情愿地让位于能说会道的讲述人,这是他的讲述体作品的基本手法之

---

① Б. Эйхенбаум, *О прозе*, Л.:Художественная литература, 1969, С. 306.
② Б. Эйхенбаум,"Лесков и современная проза", Б. Эйхенбаум, *О литературе:Работы разных лет*, М.:Советский писатель, 1987, С. 419.
③ Б. Эйхенбаум,"Лесков и современная проза", Б. Эйхенбаум, *Литература:Теория. Критика. Полемика*, Л.:Прибой, 1927, С. 215.

一，可以说，列斯科夫是一个天才的说书人。

再次，艾亨鲍姆认为，讲述体能产生喜剧效果，它可分为两类：叙述型和再现型。"第一类只限于一些玩笑、同音异义词文字游戏等；第二类则引入了用文字描述表情和手势之类的手法，编造滑稽的发音，声音的同音异义现象，还有奇特古怪的句法安排，等等。第一类制造出一种平稳话语的印象；而第二类后面仿佛隐藏着一个演员，因此讲述体就具有了表演特征，决定布局的不再是简单的玩笑串接，而是某种带有表情—发声的手势体系。"① 在讲述体作品中，讲述人被推到了首位，他充当了演员的角色，是语言面具的携带者，他采用情节只是为了连接一些修辞手法，但作品结构随之发生改变，情节被压缩到最少，作品的重心也相应转移到讲述手法上来。

艾亨鲍姆曾说，果戈理是一个特别的讲述人，擅长朗读自己的作品，他有两种朗读方式："或是充满激情地、响亮地朗读；或是一种特殊的表演方式，表情丰富地讲述……"② "果戈理的许多短篇小说或某些片断，都可以作为我们研究讲述体的丰富材料。果戈理作品的布局不是由情节决定——他的作品中总是情节贫乏，确切地说，——没有任何情节……"③ 果戈理的《外套》是一部充满喜剧效果的讲述体作品。这部作品缺乏情节，通常从某种滑稽的情景出发进行讲述，讲述构成了作品的基础，它是一种通过模仿和发音再现词句的手法，作家在选择和连接句子时更强调话语的表现力原则："在果戈理的语言里，词语的声音外壳、音响特征都成为具有重要意义的东西，不受逻辑意义和词汇意义的制约。在他的作品中，发音及其音响效果都是首

---

① Б. Эйхенбаум, "Как сделана «Шинель» Гоголя", Б. Эйхенбаум, *О прозе, о поэзии: Сб. статей*, Л.: Худож. лит., 1986, С. 45 – 46.

② Б. Эйхенбаум, "Как сделана «Шинель» Гоголя", Б. Эйхенбаум, *О прозе, о поэзии: Сб. статей*, Л.: Худож. лит., 1986, С. 46 – 47.

③ Б. Эйхенбаум, "Как сделана «Шинель» Гоголя", Б. Эйхенбаум, *О прозе, о поэзии: Сб. статей*, Л.: Худож. лит., 1986, С. 46.

第二章 鲍·艾亨鲍姆的基于"形态学"的文艺本体论

先具有表现力的手法。"① 具体来说，果戈理的同音异义词文字游戏是根据类似的发音、词源、暗示构成的。如作家在写作时经历了一番冥思苦想，才从季什基耶维奇、巴什马基耶维奇、巴什马科夫到最终选定巴什马奇金这个姓。"可能是由于果戈理对小词后缀更感兴趣，这也适合果戈理的风格。而且也因为这种形式具有最强的发音表现力（表情和发音的力量），它创造出一种独特的发声动作。借助这种表面非常严肃的滑稽手法，这个姓氏制造出了双关语的诙谐效果。"② 就连主人公的名字"阿卡基·阿卡基耶维奇"也是作家从声音上进行精心选择的结果。选择名字阿卡基，并且把它和阿卡基耶维奇组合起来，音节明显一致，也加强了滑稽的印象，由此也产生了发音的模仿，发音的动作。其次，小说中的某些句子也具有鲜明生动的发音表现力，譬如作家描写阿卡基·阿卡基耶维奇的外貌："这样，在某部里，有某一官员当过差，这官员不能算是一个十分了不起的人物，矮矮的身材，有几颗麻子，头发有点发红，甚至眼睛也像有点迷糊，脑门上秃了一小块，两边腮帮子上满是皱纹，脸色使人疑心他患痔疮……"③ 作家在这里出色地使用了"痔疮"一词，它几乎没有逻辑意义，但具有较强的发音表现力，制造出了喜剧效果。另外，就连阿卡基和裁缝彼得罗维奇的对话都不是通俗的语言，而是精心设计的、风格化的，非常适合整个故事的声调体系。这种有声话语以发音和模仿原则为基础，产生了滑稽效果，赋予了作品喜剧色彩。值得注意的是，在《外套》中，与这种有声话语共存的还有一种夸张长句，它与同音异义文字游戏这种风格融合到了一起，但具有感伤色彩。如："'让我安静一

---

① Б. Эйхенбаум, "Как сделана «Шинель Гоголя», Б. Эйхенбаум, *О прозе, о поэзии: Сб. статей*, Л.: Худож. лит., 1986, С. 48.

② Б. Эйхенбаум, "Как сделана «Шинель» Гоголя", Б. Эйхенбаум, *О прозе, о поэзии: Сб. статей*, Л.: Худож. лит., 1986, С. 51.

③ [俄] 果戈理：《彼得堡故事》，满涛译，人民文学出版社2008年版，第134页。

下吧！你们干吗欺负我？'在这几句话和讲这几句话的声音里面，有一种不可思议的东西。"① 艾亨鲍姆指出，这种感伤长句与有声话语相互交替，有时滑稽叙事被带有感伤的、夸张的离题话打断，有时在叙述了悲惨场面之后，又会出现一段戏剧式的夸张，这些凸显了小说布局的特色，产生了喜剧性和悲剧性的效果。

艾亨鲍姆关于讲述体的概念和分类得到了蒂尼亚诺夫的补充说明。在看待讲述体的问题上，蒂尼亚诺夫的立场与艾亨鲍姆相近。蒂尼亚诺夫曾把讲述体分为抒情的讲述体和滑稽的讲述体，认为它源于列斯科夫的散文，在左琴科那里得到了发展。他在文章《文学今日》（1924）中写道："讲述体使词语在生理上更为可感……讲述体成了独白，它指向每一个读者——读者也进入了故事，开始发声、做手势、微笑，他不阅读故事，而是表演它。"② 艾亨鲍姆和蒂尼亚诺夫都不约而同地指出了讲述体的一个重要特征——表演，他们的观点影响到诸多学者对讲述体功能的定义。

艾亨鲍姆的关于讲述体的观念在语言学家维·维·维诺格拉多夫那里得到了进一步发展。维诺格拉多夫首先对艾亨鲍姆的部分观点进行了分析，提出了不同看法。在文章《讲述体问题》（1925）和《关于文艺散文中的讲述体形式》（1929）中，维诺格拉多夫认为，在修辞中应当采用语言学研究的方法论原则。他指出，方法学的不稳定性往往表现在：无法清晰提出问题、混淆研究手法、缺少明确的结果。在维诺格拉多夫看来，有关讲述体的问题是一个混淆方法的典型例子。艾亨鲍姆将研究焦点主要放在了短篇小说和长篇小说结构中讲述者的功能这一问题上。这些体裁并不总是一种特殊的有关现象世界的文艺书面报告。相反，短篇小说内容的动态性在总体上是断裂的，那么作者

---

① ［俄］果戈理：《彼得堡故事》，满涛译，人民文学出版社2008年版，第137页。
② Ю. Тынянов, "Литературное сегодня", Ю. Тынянов, Поэтика. История литературы. Кино, М.: Наука, 1977, С. 160.

第二章 鲍·艾亨鲍姆的基于"形态学"的文艺本体论

的文艺世界就无法通过词汇来客观再现,而是在讲述者主观理解的平面上反映出来或通过一些奇怪的折射来变形。在修辞中还产生了一个问题:语言形式。讲述者应当使用的不是书面形式,而是口语。讲述体这一术语就是口语符号。维诺格拉多夫写道:"'讲述体'这一术语本身,作为含混概念'口语'的代名词,是最合适的标签,它使研究者免于做进一步的观察。"① 在维诺格拉多夫看来,艾亨鲍姆著作中不尽如人意的地方是转向了听觉语文学,但他同时又指出,"应当好好地记住,听觉语文学的代表们将讲述体问题转移到了纯粹修辞学的范围"②。在他看来,如果考虑到短篇小说中所有的结构语言要素,讲述体概念建构的基础不应该是听觉语文学,而是"混合主义"语文学。

在批判吸收艾亨鲍姆的讲述体理论的基础上,维诺格拉多夫形成了对讲述体的独特看法。维诺格拉多夫将讲述体定义为"以独白叙述类型为目标的"叙述形式,是"独白语言的模仿,而独白语言体现了叙述情节,仿佛建构在直接说话的秩序上"③。维诺格拉多夫将独白这一概念引入讲述体,这明显有别于艾亨鲍姆。艾亨鲍姆承认对话的重要性,认为它是通向讲述体的途径。对话的建构不是依据场景原则,而是依据讲述人角色的语言特征。由作者引入专门讲述人这个形式相当普遍,然而这种形式常常具有假定性。在这些情形中讲述人可能就是作者,引入理由也许只是一个序曲。讲述人的现实性会进一步得到强调,因为听众会用各种感叹和评论来打断他,然而实际上听众的这种参与,就如同引入的理由,完全具有假定的意义——一切缘于作者的地位高于讲述人。因此,在某种程度上可以将对话视为讲述体,但这种对话不是依据舞台行动(情节功能)而是根据讲述人的语言描述

---

① B. Виноградов, *Проблема сказа в стилистике*, Л.: Изд. Academia, 1926, С. 12.
② B. Виноградов, *Проблема сказа в стилистике*, Л.: Изд. Academia, 1926, С. 12.
③ B. Виноградов, *Избранные труды: Поэтика русской литературы*, М.: Наука, 1976, С. 65.

来建构。而在维诺格拉多夫那里，独白是比作为集体财富的语言客观存在更为复杂的形式，这是个性建构的产物，因为修辞评判的标准、自觉选择表达和形式的要素、衡量词语的语义元素和它们的情感色彩经常体现在独白中。自如地掌握独白语言的形式——这是一门艺术。当然，对话也可以成为艺术，但需要选择相应的对话者。对于独白而言，必要的只是个体特色的创造力。因为独白在很大程度上是个体的产物，是个人创造力的财产。维诺格拉多夫认为，讲述体是在语言体系中具有对应体的现实的个性文艺体系，这是文艺语言的独特组合形式。讲述体是凌驾于语言结构之上的美学上层建筑，这些语言结构自身体现了文艺结构构成和修辞选择的原则。

艾亨鲍姆有关讲述体的看法也深刻影响了巴赫金。巴赫金充分肯定了艾亨鲍姆在讲述体研究方面做出的贡献："在我们这里，艾亨鲍姆首次提出了讲述体问题。"[1] 他从艾亨鲍姆的观点出发，并不否认讲述体在构建文艺作品中的重要作用，但他提出了自己的独特阐释。巴赫金强调讲述体以他者言语为目标，认为，艾亨鲍姆仅仅把讲述体理解为以叙述的口头形式为目标，重视口语和相应的语言特征（口语语调、口语的句法结构、相应的词汇等），但艾亨鲍姆并未考虑到，在大多数情况下，讲述体首先以他者言语为目标，由此产生的结果是指向口头的言语，这样来理解讲述体问题是最合适的。巴赫金还指出，在许多情况中，引入讲述体是为了他者声音，是为了能带来一系列观点和评价的某种社会性声音，这些也正是作者需要的。特别是引入讲述人，这是非文学性的人，大部分从属于社会底层，属于劳动人民，正是他们带来了口头语言。

巴赫金认为，列斯科夫借助讲述人，首先是为了社会性的他者声音和社会性的他者观点，其次才是为了口语讲述体。屠格涅夫则相反，

---

[1] М. Бахтин, "Проблемы творчества Достоевского", М. Бахтин, *Собрание сочинений*. Т. 2. М.：Русские словари，2000, С. 88.

他在讲述人身上恰恰寻找到了叙述的口语形式。为了直接表达自己的意图，屠格涅夫首选口语，而不是他者言语，"屠格涅夫不喜欢也不善于在他人言语中反映自己的意图……双声话语他很难使用好（譬如，在《烟》中那些充满讽刺的片断）"[1]。因此，屠格涅夫只选择自己社会圈子的人做讲述人，这种讲述人只能讲文学语言，很难将口头讲述体进行到底。巴赫金还指出，当前仍存在热衷研究讲述体的现象，但是倾向于他者言语之说，直接的作者话语彼时正经历着危机。

综上所述，我们认为，在当代文学研究中，讲述体被定义为一种叙述类型，它以非文学的言语为目标：口语的、日常的、谈话的，这种言语是他者的，非作者的。哈利泽夫曾说："讲述体的叙述方式就内容方面的功用而言，其范围十分广泛。可以用这一样式对小市民和庸人们那狭隘的、'老一套'的意识加以嘲讽，左琴科的短篇小说就是其鲜明的例证。不过，更多的（如果戈理的早期作品，达利、列斯科夫和别洛夫的创作）是用来描绘植根于民间文化传统的那些人的世界——他们开朗活泼的天性，他们的聪明才智及其言语的独特性和准确性——并对这一世界加以诗化。讲述体使得'人民大众有了直接以自己的名义来讲话的机会'。"[2]

第三节　论文学演变

艾亨鲍姆的文学演变观是俄罗斯形式论学派文学史观的一部分。俄罗斯形式论学派起初将文学作品看作一个独立自主的整体，致力于

---

[1] М. Бахтин, "Проблемы творчества Достоевского", М. Бахтин, *Собрание сочинений*. Т. 2. М.：Русские словари，2000，С. 89.

[2] [俄] 瓦·叶·哈利泽夫：《文学学导论》，周启超等译，北京大学出版社 2006 年版，第 313 页。

考察这一整体中的语言及各种技巧的特征，这是一种静止的共时研究。后来，随着诗学研究的深入，形式论学派开始质疑传统文艺观，将文学演变问题提到日程上来。他们将文学形式放在历史进程中和文学及文学之外的系统中来考察，这是一种历时的研究。俄罗斯形式论学派在文学史研究中从共时转向历时不是偶然的，具有一个发展的历程。

1924年艾亨鲍姆说："当维谢洛夫斯基涉及文学演变的普遍问题时，形式论学者是不能同意他的。从与波捷布尼亚们的冲突中弄清了理论诗学的基本原理；从与维谢洛夫斯基及其追随者的普遍看法的冲突中，形式论学者应当确立了对文学演变乃至对文学史的建构的观点。"[①] 的确，俄罗斯形式论学派是在与维谢洛夫斯基及其弟子进行学术争论的过程中逐渐形成自己的文学演变观。维谢洛夫斯基在考察文学发展规律时，非常重视文艺及其形式的起源。他认为，在原始社会时期，就已经存在着由表演、歌舞等艺术组合而成的混合艺术，而诗歌及其形式就是从混合艺术中逐步演化而来。对于维谢洛夫斯基的这种看法，形式论学者明确表示了反对。他们认为，对于诗学来说，重要的是要弄清文学的功能，而维谢洛夫斯基的看法只能说明文学作品的来源，并不能解释文学的功能。另外，维谢洛夫斯基在研究中也注意到了文学艺术发展规律的特殊性，认为艺术形式的演变是一个对传统的形式加以利用、改造，在继承中有所创新的过程。维谢洛夫斯基强调说："无论在文化领域，还是在更特殊一些的艺术领域，我们都被传说所束缚，并在其中得到扩展，我们没有创造新的形式，而是对它们采取了新的态度。"[②] 但同时他又指出，新形式的出现是为了解释新的内容。对于前部分观点，形式论学派表示认可；但对后部分观

---

① Б. Эйхенбаум, "Теория «формального метода»", Б. Эйхенбаум, *О литературе: работы разных лет*, М.: Советский писатель, 1987, С. 389.

② [俄] 维谢洛夫斯基：《历史诗学》，刘宁译，百花文艺出版社2003年版，第12页。

第二章 鲍·艾亨鲍姆的基于"形态学"的文艺本体论

点，形式论学派给予了坚决反驳。什克洛夫斯基说："艺术作品是在与其他作品联想的背景上，并通过这种联想而被感受的。艺术作品的形式决定于它与该作品之前已存在过的形式之间的关系。……新形式的出现并非为了表现新的内容，而是为了代替已失去艺术性的旧形式。"①

可见，形式论学派在阐述文学演变观时，其出发点仍是对文本形式的关注。艾亨鲍姆等学者认为，文学演变是一个自给自足的过程，是文学形式演变的历史，与内容无关。具体地说，当一种文学形式被反复使用而为读者所熟悉时，它在接受上就会趋向自动化，以致丧失审美可感性，逐渐被新的形式所取代，这种替代，即作品形式的"自动化——陌生化"，就推动了文学的演变。

艾亨鲍姆对俄国著名作家涅克拉索夫、托尔斯泰等的创作过程进行了研究，阐发了自己的文学演变观。第一，艾亨鲍姆认为，文学演变的推动力是"冲突"和"斗争"。用蒂尼亚诺夫的话来说，这是审美手法功能的改变、审美因素的重建："一切文学延续都首先是一场斗争，破坏旧的整体并重建这些旧的因素。"② 以涅克拉索夫为例。涅克拉索夫登上俄国文坛是历史的必然。当时在俄国，崇高体诗歌已不能够吸引读者，为了满足读者的需要，必须创造出一种"平民化"的诗歌，而涅克拉索夫的诗歌正符合了这种需求，给读者带来了新鲜感受。这主要是因为"涅克拉索夫……明白，当时'普通人'（而不是特殊群体）的声音……就是历史的声音。"③ 当年涅克拉索夫经常被批评家们指责作品形式不漂亮。但恰恰正是这些不优美的形式反而更能

---

① [苏] 维·什克洛夫斯基:《散文理论》，刘宗次译，百花洲文艺出版社1994年版，第31页。
② Ю. Тынянов, "Достоевский и Гоголь", Ю. Тынянов, *Поэтика. История литературы. Кино*, М., Наука, 1977, С. 198.
③ Б. Эйхенбаум, "Некрасов", Б. Эйхенбаум, *Литература: Теория. Критика. Полемика*, Л.: Прибой, 1927, С. 81.

有力鲜明地突出作为某种文艺手法体系的形式。当涅克拉索夫创作诗歌时，他的"蹩脚的""街头式的""口语化的"形式，他对待传统诗歌的随意性和他的诗歌的其他深受诟病的特征，实际上都不是别的，而是诗人刻意采用的某种手法，是一种仿格体（стилизация）。涅克拉索夫掌握了创作诗歌的大部分技巧，出版了第一部诗集《幻想与声音》，这些诗带有明显的模仿痕迹，诗中的人物也大都是远离现实生活的概念化形象，遭受批评甚多。涅克拉索夫领悟到，旧的诗歌形式和形象已然令读者体验不到美感，显然这条路走不通，应当创造出新的诗歌语言和新的诗歌形式，随后出现了仿格体，这种手法主要通过减少刻板形式而达到作家追求的效果。

涅克拉索夫与传统诗歌接触的结果是创作了诗歌小品文、轻松喜剧和仿格体。"为了远离诗歌模式化，他应当经历那个时期，这样才能更好地跳到一边或倒退，就如同杰尔查文和克雷洛夫，他们远离崇高风格，以平民语言，甚至偶尔有些粗鲁的语言使诗歌语言鲜活起来……"① 这样一来，当诗人敏感地捕捉到艺术发展的历史必要性，模仿崇高范式的方式被小品文所替代，如此，涅克拉索夫改写了旧形式。他像真正的仿格作者，熟练掌握了茹科夫斯基、普希金和莱蒙托夫的修辞与诗歌形式。艾亨鲍姆认为，这完全不是迫于生活环境的压力：即便涅克拉索夫青年时期的生活更有保障，他也会写作诗歌小品文和轻松喜剧，只是数量少一点，因为小品文在他的诗歌中是一种固有的形式，削弱了崇高体裁并加强了市民气息。

艾亨鲍姆指出，涅克拉索夫认为有必要做出一些改进，要想对诗歌在感觉上制造困难，应该引入新的主题、新的语言，应当降低诗歌身份，让它接近散文，只有制造不协调，才能让人重新感觉到诗歌本

---

① Б. Эйхенбаум, "Некрасов", Б. Эйхенбаум, *О прозе, о поэзии.: Сб. статей*, Л.: Худож. лит., 1986, С. 346.

第二章　鲍·艾亨鲍姆的基于"形态学"的文艺本体论

身。诗歌与语言的和谐已经在普希金那里达到了平衡，现在应当赋予它不和谐的感觉。在将诗歌模式与散文体结合起来后，涅克拉索夫创造了一种新语言，它的不和谐令人震惊。涅克拉索夫创建这样的体系不是在和诗歌做斗争，而是和模仿做斗争。例如，涅克拉索夫的许多创作主题都是借用自普希金，但同时他明白，向经典作家学习并不意味着机械追随，所以他又明显偏离了普希金诗歌的标准。譬如两位作家对彼得堡的描写。在普希金笔下，彼得堡俨然是一个新兴的繁荣大都市，雄伟壮观、富丽堂皇，处处充满了生机：

> 一座座高楼大厦巍峨的宫殿，
> 在这里错落有致，鳞次栉比；
> 各国的客轮和商船船队，
> 络绎不绝地来自世界各地，
> 驶向这座新兴起的港湾——
> 这物资丰富的商埠市集。
> 涅瓦河披着大理石盛装，
> 一座座大桥倒映在河里，
> 在那些大大小小的岛屿上，
> 一座座花园在浓荫中憩息。
> 古老的莫斯科黯然失色，
> 怎么能和这座新的都城匹敌。[①]

这一"彼得堡"形象在当时已成为经典的诗歌题材进入俄国文学生活。而涅克拉索夫在创作中却反其道而行之，描绘了一个肮脏、破烂不堪的彼得堡：

[①] ［俄］普希金：《普希金诗选》，田国彬译，北京燕山出版社2000年版，第341—342页。

啊城市，你这不幸的城！
已被那动人心弦的诗篇所征服，
我不同你这美丽的庞然大物、
你这古老的墙垣、
你的士兵和烈马、
你整个战斗消遣的讴歌者
进行争辩：在那静寂
无声的黑月午夜，在那尘世浮华的
运行中：你显得多么的美丽！
……
就算这样吧。但我偶然
向你的领域望去，
仿佛就坠入了深渊，
伤心惨目，感受到古老的风习。
那令人忧郁的思绪
不是萦回在尘世的浮华，
那欢天喜地的舞厅，
而是在悲惨的贫民收容所里。
……
涅瓦河波涛滚滚，宫宇林立，
像一座座空虚的城堡；
店铺的门窗都上着插销，
一片阴森，如同监狱。
……
你看，太阳在偷偷窥探，
但烟雾却又把它遮蔽——
又是一片阴暗。目前

第二章　鲍·艾亨鲍姆的基于"形态学"的文艺本体论　❖❖❖

还能遇见什么人！
只有首都才会留下
这样可怕的印痕。①

涅克拉索夫笔下的彼得堡犹如地狱，而普希金的彼得堡俨然是天堂。借助这种强烈的对比和反讽，涅克拉索夫和模仿做斗争，破坏了浪漫主义文学的陈词滥调。

同样，列夫·托尔斯泰的现实主义手法也是对传统浪漫主义手法实施的斗争和解构。谈及托尔斯泰的创作，传统批评家普遍认为，托尔斯泰是一位现实主义作家，他的作品再现了其精神世界，深刻反映了当时的社会生活，具有重要的现实意义。艾亨鲍姆在分析了托尔斯泰的早期作品并考察了他与文学传统的关系之后，认为托尔斯泰的现实主义作品与他自己的生活经历或任何其他人的现实生活无关，并不是现实生活的客观反映，而只是一种文学设计，是与浪漫主义文学规范进行斗争的一种策略。托尔斯泰是一位具有革新精神的艺术家，一位试图摆脱艺术危机的探索者，是浪漫主义文学规范的破坏者。

托尔斯泰刚登上文坛时，浪漫主义文学的形式在俄国已经丧失可感性，人们对浪漫主义作品的接受变得自动化，已感觉不到体裁和形式的特点，新鲜感在逐渐消失，作家的创作方法开始出现危机。托尔斯泰意识到了这个问题，认为，若想摆脱危机，需要对浪漫主义风格进行解构和组合，这样才能使已成为典范的浪漫主义文学形式重新获得生机。艾亨鲍姆指出，青年时期的托尔斯泰是作为浪漫主义诗学的终结者和既定规范的破坏者而开始文学创作的，他把主要精力都放在了否定浪漫主义文学传统规范上。在他的作品中，"没有了精巧的比

---

①　[俄]涅克拉索夫：《涅克拉索夫文集》第3卷，魏荒弩译，上海译文出版社1992年版，第49—50页。

喻修辞，没有了加强语气的、充满音乐感的语句——取而代之的是简单的但难理解的甚至是不对称的句子。没有了混乱的情感流动和充满感情色彩的风景描写——取而代之的是琐碎的细节描写、心灵生活的分化。没有了情节——取而代之的是几条平行的线索，它们彼此紧密联系但不交叉"[1]。可以说，不论是作品体裁的选择、主题的确定还是具体的描写，"几乎他的每一个手法中都隐含着批判性的、破坏性的力量"[2]。首先，托尔斯泰作品中的叙事形式不同于传统的叙事作品。在传统的叙事作品中，叙事人占据主导地位，并形成自己的意识焦点；对主要人物的描写是由叙事人和情节的需要所决定的，叙事人一般是先从侧面观察人物，再逐渐将其引入。而在托尔斯泰的早期作品中，他很少采取第一人称，叙事人角色往往由作品中的一个人物来担当，他通过这个人物的理解和感受来建构描写体系，当场景发生变换时，这个人物就会失去作用，退居幕后，而作者个人的声音则一直处于所描写的场景之外，具有说教与训诫的口吻，在作品《塞瓦斯托波尔故事》中可以找到与之相关的大量例证。托尔斯泰之所以采取这样的风格和手法，与当时叙事小说的危机有关系。在托尔斯泰之前，叙事小说的审美功用经过普希金、莱蒙托夫、果戈理等作家的创作已丧失殆尽。为了摆脱危机，托尔斯泰尝试运用新手法，形成了独特的叙事风格。

其次，艾亨鲍姆认为，托尔斯泰作品中往往没有真正意义上的主人公，他笔下的人物不是被创造出来的形象，不具有实际意义。这些人物不具备突出的个性，拥有多重性格，他们都是流动的、变化的，彼此之间的界限不是很明显，却具有鲜明的细节特征。这些人物不参加事件行动，只是一个旁观者或是一个中间人。如在《童年》中，贵

---

[1] Б. Эйхенбаум, "О кризисах Толстого", Б. Эйхенбаум, *Сквозь литературу: Сб. статей*, Academia, 1924, С. 67.

[2] Б. Эйхенбаум, "Молодой Толстой", Б. Эйхенбаум, *О литературе: Работы разных лет*, Советский писатель, 1987, С. 119.

第二章　鲍·艾亨鲍姆的基于"形态学"的文艺本体论

族子弟尼科林卡·伊尔杰尼耶夫是一个联系各个独立场景的媒介，同时又是我们观察这些不断变换的场景和各色人物的"窗口"，这就对浪漫主义文学作品中的形象典型化实施了解构。艾亨鲍姆还指出，在很多情况下，托尔斯泰塑造这些人物只是为了引入心理描写。对于托尔斯泰的文学前辈来说，他们或直接描写某种固定的内心情感，或侧重描写某种心理的起始和结束，而托尔斯泰或通过人物的内心独白，或通过其他人物的观察、感受来描写心理活动，无论采用哪种描写方法，他注重的始终是心理过程本身，心灵的运动过程。在他笔下，人物的心理活动始终处于一种动态的流动不息的变化之中，具有思想和情感的连续性，具有互相矛盾的多个层次，而这些不同的矛盾层次又被难以置信地结合了起来，如："我继续哭着；一想到我的眼泪足以证明我多情善感，就感到高兴和欣慰。"[①] 俄国文学批评家车尔尼雪夫斯基说："托尔斯泰最感到兴味的却是心理过程本身，心理过程的形式，心理过程的规律，用明确的术语来表达，这就是心灵的辩证法。"[②] 但是，艾亨鲍姆指出，托尔斯泰的心理描写不是为了展现真实的心灵活动，不是为了说明现实性，他笔下的人物心理通常是矛盾的，这就增加了读者的理解难度，延长接受的过程，重新唤起人们对艺术、对生活的感受。因此，这不是普通的手法，而是作家为了更新平庸的以致使艺术无法感知的材料而精心设计的，是克服浪漫主义文学规范的策略。现在，也许我们已经非常熟悉这种表现手法，但在当时这确是一种创新。与托尔斯泰同时代的批评家安德烈耶夫斯基认为，托尔斯泰的这种心理分析方法存在着不能够被人理解的风险，但这种人物与自己进行交谈的内心独白无疑是他创造出来的全新的大胆的

[①] [俄]列夫·托尔斯泰：《童年》，谢素台译，载《列夫·托尔斯泰文集》第1卷，人民文学出版社1987年版，第52页。

[②] [俄]车尔尼雪夫斯基：《车尔尼雪夫斯基论文学》下卷（一），辛未艾译，上海译文出版社1982年版，第361页。

文学手法。

最后，托尔斯泰的作品题材也处处体现出对浪漫主义文学传统的反讽。譬如爱情题材。托尔斯泰笔下的主人公对爱情的看法不同于以往浪漫主义小说中的描写："我在看小说的时候，我老是想象当中尉斯特列利斯基或是阿尔弗雷德说：'埃列奥诺拉，我爱你！'时，他们脸上的窘相应该是什么样的；他以为将会突然发生什么不寻常的事，可是她和他什么事也没发生，——他们的眼睛、鼻子和一切还是跟原来一样。"① 在作品《哥萨克》中，托尔斯泰选取"文明人与自然之子"这个老套的浪漫主义爱情故事作为创作题材，但对这个题材进行了独特加工：作品中的玛丽亚娜不再是天真的契尔克斯姑娘，她没有通过别人之口，而是自己嘲笑了奥列宁这个陷入恋爱的欧洲人，表达出对奥列宁的厌恶之情，叶罗什卡大叔的角色类似普希金笔下的老茨冈，但他没有责备奥列宁，而是说："咳，如今人都成了什么了！咱们在一起作伴，整整作了一年的伴：说声再见就走了。要知道我爱你，我非常可怜你！你的命好苦，总是孤单单的，孤单单的。没人疼也没人爱！"② 这里颠倒了传统爱情中的角色地位，小伙子遭到了姑娘的拒绝，哥萨克老人却成为他的朋友，浪漫主义文学中的类似情节遭到了陌生化的处理。

托尔斯泰对浪漫主义文学的挑战还淋漓尽致地体现在战争题材上。他选取高加索作为战争的发生地是有深意的。高加索故事是俄国浪漫主义文学的永恒题材之一，在作家莱蒙托夫的笔下，高加索的战争充满了浪漫精神：战士们勇敢好战，具有忧郁气质和复仇精神，这些显然已经成为浪漫主义文学的典范。托尔斯泰曾通过军官之口对高加索

---

① [俄] 列夫·托尔斯泰：《家庭幸福》，芳信译，载《列夫·托尔斯泰文集》第3卷，人民文学出版社1986年版，第103页。
② [俄] 列夫·托尔斯泰：《哥萨克》，刘辽逸译，载《列夫·托尔斯泰文集》第3卷，人民文学出版社1986年版，第357页。

第二章 鲍·艾亨鲍姆的基于"形态学"的文艺本体论

题材进行了抨击:"在俄罗斯,总把高加索想象得那么雄伟美丽,有千年不化的处女冰,有湍急的河流,有匕首和毡斗篷,还有契尔克斯女人——这一切都好像不平常,实际上一点也没有让人可乐的。但愿他们至少了解,我们从来没有到过处女冰上,而且那里也根本没有可让人乐的;他们还应该了解,高加索分为斯塔夫罗波尔、第比利斯等几个省。"[①] 托尔斯泰在作品中首先道出了对英雄主义的看法。作品《袭击》中的罗森克兰茨中尉是"属于我们那些深受马尔林斯基和莱蒙托夫小说影响的青年军官、勇敢骑士之类的人。这些人正是透过穆拉—努尔一类当代英雄的棱镜来看高加索的,他们的所作所为都不是出于本意,而是仿效那些榜样的"[②]。他经常吹嘘自己是个勇敢的人。但托尔斯泰认为,出于虚荣心,或者好奇心,或者贪心,去冒生命危险的人,不能叫做勇敢的人。罗森克兰茨中尉这个形象是对传统勇士的反讽。其次,托尔斯泰在描写中并不回避战争的残酷流血与悲惨死亡,在这方面他深受法国作家司汤达的影响。他曾不止一次地说,是司汤达教会他理解战争。确实,司汤达在《巴马修道院》中对滑铁卢战役的描写是对战争准则进行破坏的经典。法国批评界认为,司汤达第一个向我们指出了战争中与英勇主义并存的卑劣、无耻、自私、虚伪和贪婪。无疑,托尔斯泰在这里找到了反对浪漫主义文学典范的强有力的支持。如同司汤达一样,他常借助某个人物的理解和感受来描写战争场面。这个人物起初对战争的看法比较单纯,充满了浪漫主义的幻想,以为战争中只存在感人的英雄和崇高的思想感情,但来到战场后,他的观点逐渐发生了变化。例如,托尔斯泰笔下的游击队员仔细地观察战争中发生的一切,但还是困惑不解,战争成为不可理解的

[①] [俄]列夫·托尔斯泰:《伐林》,潘安荣译,载《列夫·托尔斯泰文集》第2卷,人民文学出版社1986年版,第69页。

[②] [俄]列夫·托尔斯泰:《袭击》,潘安荣译,载《列夫·托尔斯泰文集》第2卷,人民文学出版社1986年版,第9页。

现象，充满了矛盾和怪诞。另外，托尔斯泰还通过这个人物的观察细致再现了大量令人厌恶的场景，从而消解了浪漫主义小说中充满诗意的战地画面。如在作品《伐林》中："当士兵们给他脱靴子解钱袋的时候，他那条赤裸的白白的好腿在我心中引起了极为难受的感觉。"[①]在作品《十二月的塞瓦斯托波尔》中："他那焦干的嘴张着，呼吸困难，发出嘶哑的声音；呆滞的蓝眼睛向上翻着，裹着绷带的右手的残肢从滑落下去的被子底下伸出来。"[②] 在描写执行任务的战士的思想活动时，托尔斯泰向读者指出，他们虽然表现出了勇敢，但也畏惧死亡。一个俄国士兵跌跌撞撞地跑着，无意之中把刺刀扎进了"一个软绵绵的东西里"，直到一个可怕的、刺耳的声音叫起来："主啊！"他才意识到自己杀死了一个法国兵。起初俄国士兵"浑身冒着冷汗，像发热病似地直打哆嗦，把枪都扔了"[③]，不过，片刻之后，他马上想到自己已成为英雄。看来，战士与敌人战斗的真正动机是纯粹的自我主义，并不是无私的英勇，这就对将英勇行为视为无私壮举的浪漫主义神话进行了嘲讽。

显然，战场上处处充斥着流血、痛苦和死亡，这些描写明显不同于当时流行的美化高加索生活、诗意化战争的浪漫主义文学，它破坏了战争所带有的浪漫主义光环，战争不再是充满英雄主义精神的神话。传统批评家认为，正是因为托尔斯泰去过战场，在前线体验过血与火的战斗，他才能把战争描写得这么真实，而这些近乎真实的描写也恰恰体现出了作品的现实主义意义。但艾亨鲍姆认为，战争题材只是一种客观的材料，任何一个流派都可以把它拿来做文章。浪漫主义曾用它来表现英雄主义精神，但这已经成为失去效用的过时规范。因此，

---

① ［俄］列夫·托尔斯泰：《伐林》，潘安荣译，载《列夫·托尔斯泰文集》第2卷，人民文学出版社1986年版，第74页。
② ［俄］列夫·托尔斯泰：《十二月的塞瓦斯托波尔》，芳信译，载《列夫·托尔斯泰文集》第2卷，人民文学出版社1986年版，第100页。
③ ［俄］列夫·托尔斯泰：《五月的塞瓦斯托波尔》，芳信译，载《列夫·托尔斯泰文集》第2卷，人民文学出版社1986年版，第147页。

第二章 鲍·艾亨鲍姆的基于"形态学"的文艺本体论

托尔斯泰在创作战争文学时,并不是为了反映自己的真实经历,不是为了再现战争残酷的真实性,而是为了反对浪漫主义,为了更新形式,所以,这里的"现实主义"只是一个抽象的口号,本身不具有实际意义,只是一种破坏浪漫主义文学规范的策略手段。

第二,艾亨鲍姆等形式论学者承认,这种取代旧形式的新形式并不是创造出来的,而是被发现的,它们本来就隐藏于先前的旧形式之中。如艾亨鲍姆指出,为了使20世纪20年代之后的诗歌摆脱创作困境,"莱蒙托夫面临的任务就是去发现一种新的诗歌样式。……而这种样式其实已经以某种潜在的形式存在于普希金时代某些诗人的作品中"[1]。因此,莱蒙托夫并不是一个有创造性的诗人,而是一个现有材料的使用者,其创作方法就是将俄国的和欧洲的诗歌碎片拼凑在一起,然后将这些未加工过的形式提炼成为自己的诗作。

为了创造新形式,涅克拉索夫也对民间诗歌和讲述体在风格上进行了模拟。他有时采用口语语调,有时采用庄重、雄辩的口吻。很自然的是,在对已陈旧的体裁和诗歌形式持争议态度时,涅克拉索夫转向了民间创作。这是诗人在与传统规范做斗争时,寻找到的更新文艺形式的一种来源。民间语言渐渐渗入诗歌,这样在民间文学传统中诞生了诗作《谁在俄罗斯能过好日子》,在这部作品里已看不到旧传统的痕迹。诗人使用了丰富的词汇和语调,模仿了各种各样不同的语调——从俏皮话和顺口溜到民间曲调,等等。正是在仿格体的基础上涅克拉索夫创造了新的传统,替代了旧的范式。什克洛夫斯基在著作《罗扎诺夫》和《安·别雷》中也提及仿格体,他认为,仿格体是艺术家将传统引入作品中的一个基本手段。无疑,仿格体对"奥波亚兹"来说也是一个关键概念,哈利泽夫曾对其这样定义:"仿格体是指作者故

---

[1] Б. Эйхенбаум, "Лермонтов", Б. Эйхенбаум, *О литературе: Работы разных лет*, М.: Советский писатель, 1987, С. 146.

意而明显地以此前存在于文学中的某种风格为指向，对其进行模仿，并再现其种种特点。"①

1862年，托尔斯泰发表文章《谁向谁学习写作，是农民的孩子向我们学习，还是我们向农民的孩子学习？》，指出农民能理解和喜爱民间文学，建议农民阅读童话、壮士歌，不必去读那些公认的经典作品。其实，从这里我们已经可以看到托尔斯泰日后向民间文学创作转变的迹象，他的著名论文《什么是艺术？》（1897—1898）也证实了这种转变。在这篇文章里，托尔斯泰谈到了以前曾使用过的"细节描述"方法："这种方法的要点就在于表达与所描写的事物有关的细节。在文学方面，这种方法在于非常详细地描写外形、容颜、服装、姿态、声音、有关人物的房间，把生活中所碰到的一切偶然事物都描写进去。"② 他把这种手法看作一种模仿，认为它不可能是衡量艺术价值的标准，因为艺术的主要特征是用作家的感情来感染读者，而细节只会破坏这种感情。很明显，这时期托尔斯泰已经不再对传统的文学素材感兴趣。少女、战士、牧人、天使、妖魔、月光、雷电、山川、深渊、雄狮、羔羊、鸽子、夜莺等文学素材，在艺术作品中已经被使用得太泛滥以至过时，失去了新鲜感，相反，那些难登大雅之堂的民间儿童艺术，如笑话、谚语、谜语、歌曲、舞蹈、儿童游戏等却别有一番韵味，被托尔斯泰运用于新的创作实践中，艺术形式得到了更新。列昂季耶夫在《关于列·尼·托尔斯泰伯爵的小说》中指出："托尔斯泰在《安娜·卡列尼娜》之后感觉到必须走另一条道路——走上民间故事的道路和走上道德说教的道路。他或许猜到，如果再采用以前的体裁和风格，恐怕不会写出超越《战争与和平》和《安娜·卡列尼娜》

---

① [俄] 瓦·叶·哈利泽夫：《文学学导论》，周启超等译，北京大学出版社2006年版，第309页。
② [俄] 列夫·托尔斯泰：《什么是艺术？》，丰陈宝译，载《列夫·托尔斯泰文集》第14卷，人民文学出版社1992年版，第233页。

第二章 鲍·艾亨鲍姆的基于"形态学"的文艺本体论

的作品了。"① 列昂季耶夫还强调："对于我来说，我再重复一下，重要的不是托尔斯泰伯爵现在写什么，而是他是如何写的。"② 艾亨鲍姆认为，列昂季耶夫在这里暗示了一个非常大胆的思想，即托尔斯泰转向民间故事和道德说教并不意味着他的艺术创作出现了危机，而是一次早有准备的从已丧失审美功能的旧手法向新手法的过渡。列昂季耶夫的新颖观点及自由的、不拘泥于传统的批评精神，得到了艾亨鲍姆的赞赏。

此外，形式论学者还认为，文学形式的演变归根结底就是支配性规范的转移，当一种次要规范上升为主要的、支配性的规范时，也就相应发生了文学形式的替代过程。而这种支配性规范的转移，即文学史的演变不是简单地、直线式地进行的，而是复杂地、曲折地发生，在什克洛夫斯基看来，在演变的过程中，遗产不是从父亲传给儿子，而是从叔叔传给侄子："不，问题在于，在文学流派交替演变的过程中，遗产不是从父亲转给儿子，而是从叔叔转给侄子。在每一个文学时代中，都存在着不是一个，而是好几个文学流派。它们都共时地存在于文学中，其中，只有一个是当时规范化了的主流文学的代表。其他流派虽也存在，但却是典范化地、冷僻地存在着的。例如，在普希金的时代，在丘赫尔别凯和格里鲍耶多夫的诗中就存在杰尔查文的传统，同时还有俄国轻松喜剧诗传统，以及一系列其他传统，如布尔加林的纯冒险小说传统。"③

艾亨鲍姆则提出了不同的意见，他强调，在与父辈的斗争中，孙子会转向祖父求教。青年托尔斯泰的创作就是一个极好的例证。"他

---

① Б. Эйхенбаум, "О Льве Толстом", Б. Эйхенбаум, Сквозь литературу: Сб. статей, Л.: Academia, 1924, С. 64.

② Б. Эйхенбаум, "О Льве Толстом", Б. Эйхенбаум, Сквозь литературу: Сб. статей, Л.: Academia, 1924, С. 64 – 65.

③ В. Шкловский, "Розанов", В. Шкловский, Гамбургский счет: статьи-воспоминания-эссе (1914—1933), М.: Советский писатель, 1990, С. 121.

的一切阅读都和上世纪的传统有关——是祖父的传统，而不是父亲的传统。"① 托尔斯泰曾经在创作中向 18 世纪哲学和文学传统取法，他阅读了大量西欧哲学家的著作，将西欧哲学作为创作的逻辑方法。在文学方面，他阅读了卢梭、斯特恩、狄更斯等的作品，掌握了他们的一些艺术手法。从卢梭那里，他学会了自我观察和自我分析的技巧，在日记中剖析自己的过失和缺点；从斯特恩那里，他借鉴了非情节性描写技巧，但比斯特恩走得更远，他的作品中既没有本事，也缺乏讲述的形式；至于狄更斯，托尔斯泰在阅读《大卫·科波菲尔》时对英国的"家庭小说"传统产生了兴趣，并在创作自传体三部曲时借鉴了这点而非别的因素。在俄国，托尔斯泰对普希金、莱蒙托夫等的作品不感兴趣，但对卡拉姆津情有独钟。艾亨鲍姆认为，在俄罗斯，自传体小说，尤其是描写童年的自传体是由卡拉姆津开创的，如其未完成的《当代骑士》。这部作品显然受到了斯特恩的《项狄传》的影响：文字游戏、突然中断的情节、善意的戏谑等，后来也影响了托尔斯泰的《童年》。文学演变就是这样在传统与创新因素之间的相互影响中发生的。过时的手法并未彻底消亡，而是从中心变为边缘，从主流变为支流。因此，新旧两种形式的更替，只是审美功能在两者之间的一种转移。

在阐述文学演变观的同时，艾亨鲍姆等形式论学者也表达了对传统文学史观的不满。他们认为，传统的文学史研究往往依赖于社会文化、传记生平、心理学等方法。这种材料史的研究方式，只能说明文学的发生起源，却无法触及文学自身的内在属性的演变。早在 1916 年，艾亨鲍姆就谈到了这一情况："直到现在，文学史研究的仍不是它的对象，而宁可研究的是——它的起源、环境、周围状况，等等。

---

① Б. Эйхенбаум, "Молодой Толстой", Б. Эйхенбаум, *О литературе: Работы разных лет*, М.: Советский писатель, 1987, С. 53 – 54.

第二章 鲍·艾亨鲍姆的基于"形态学"的文艺本体论

至今文学史仍然是一门教条的并隐藏这种教条的科学——这种情形对于一切科学都是很危险的。"[1] 罗曼·雅各布森也毫不客气地指出："然而，到目前为止，文学史家大多像警察一样，而警察的目的则是抓人，把宅子里的所有人和所有东西，甚至连同街上偶然路过的人都扣起来，以防万一。同样，文学史家把什么都用上了——生活方式、心理学、政治、哲学。建立了一大堆土规则来代替文学科学。好像是忘记了这些条文应当归属于有关的科学——哲学史、文化史、心理学等等似的，自然，这些科学也可以把古代文学作品作为有缺陷的次等的文献来利用。"[2] 蒂尼亚诺夫则宣称文学史如今仍处于"殖民地"的地位。可以说，俄罗斯形式论学派是在与传统文学史的斗争中发展自己的文学演变观。

艾亨鲍姆等学者的文学演变观，归根结底是他们对文学本质的看法在历史诗学中的体现。形式论学者认为文学的本质在于形式，这就决定了他们对形式的过分关注。他们以"形式的辩证自生"来描述文学演变过程，但在我们看来，这种以"自动化——陌生化"为基本模式的形式自律论仍然暗含着心理主义的因素。一种形式是新是旧，是自动化了还是陌生化了，终归是要经过作者或读者的判断，作品必须要经过作者写和读者读才能成为作品。艾亨鲍姆等人在进行理论阐述时其实已经考虑到了读者接受的差异问题，譬如他们关于"文学形式的叔侄相传（什克洛夫斯基）"和"祖孙相传（艾亨鲍姆）"的表述，就体现了这种意识。但在具体分析中，为了维护文学研究的内在性，为了使研究在封闭的文学系统之内进行，形式论学者又排除了受社会文化制约的作者、读者等的心理，也就是排除了接受心理，感知似乎

---

[1] Б. Эйхенбаум, "Державин", Б. Эйхенбаум, *Сквозь литературу: Сб. Статей*, Л.: Academia, 1924, С. 5.

[2] Р. Якобсон, "Новейшая русская поэзия: Набросок первый: Подступы к Хлебникову", Р. Якобсон, *Работы по поэтике*, М.: Прогресс, 1987, С. 275.

变得一致起来。不过，这最终也导致形式论学派的文学演变理论出现这样一种情况：即自动化—陌生化—自动化—陌生化……也就是说新形式会无限地、机械地替换着旧形式。巴赫金曾一针见血地指出，这是一种永动机模式："这一过程可以无限循环进行，不曾遇见对任何新形式的需要。即使新形式出现了，从文学发展的自身角度来看，也是由于纯偶然的原因。"① 尽管后期形式论学派也开始关注文学与社会生活之间的联系，但他们提倡的文学创作也仍以形式的更新为内在前提。

对于艾亨鲍姆等形式论学者来说，文学史不再是研究的某个领域，而是看待文学问题的一种视角。从这种观点出发，形式论学者感兴趣的首先不是文学家的创作个性，而是他的历史角色，他在整个历史发展过程中所占的位置，如此，作家的创作道路就成为文学技巧普遍规律的例证，如此，作家在文学进化中的作用就被排除。艾亨鲍姆曾说："个性的自由不是表现在躲避历史规律，而是要善于实现它们——善于做一个现实的人，倾听历史的声音"，"创作……就是意识到自己处于历史洪流之中的一次活动"②。勃里克断言，如果没有普希金，也照样会有人写出《叶甫盖尼·奥涅金》。这种相信历史必然性的说法显然过分夸张，曾遭致韦勒克的批判。但总体来看，艾亨鲍姆等形式论学者这种历史主义的态度还是有可取之处。这种历史主义使他们进一步认识到，作家在文学传统的范围内进行创作，有时也会由于不可避免的必要性而背叛传统。此外，形式论学者还认识到，文学史决不只是杰出作品的历史，那些二三流作家的作品在文学史中也应占有一席之位，一方面，出色的作品只有在平庸作品的陪衬下才会

---

① [苏]巴赫金：《文艺学中的形式方法》，邓勇、陈松岩译，中国文联出版公司1992年版，第237页。
② Б. Эйхенбаум，"Некрасов"，Б. Эйхенбаум，*Сквозь литературу: Сб. Статей*，Л.：Academia，1924，С. 236.

第二章 鲍·艾亨鲍姆的基于"形态学"的文艺本体论 ❖❖❖

显得出色,另一方面,失败同成功一样,也是文学动态发展的重要推动因素。

现在看来,俄罗斯形式论学派的早期文学演变观显然是一种封闭的自律论。艾亨鲍姆等学者将文学作品放到一个与社会生活、意识形态完全隔绝的系统中来考察,认为文学演变是独立自主的,其发展推动力在于内部形式的更替。这种看法有合理之处,但也有些片面。它忽略了文学与社会的联系。虽然文学具有不同于其他意识形态的特殊性,但这种特殊性依然与社会结构有着千丝万缕的联系。忽略了这一点,势必会导致研究视野狭窄。巴赫金也指出了俄罗斯形式论学派的这一不足之处:"文学的历史序列,如同文学作品及其结构成分的序列一样,都被形式主义者看作是完全独立于所有其他意识形态序列和社会经济发展的存在物。形式主义者试图在封闭的纯文学序列中揭示形式发展的内在规律性。"[1]

不过,巴赫金的这个结论有些过于武断。其实,在形式运动早期,形式论学派的某些学者也曾不同程度地肯定过文学演变与社会系统的关系。如日尔蒙斯基认为,文学与人类活动的其他领域是紧密相联的,不能单从文学的立场去考察它的演变,不能够回避关于文艺形式的发展和文化其他方面之间的联系这一问题。此外,文艺形式逐渐丧失可感性这一理论,只适合说明旧形式的消亡,而不能说明新形式的本质,只能说明变化的必要性,而不能指出变化的方向,演变方向是由演变时期总的文化氛围、在文学和其他艺术中所反映出来的时代特征等所决定的。苏联文艺学家恩格尔哈特[2](Б. М. Энгельгардт)也表达过类似的看法:文学手法的更新过程描述的只是"文学的'运动'事实,

---

[1] [苏]巴赫金:《文艺学中的形式方法》,邓勇、陈松岩译,中国文联出版公司1992年版,第231页。

[2] 雷内·韦勒克在《近代文学批评史》(第7卷)中将 Б. 恩格尔哈特视为形式论学派的一员。

文学发展的内在必要性，而决不是这种发展的特征和形式"①。托马舍夫斯基则指出，在研究文艺作品时，文学史家应采取历史分析法，确定文学现象之间的联系和它们在文学演变中的意义，"因而，文学史家研究的是文学社团、文学流派和风格，以及它们的演变，文学中的传统意义和个别作家及其作品的独创性程度。文学史家在描述文学发展的普遍进程时，要解释这种差别，揭示该演进的动因，不论它在文学自身之内，还是源于它对人类文化其他现象的文化关系，正是在这样的环境中文学才得以发展，并与之共处于永恒的相互关系中。文学史是文化通史的一个分支"②。由此可以看出，托马舍夫斯基肯定了非文学因素对文学演变的影响，只有内外因共同作用，才能促进文学的发展。不过，我们认为，上述观点都过于机械化，只看到非文学因素对文学的影响，却未深入探讨这种外在因素是否也能够影响文学的内在形式，是否也属于文学发展的推动力。

总之，与传统文学史观相比，俄罗斯形式论学派的文学史观无疑具有创新精神。首先，形式论学者把文学史看作文学的历史，看作体裁和风格的演变，这种文学本位的思维方式启发了后来的文艺学研究。其次，形式论学者把历史的观念引入文学研究中，以史学家的眼光来观察和研究文学现象，这种史学思维方式虽存在偏激之处，但也能给予多种启发。最后，形式论学者在后期也把相关的社会文化因素纳入文学史理论体系中，这种社会学视角也使他们的文学史观逐渐成熟起来。确实，从20世纪20年代起，苏联批评家们在研究普希金、莱蒙托夫、涅克拉索夫、托尔斯泰、马雅可夫斯基、阿赫玛托娃时没有一个能够绕开艾亨鲍姆等形式论学者的论著。

---

① Цит. по: В. Эрлих, *Русский формализм: история и теория*, Спб.: Академический проект, 1996, С. 256.

② ［俄］鲍·托马舍夫斯基：《诗学的定义》，载［俄］维·什克洛夫斯基等《俄国形式主义文论选》，方珊等译，生活·读书·新知三联书店1989年版，第79页。

第二章　鲍·艾亨鲍姆的基于"形态学"的文艺本体论 ❖❖❖

第四节　论电影诗学

十月革命之后的十年间，艾亨鲍姆等形式论学者将普通语言学和文艺学相联系，以实用语和诗语的差异作为切入点，重点考察了文学作品的内在审美机制，建构了以形式论为核心的文学理论。20 世纪 20 年代中期，随着理论诗学的发展，形式论学者希望能将文学理论推广到其他艺术领域中去。为了检验这一想法的可行性，他们尝试将文学理论运用到电影艺术研究中。之所以选择电影，主要是因为电影与文学的关系非常密切。而且，当时刚刚起步的苏联电影担负着建立新的无产阶级艺术的使命，迫切需要优秀的剧作，而优秀的俄罗斯文学作品无疑是最好的选择，于是电影工作者着手改编文学作品，将托尔斯泰、果戈理、列斯科夫、契诃夫等的经典佳作陆续搬上银幕。对此，艾亨鲍姆不失幽默地说："事实就是这样的：文学正不断地走上银幕。如果有些人认为，这种联系不会长久，电影已经充分发育成熟了，可以抛弃自己令人敬爱的女友了，那么他们显然错了：情形越来越朝向合法的长久的婚姻发展，虽然这种婚姻也带有背叛行为。"[①]

新的艺术形式很快成为形式论学派的理论研究阵地。1926 年，艾亨鲍姆提议出版一部有关电影理论及实践的文集，1927 年春该计划得以实现，《电影诗学》一书问世。该书由艾亨鲍姆编辑，收录了什克洛夫斯基、蒂尼亚诺夫、艾亨鲍姆、语文学家鲍·卡赞斯基、电影艺术研究者阿·皮奥特罗夫斯基、电影摄影师米哈伊洛夫和

[①] Б. Эйхенбаум, "Литература и кино", Б. Эйхенбаум, *Литература：Теория. Критика. Полемика*, Л.：Прибой, 1927, С. 296.

安·莫斯克温①的文章，这是俄罗斯形式论学派从理论角度探索电影本质的尝试，主要体现在以下几个方面：首先，该文集的题目为"电影诗学"，这与俄罗斯形式论学派先前以"诗学"命名的文学理论文集相呼应；其次，文集作者们所讨论的主题显然经过仔细探讨，在风格上具有整体化的特点：艾亨鲍姆——电影文体论，蒂尼亚诺夫——电影的符号本质，鲍·卡赞斯基——与其他艺术相比电影所具有的潜力，什克洛夫斯基——电影中的诗和散文，阿·皮奥特罗夫斯基——新兴的电影流派，米哈伊洛夫和莫斯克温——电影摄影手法的风格意义。从内容来看，这些学者不仅将文学形式论运用于电影诗学的研究，而且还对当时苏联电影艺术大师谢·爱森斯坦、弗·普多夫金、吉加·维尔托夫、亚·杜甫仁科等人所提出的某些电影术语，如蒙太奇等，做出了独到阐释。这些探索，对后来的布拉格结构主义学派和苏联符号学派的电影理论都产生了影响，对现代电影理论的形成具有不容忽视的推动作用。

艾亨鲍姆的文章题目为"电影修辞问题"。在这篇文章中，他遵循科学实证主义的原则，以"电影具有内在的自主性"这一思想为出发点，分析构成电影的基本要素和手法，探索电影本身的内在规律，认为电影是一种广义上的语言，具有自己的句法和语义。

艾亨鲍姆首先探讨了"电影如何成为艺术"这一命题。依据俄罗斯形式论学派关于实用语与诗语的观点，艾亨鲍姆将照片与电影的关系比作生活语言和艺术语言的关系，指出电影诗学是研究电影如何将照片这种生活语言转化为艺术语言的一门科学。接下来，艾亨鲍姆假设，艺术成长依靠的是日常生活中得不到充分利用的那部分人类的能量，这些能量以游戏的形式存在，给艺术提供了一种必需的生物学基

---

① 卡赞斯基、阿·皮奥特罗夫斯基、米哈伊洛夫、安·莫斯克温在当时被视为艺术领域中的形式论者。

第二章 鲍·艾亨鲍姆的基于"形态学"的文艺本体论

础，它们体现在那些"不可理喻"的冲动里，这些冲动促成了各种审美表达并成为它们的"有机酵素"，同时又通过艺术转化为表现能力："通过利用这种酵素，使之转化为'表现能力'，从而便构成了作为一种社会现象和一种特殊'语言'的艺术。……'不可理喻'和'语言'往往彼此不能契合，但这正是艺术内在的二律背反，它制约着艺术的演变。"① 艾亨鲍姆认为，法国电影理论家路易·德吕克所谓的上镜头性②就类似于这种"不可理喻"性，具有陌生化的功能："它和情节无关，只是显现在银幕上出现的面容、物象和风景之中。我们重新审视事物，把它们当作陌生的东西来体验。"③ 正是上镜头性的陌生化功能使电影脱离机械照相术而成为艺术，可以说，没有上镜头性就没有电影艺术。

如同陌生化在形式论学派的文学理论中占据重要地位一样，上镜头性在该派电影诗学中也处于核心地位。德吕克曾说："火车头、远洋轮船、飞机、铁路，就其结构特点而言，都具有上镜头性。每当具有'电影真实性'的镜头在银幕上闪动，向我们展示舰队或轮船的运动时，观众们就会欣喜惊叹。"④"作为一种'表现能力'，上镜头性转换为面部表情、姿态、物象、摄影角度、景别等语言方式，它们构成了电影修辞的基础。"⑤ 据此，艾亨鲍姆找到了上镜头性与电影艺术的

---

① ［俄］埃亨鲍姆（即艾亨鲍姆）：《电影修辞问题》，载李恒基、杨远婴主编《外国电影理论文选》，远婴译，上海文艺出版社1995年版，第91页。
② "上镜头性"是法国先锋派电影理论家路易·德吕克在1920年提出的电影概念。德吕克反对把照相视为电影中的主要和唯一的手段，认为上镜头性才构成电影艺术的基础。上镜头性一词将电影与照相结合为一，旨在表达一种独特的、极其富于诗意的人和物的外观，这种外观只有运用电影的新艺术语言才能赋予。所有其他不是由处于运动中的视觉形象提示出来的方面，都不具有上镜头性，都不能进入电影艺术的行列。参见《电影艺术词典》，中国电影出版社1986年版。
③ ［俄］埃亨鲍姆：《电影修辞问题》，载李恒基、杨远婴主编《外国电影理论文选》，远婴译，上海文艺出版社1995年版，第91页。
④ ［俄］埃亨鲍姆：《电影修辞问题》，载李恒基、杨远婴主编《外国电影理论文选》，远婴译，上海文艺出版社1995年版，第91页。
⑤ ［俄］埃亨鲍姆：《电影修辞问题》，载李恒基、杨远婴主编《外国电影理论文选》，远婴译，上海文艺出版社1995年版，第92页。

内在关系，将其定位为电影艺术存在的基础，"归根结底，电影同一切艺术一样，是一个图像语言的特殊体系"①。

艾亨鲍姆的电影艺术观，显然与俄罗斯形式论学派的文学理论有密切关系，尤其与什克洛夫斯基的陌生化概念有内在关联。在20世纪20年代，俄罗斯形式论学者在建构诗学理论时主要依据的就是陌生化概念。从这一概念出发，形式论学者把艺术形式中的结构视为研究的首要对象，而这些结构往往是由日常生活中被人忽视的材料所创建的。如日常生活中人们在运用单词时并不注意它们在声音方面的相似性，而作家依据声音的相似性创造了诗歌这种独特的结构，消解了我们对词汇本身意义的感受自动化。艾亨鲍姆指出："舞蹈所表现的是平常步态中没有的姿势。如果艺术搬用生活琐事，那么也只是把它们当作素材，目的在于进行出人意料的阐释，或移花接木，或面目全非（怪诞风格）。由此产生了艺术中永恒的'假定性'，即便是最极端、最彻底的'自然主义者'，只要他依然是艺术家，就不能超越'假定性'。"②

在论证"电影如何成为一门艺术"这一命题之后，艾亨鲍姆转而研究电影艺术的内在审美机制。他从语言学的思想出发，考察了电影修辞学问题，认为电影修辞学包括电影句法学和电影语义学。艾亨鲍姆将电影句法划分为电影语句和电影复合句。谈论电影语句要从蒙太奇③镜头开始。蒙太奇不是个别片断的简单组合，它的工作原则是建构有意义的段落并把它们连接起来，这种连接的基本单位就是电影语句："电影话语的建构及其特有的语义学需要塑造重点成分，并通过对它们的强调编排出电影语句。……近景和特写构成重点成分，它们

---

① 李恒基、杨远婴主编：《外国电影理论文选》，上海文艺出版社1995年版，第5页。
② ［俄］埃亨鲍姆：《电影修辞问题》，载李恒基、杨远婴主编《外国电影理论文选》，远婴译，上海文艺出版社1995年版，第91页。
③ 也称"剪辑"，指对拍摄好的镜头进行剪裁组接。

第二章　鲍·艾亨鲍姆的基于"形态学"的文艺本体论

是电影语句中的主语与谓语。特写是景别①运动（从全景到近景再到特写，或者依照相反的次序）的核心，是修辞的重点——这些就是建构电影语句的基本法则，当然也可以偏离这一法则，就像任何艺术可以偏离任何法则一样。这里还包括摄影角度的变换（作为一种副句），它给电影语句引进了补充重点，譬如，先是全景，然后是近景，接着又从另一个角度（俯角）拍摄同一个场景，等等。"②

艾亨鲍姆指出，对单个镜头的分析可以使研究者确定电影语句的类型。他将电影语句分为两种基本类型：逆向型电影语句和正向型电影语句。前者表示从列举到概括，即从以特写镜头或中景特写镜头描述的细节镜头到展示整体场景的全景镜头，后者则相反，是以特写镜头将全景或中景推向细节。在前者中电影语句、上镜头性（"不可理喻"性）效果和语义联想得到了详细描述，因为全景镜头会引导我们重新回味先前的细节："……观众并不清楚整体，只是注视着细节，开始只能感受它们的影像及其直观意义：如高高的围墙、巨大的城堡、被锁链拴住的狗。当全景镜头出现后，观众才知道：这是一个森严的老式商人庭院。在这种类型的语句中，观众只能在全景镜头之后来回味细节。换言之，这是一种逆向电影语句。其特征不仅在于镜头的次序，而且在于细节所应载负的特殊语义的象征意味，只有当结尾的重点出现之后，观众才能推测到它的涵义。这种语句的蒙太奇建立在推理原则的基础之上。"③ 这种语句类型近似于散文中的"描述体"（即在镜头顺序中不包含任何时间序列）。在正向型电影语句中，观众会随着镜头的推移越来越了解银幕上发生的事，所以尽管镜头之间也不包含时间

---

① 指被摄主体在画面中呈现的范围，一般分为远景、全景、中景、近景和特写。
② [俄] 埃亨鲍姆：《电影修辞问题》，载李恒基、杨远婴主编《外国电影理论文选》，远婴译，上海文艺出版社1995年版，第106页。
③ [俄] 埃亨鲍姆：《电影修辞问题》，载李恒基、杨远婴主编《外国电影理论文选》，远婴译，上海文艺出版社1995年版，第107页。

序列，这种语句类型却具有叙述特征，近似于散文中的"叙事体"。艾亨鲍姆还指出，语句中镜头持续时间的不同会造成其他的修辞差别，如果一个长中景镜头支配着语句，那么就会给观众带来缓慢发展的感觉，如果出现的是一个快速的系列特写镜头，则会给观众留下简洁的印象。

在分析电影语句时，艾亨鲍姆还从观众接受的角度，强调了观众的内心语言的必要性。俄罗斯形式论学派认为，作品是否具有艺术性，主要表现在构成作品本身的艺术手法，有时也反映在读者的感受上，因此，读者的感受也是作品是否具有艺术性的一个判断因素。什克洛夫斯基曾说："作家或艺术家全部工作的意义，就在于使作品成为具有丰富可感性内容的物质实体，使所描写的事物以迥异于通常我们接受它们时的形态出现于作品中，借以吸引读者的注意力，延长和增强感受的时值和难度。"[①] 艾亨鲍姆也曾说，艺术的生命力在于接受。在研究电影时，艾亨鲍姆发现，观众对电影[②]的解读过程与对戏剧的理解是截然不同的。在观赏戏剧时，观众可以借助演员的话语、表情、姿态等了解剧情，而在观看电影时，观众总是"先从物象和可见运动出发，继而对其进行思索并建构内在语言"[③]。只有通过内心语言，观众才能将一个个孤立的镜头串连成复杂的句法整体，从而推测出电影情节。如果没有这个过程，观众只会觉得镜头是"不可理喻"的因素，或是难以置信的相似片断。导演所做的就是把每个镜头传递给观众，使他推测出每个段落的含义，即转换成自己的内心语言；因此，拍摄电影时需要考虑到这种语言："电影不能被视为一种完全超乎语

---

① В. Шкловский, *Гамбургский счет: статьи-воспоминания-эссе* (1914—1933), М.: Советский писатель, 1990, С. 89.

② 艾亨鲍姆研究的主要是无声电影。

③ [俄] 埃亨鲍姆：《电影修辞问题》，载李恒基、杨远婴主编《外国电影理论文选》，远婴译，上海文艺出版社1995年版，第95页。

第二章 鲍·艾亨鲍姆的基于"形态学"的文艺本体论

言的艺术。那些为电影的非'文学性'辩护的人们往往忘记了电影摒弃的是可听见的语言，而并非拒斥思想，即内心语言。研究这种语言的特征是电影理论最重要的任务之一。"[①]

在分析比电影语句更为高级的语段单位——电影复合句时，艾亨鲍姆断言，电影复合句以建构空间和时间的连续性为基础，这种时空连续性可以产生幻觉，因此，电影并不是再现真实经历中的连续时空，而是创建了它自己的电影时间和电影空间："电影中的时间不是被填充的，而是被建构的。通过更替场景、改变景别与视角，导演可以减慢或加快情节节奏与影片本身的节奏（蒙太奇），从而造成独特的时间感。格里菲斯影片的结尾效果声名昭著（《党同伐异》《两个孤女》）——情节进展的速度慢的近于停滞，而蒙太奇的节奏却快得近于疯狂。由此可见，电影中有两种节奏，即情节节奏和蒙太奇节奏。这两种节奏的交叉构成了独特的电影时间。"[②]

电影空间的建构也是如此。在电影中空间超然于角色而独立存在，电影演员也是置身于无限的空间之中，换言之，电影空间不仅具有情节意义，更具有修辞学意义，正是这些单独的空间片断之间的相互关系形成了对现实中连续空间的一种描写，因此，"电影复合句……之所以被感受为某种封闭的片段，恰恰是因为构成复合句的镜头运动与时空连续性相关"[③]。所以，在观看一组电影语句时，观众们总是尝试去理解它们在语义上的相互关系，特别是时空的、因果的关系。"接着，就该让观众掌握构成以上蒙太奇元素之间的涵义联系。此刻，蒙太奇镜头在一个固定点上交汇，这种交汇将揭示前面个别片段之间的

[①] ［俄］埃亨鲍姆：《电影修辞问题》，载李恒基、杨远婴主编《外国电影理论文选》，远婴译，上海文艺出版社1995年版，第95页。
[②] ［俄］埃亨鲍姆：《电影修辞问题》，载李恒基、杨远婴主编《外国电影理论文选》，远婴译，上海文艺出版社1995年版，第108页。
[③] ［俄］埃亨鲍姆：《电影修辞问题》，载李恒基、杨远婴主编《外国电影理论文选》，远婴译，上海文艺出版社1995年版，第109页。

相互关系,中断它们的发展,以构成一个电影复合句型。"① 从电影复合句的一般特征可以看出:它的蒙太奇修辞的基本问题在于从一个语句转向另一个语句的契机:"但这里还包含着契机问题,即应该在何处中断旧的线索和以何种方式过渡到新线索的问题。也就是说,为了使必要的过渡转变为合理修辞,应该用什么样的逻辑关系来把电影复合句的平行线索或其他片断联系起来。……将复合句的成分联系起来的手法就是蒙太奇的基本修辞问题。"② 由此看来,蒙太奇在电影修辞问题中起着重要的作用。

除了电影句法学之外,艾亨鲍姆还阐述了电影语义学的基本特征,也就是关于如何将影片元素传达给观众的问题。他把电影语义学分为镜头语义学和蒙太奇语义学。单个镜头很少显示出自身的语义,而复合结构的镜头(即蒙太奇镜头)中某些与上镜头性相关的细节可能具有独立的语义,由此看来,蒙太奇仍是语义学的核心。此外,艾亨鲍姆还强调了隐喻这一因素对现代电影的意义。我们知道,隐喻是比喻的一种,指把某事物比拟成和它有相似关系的另一事物。在20世纪20年代,苏联电影尚处于无声时期,不能通过人物对话和复杂情节来传达主题思想,主要根据拍摄对象的造型比拟来表现。因此,这一时期的默片经常采用隐喻来展示概括意义。譬如,当银幕上出现狮子时,它的概括意义就是"雄伟的起义形象"。当然,要破译这种隐含的意义实非易事,艾亨鲍姆认为,把隐喻引入电影非常有意义,这就再次肯定了内心语言的现实意义,它不是一种偶发的心理因素,而是电影本身的结构元素。

至此,艾亨鲍姆对电影的句法学和语义学做出了严密的论述,他

---

① [俄]埃亨鲍姆:《电影修辞问题》,载李恒基、杨远婴主编《外国电影理论文选》,远婴译,上海文艺出版社1995年版,第109页。
② [俄]埃亨鲍姆:《电影修辞问题》,载李恒基、杨远婴主编《外国电影理论文选》,远婴译,上海文艺出版社1995年版,第110页。

第二章 鲍·艾亨鲍姆的基于"形态学"的文艺本体论

的某些独到见解甚至影响了其他形式论学者,他的《电影修辞问题》一文更是启发了蒂尼亚诺夫,后者撰写了《论电影的原理》。虽然二人都对电影的句法学和语义学感兴趣,都在基本的句法单位(把镜头构建为电影语句的单位)层次上展开分析,最终涉及较大的结构单位(组成情节的单位),然而,二人的方法还是存在着重大差异。艾亨鲍姆假设电影语言与叙述散文相似,蒂尼亚诺夫却认为电影语言与诗歌的关系更为密切。

蒂尼亚诺夫在文章中首先探讨了电影如何成为艺术。与艾亨鲍姆不同的是,蒂尼亚诺夫从艺术及其表现对象之间的关系这一角度展开讨论。他认为,电影在利用素材时表现出来的独特性使得材料因素转变为艺术因素,由此电影才成为独立艺术。那么,电影是如何利用素材的呢?蒂尼亚诺夫认为,电影只有使素材发生变形和风格化,才能将其转化为艺术内容,这也是电影与照相的区别。照相也能使素材变形,但这种变形只在一种前提下才允许进行,即相似性。照相的基本宗旨是相似性,由此看来,变形成了一个缺点,但这个缺点在电影中却成为优点和审美特性。另外,蒂尼亚诺夫还指出,近景和照明也都是电影的艺术手段,物体本身并不上像,是近景和灯光使它上像,可以用"上电影"概念来代替"上像"概念。

在具体分析中,蒂尼亚诺夫不再用"语句"来描述电影的基本句法单位——镜头,而是以诗歌的"诗节"来与之类比。在1924年发表的专著《诗歌语言问题》中,蒂尼亚诺夫指出,诗节把语言分为多个节奏单位,在每个单位里词语的语义都会相互感染,并彼此互相变形对方以创造出新的含义,这样,一个持续不断的语义过程就被诗节建构起来,在电影中亦是如此。蒂尼亚诺夫认为,电影中的重要元素位于一种特殊的、紧凑的相互关系之中,它们的含义互相感染。此外,镜头的替换会造成电影中的限度感:"电影中的镜头不是在循序渐进的结构中和渐进的顺序中'展开'的,它们在替换。蒙太奇的原理就是这样。它们在替换,像一首诗、一个韵的单位一样,在精确的限度内由其他镜头所替换。电影从镜头到镜头之间是跳跃式的,就像诗从一行到一行的跳跃一样。"①这样,每个有差别的镜头都可以根据先前镜头的成分所设置的期望值被感知到。这些期望值的每一个变化、每一个挫败都会因为新的客体或情节的存在而提供新的意义。蒂尼亚诺夫还以诗歌为喻,将电影的"节奏"描述为影片展开过程中修辞因素与韵律因素的相互作用及其运动。

如果说,艾亨鲍姆的电影修辞思想基本上依赖的是一种叙述性行为,那么蒂尼亚诺夫在阐述这个思想时,出发点则是什克洛夫斯基对本事与情节的区分。什克洛夫斯基用"本事"来表示人物之间的关系方式和按照年代顺序展开的行为方式,用"情节"来描述素材与文学作品中展开的故事发生联系的方式。当事件成为情节时,它的发生顺序与在本事中是不同的,也可以说,同样的事件可以在情节中重复数次(如从不同观点出发),情节可以包含对本事的说明或与本事完全无关的题外话。蒂尼亚诺夫认为,电影体裁是由本事与情节的关系决定的,并大胆地预言:"未来电影情节分布的研究,将取决于对它的风格和素材特点的研究。"②旧电影呈现的是陈腐僵化的东西,反之,新电影能激起我们对现实的新鲜感觉。这一观点在后来的超现实主义电影中得到了很好的证明,也在结构主义学派的电影学中得到了延伸。

著名文艺理论家巴赫金曾说:"俄国形式方法是一个对文学及其研究方法坚定不移的和始终如一的认识体系。这一体系贯穿着统一的精神,并且使自己的信徒养成了许多特定的和固执的思维习惯。"③在

---

① [俄]尤·梯尼亚诺夫:《论电影的原理》,载[俄]维·什克洛夫斯基等《俄国形式主义文论选》,方珊等译,生活·读书·新知三联书店1989年版,第72页。
② [俄]尤·梯尼亚诺夫:《论电影的原理》,载[俄]维·什克洛夫斯基等《俄国形式主义文论选》,方珊等译,生活·读书·新知三联书店1989年版,第75页。
③ [苏]巴赫金:《文艺学中的形式方法》,邓勇、陈松岩译,中国文联出版公司1992年版,第109页。

电影艺术的研究中，形式论学者也始终固守形式至上的理念，按照语言学的规则来思考电影诗学问题，以实证主义态度考察了电影成为艺术的可能性，对电影艺术形式进行了分析，以期建立一种本体论的电影诗学。不过，值得注意的是，在俄罗斯形式论学派活动的鼎盛时期，电影还处于默片时代。因此，他们所概括的电影功能并不完整。在苏联时期，形式论学者的电影理论远不如其文学理论那么广为人知，直到20世纪80年代才被人注意到，并受到电影工作者的重视。艾亨鲍姆等学者把电影理论与文学理论相结合的研究方式，不仅开拓了形式论学派的理论范围，而且为电影美学的诞生奠定了初步的基础。他们的电影理论，为布拉格学派的雅各布森和穆卡洛夫斯基在20世纪30年代创建电影理论提供了基本原则，也为苏联符号学派的洛特曼和伊万诺夫撰写电影符号学专著提供了参考。形式论学派的某些学者所表现出来的洞察力和见识，也对欧美电影理论家产生了一定的影响。比如，艾亨鲍姆曾断定"对单个镜头的分析可以使研究者确定电影语句的类型"，这一见解，后来被法国符号学家克里斯丁·麦茨在分析经典叙述电影时所采用。

第三章　鲍·艾亨鲍姆的"文学的日常生活"理论

在形式运动的后期,俄罗斯形式论学者已经考虑将文学与社会生活的联系纳入文学研究之中,其诗学理念在逐渐发生转变。1924年,蒂尼亚诺夫在文章中反对把文学视为不变的、静止的现象,认为文学经常与生活相重叠。1927年在《论文学的演变》中,蒂尼亚诺夫写道:"建构封闭的文学序列,并在其中研究演变,但不时会遇到文化的、广义日常生活的和社会的序列,因此我们的研究就必然不充分。"[①] 他详细分析了文学系统与文学之外系统(即社会习俗)的关系,认为必须重新考虑文学演变问题。什克洛夫斯基也承认,在研究文学史时应该考虑邻近的社会生活事实,其作品《托尔斯泰的长篇小说〈战争与和平〉中的材料与风格》(1928)就体现了新的"社会形式学"的研究态度,即把审美标准与阶级意识形态联系起来。艾亨鲍姆则一直未停止思索文学与日常生活的关系,提出了"文学的日常生活"这一理论,完成了三卷本传记《列夫·托尔斯泰》。这三卷本既是文学作品,也是批评论著,是艾亨鲍姆对自己在"奥波亚兹"时期

---

① Ю. Тынянов, "О литературной эволюции", Ю. Тынянов, *Литературный факт*, М. : Высш. Шк. , 1993, С. 137.

的托尔斯泰研究的修正和总结，是他在"隐性发展"时期对"文学的日常生活"这一理论的具体阐发，也是他的文学史观不断发展的一个有力佐证。

第一节　文学与日常生活

1987年版的苏联《文学百科词典》收录了"文学的日常生活"词条："文学的日常生活是指文学进程中所产生的人的关系、行为和日常生活的一种特殊形式，它构成了文学进程的一个历史背景。……'文学的日常生活'不是文学演变的决定性因素，但在文学进程动态发展中起着极为重要的作用。"[①] 在形式论学派发展的最后阶段，艾亨鲍姆敏锐地觉察到"文学的日常生活"对于文学演变的重要性，将其纳入研究视野，并撰写一系列文章，如《文学的日常生活》《文学与作家》《文学的家庭性》等来阐发自己关于"文学的日常生活"理论的思想架构及内容。

按照艾亨鲍姆的观点，文学日常生活主要指与文学创作等相关的一些日常生活方面的因素，如作家的社会地位、作家和读者的相互关系、创作条件、文学市场发挥职能的程度和原则等，这些因素都在一定程度上影响着作家创作及文学史发展。在艾亨鲍姆那里，文学家所处的社会环境（首先是文学环境）中的日常生活状况和日常生活细节对文学研究具有重要意义。对于文学演变过程来说，由文学家的日常生活的一般特征与具体细节所构成的"文学的日常生活"这一因素不是决定性的，但也至关重要。文学史应当建构在文学与日常生活的相互关系上。

---

① В. М. Кожевникова, П. А. Николаева, *Литературный энциклопедический словарь*, М.: Советская энциклопедия, 1987, С. 194.

艾亨鲍姆提出"文学的日常生活"这一理论，一是缘于他对当时文学环境的思考。在20世纪20年代末，艾亨鲍姆注意到文学创作所赖以生存的环境发生了变化。文学斗争失去了以往的特征：纯粹的文学论战已偃旗息鼓，文学流派不再自如地表达观点，期刊上难觅批评和建议的踪影，忠实的读者越来越少。每一个作家都仿佛为自己写作，可是鲜少关注文学技巧。艾亨鲍姆认为，现在的核心问题是文学职业，有关"如何写"的问题正被"如何成为一个作家"这个问题所取代。换句话说，文学本身问题被作家问题所遮蔽。自然，在这种情形下，文学日常生活问题就显得特别尖锐，更具有现实意义。"可以肯定地说，目前不是文学本身而是其社会存在经历着危机。作家的职业地位改变了，作家与读者的关系改变了，文学工作的习惯条件和形式改变了，文学的日常生活揭示了文学及其演变依赖于其外在环境的一系列事实，这样文学日常生活自身领域也取得了决定性的进展。革命带来的社会重新分配和新经济制度的转向使作家失去了一系列支撑职业（至少在过去）的因素（稳定的和高水平的读者层，各种各样的新闻和出版机构等），同时令作家较之以前在更大程度上成为职业作家。作家的地位近似于工匠，即按照订货来工作或按照雇佣来服务，同时文学'订货'的概念也变得不确定或与作家对自己的文学责任和权利的看法相冲突。出现了特殊的作家——具有专业做法的业余作家，他们不考虑问题的本质，不考虑自己的写作前途，用'拙劣的作品'来应付订货。"[①] 这种情况同样也引起什克洛夫斯基的反思："现在已经有几千个作家了。非常多。现代作家……没有别的职业，除了文学。……为了写作，应该有除文学之外的职业……作家应当有第二职业，不是为了养家糊口，而是为了创作文学作品。"[②] 他还劝告大

[①] Б. Эйхенбаум, "Литературный быт", Б. Эйхенбаум, *О литературе*: *Работы разных лет*, М.: Советский писатель, 1987, С. 430.

[②] В. Шкловский, "Техника писательского ремесла", Цит. по: Б. Эйхенбаум, *Мой временник*: *Художественная проза и избранные статьи 20-30-х годов*, Спб.: Инапресс, 2001, С. 92.

第三章　鲍·艾亨鲍姆的"文学的日常生活"理论

家不要过早地成为职业化的作家。看来，他们一致为文学创作的生态环境及引发的一系列问题感到担忧，目前重要的问题已经不是如何写作，而是如何成为一个作家：作家是不是应该成为职业作家，如何对待各种各样的"订货"形式，在什么意义上作家才能是独立的，等等。

艾亨鲍姆提出"文学的日常生活"这一理论，二是缘于环境的变化要求对文学史演变重新做出科学阐释。从理论家的视角来看，文学及其演变对外在环境的依赖性开始成为清晰的事实，处于第一位的不再是演变事实，而是起源。这也导致了新的理论问题的出现：文学演变中"文学的日常生活"事实的意义何在。艾亨鲍姆认为，现在首要的事实已经不再是文学手法的演变，而是文学演变的事实与文学日常生活的事实之间的相互关系，这是时代发展的要求。文学演变事实与文学日常生活事实的相互关系这一问题之前未进入文学史体系建构之中，是因为当时的文学环境本身未提出这些事实。而如今环境发生的变化对于阐明现代文学问题非常必要，这就要求艾亨鲍姆们必须重新对文学史的演变做出科学论证，否则文学演变的过程本身就无法被人们所理解，也有可能重蹈传统文学史研究的覆辙，陷入非科学的泥沼。艾亨鲍姆认为，传统的文学史研究从未提出过真正的文学事实问题，只是形而上地去寻找文学演变和文学形式本身的起因；不去区分演变和起源这些概念，仅仅机械地将它们视为同义词，这样只会导致两种可能性：第一，从作家的阶级意识形态观出发去分析作品——纯心理的方法，而对它来说艺术是最不合适的、最不典型的材料；第二，将文学形式和风格以因果的方式从时代的普遍社会经济的形式中导引出来——这种方法不可避免地剥夺了文学的科学性、独立性和具体性。因此，这种文学社会学的研究不但没有产生任何新的结果，在艾亨鲍姆看来，反而倒退了，回到了文学史的印象主义。任何一种起源式研究，不管它走多远，都无法找到科学的起因。艾亨鲍姆认为，科学一般不做出解释，它只是查明现象的特征和相互关系，历史无法回答

"为什么",只能回答——"这意味着什么"。

对于艾亨鲍姆等形式论学者来说,文学不从属于其他序列,也不可能是其他序列的简单衍生物。文学序列事实与文学序列之外事实的关系,不可能是简单因果式,只可能是对应式、相互影响式、依赖式或制约式的关系。"这些关系由于文学事实本身(参见尤·蒂尼亚诺夫的文章《文学事实》,《列夫》1924年第2期)的变化而发生着改变,时而挤入文学演变而积极地影响着文学史进程(依赖或者制约),时而呈现极为消极的状态,此时发生学序列仍是'文学之外的',并以此身份进入普遍的历史文学事实的领域之中(一致或相互作用)。这样,在某些时代里,杂志与编辑的日常生活本身具有文学事实的意义,而在另一些时代里获得这种意义的则是社会、团体、沙龙。因此文学日常生活材料的选择和采用原则应当根据联系及相互关系的特征来确定,正是在这一标志之下才完成了这一时刻的文学演变。"①

为了阐明文学日常生活与文学演变事实的关系,为了回答亟待解决的问题,艾亨鲍姆采取了常用的研究方法:研究历史上的文学事实,找到相似现象。艾亨鲍姆一贯认为,历史是一种借助过去研究现代的科学方法。这样,他以俄国作家普希金时代的文学商业化现象为例,研究了文学日常生活与文学的关系、文学日常生活对文学进程的影响。

艾亨鲍姆指出,普希金在诗歌中经常采用四音步抑扬格,这与当时占主导地位的生产方式没有关系,但当他转向散文创作时,其文学活动就明显受到了19世纪30年代日常生活因素的影响,如文学创作普遍职业化、职业文学家增多、文学杂志影响力扩大,等等。可以认为,当年普希金也曾遭遇艾亨鲍姆们等面临的迫切问题:作家与读者、作家与出版社、文学与社会订货、文学职业化,等等。所有这些问题

---

① Б. Эйхенбаум, "Литературный быт", Б. Эйхенбаум, *О литературе: Работы разных лет*, М.: Советский писатель, 1987, С. 433 - 434.

第三章 鲍·艾亨鲍姆的"文学的日常生活"理论

整合在一起，形成一个大问题：文学与日常生活的关系。

1836 年普希金在给巴兰特写信时，精准评价了作家和文学状况的变化："文学在我们这里成为明显的产业领域只是最近 20 年的事，之前人们仅仅把它视为贵族的优雅活动……"① 的确，当时俄国出现了仿欧洲式样的杂志，出现了一批特殊的职业出版商、出版人等，如：亚·斯米尔金，他曾出版了普希金、果戈理、茹可夫斯基等作家的作品；出版人奥·伊·森科夫斯基，他于 1834 年开始发行《阅读文库》，这是一种商业型的定期出版物，一本百科全书式的杂志。出版商们在俄国实行按页向作家付稿酬，在 1826 年，这种行为还是相当罕见。当《北方蜜蜂》的出版人布尔加林得知《莫斯科导报》的出版人波戈津打算付给作家稿费时，就给他写信道："您宣布打算为每页支付一百卢布，这是不可能实现的。"② 在这方面，最轰动一时的新闻莫过于普希金获得稿酬一事，当年直接在文坛上引发过不小的震动。1824 年，在叙事长诗《巴赫切萨拉伊的泪泉》交付出版后，普希金从书商那里获得 3000 卢布稿酬。彼·安·维亚泽姆斯基③在给亚·伊·屠格涅夫④的信中也难掩震惊，他认为，《巴赫切萨拉伊的泪泉》的出现不仅值得诗歌爱好者的关注，而且也令我们去关注脑力劳动的成就。他大致计算了一下，这部长诗不足 600 行，相当于每行诗付了约 5 卢布，这远远超出当时一个普通作家的收入。维亚泽姆斯基在信里谈论的不是浪漫主义文学，而是关于稿酬、作家与出版商或书商的关系，在杂志上开了讨论文学与书市问题的先河。普希金本人对稿费之事很谨慎。当时有传闻说，书店里还没售出的《巴赫切萨拉伊的泪泉》已

---

① Б. Эйхенбаум，"Литературный быт"，Б. Эйхенбаум，*О литературе*：*Работы разных лет*，М.：Советский писатель，1987，С. 435.
② Б. Эйхенбаум，"Литературный быт"，Б. Эйхенбаум，*О литературе*：*Работы разных лет*，М.：Советский писатель，1987，С. 435.
③ 彼·安·维亚泽姆斯基（1792—1878），俄国诗人、文学批评家、历史学家。
④ 亚·伊·屠格涅夫（1784—1845），俄国历史学家。

经到处流传了，他深感不安，在1824年4月1日给弟弟的信中，表达了深深的忧虑，担心地说："如果书商失算而亏本了，那就太遗憾了。而且我以后也没办法从售书中获利了。"① 显然，作品《巴赫切萨拉伊的泪泉》的成功成为文学劳动职业化的一个证明，文学已经走入了日常生活。

这一时期散文开始逐渐取代诗歌成为流行体裁，就连普希金也言必称散文。在艾亨鲍姆看来，这显然与按页支付稿酬制度相关。19世纪俄国文学批评家舍维廖夫撰写的文章《文学与商业》（1835）就深刻分析了这一现象。舍维廖夫在文中批评了当时流行的期刊《阅读文库》，指责这一期刊正在把文学变成商业市场，文学作品的质量逐年下降。在评价作家稿费这一现象时，舍维廖夫写道："为什么它②充满修饰语和动词？……请看一下我们的作家，本可以用一个词表达的，为什么要用句子？可以用一个句子表达清楚思想，却要拉成超长一大段，一大段非要变成密密麻麻的一整页，一整页却要弄成一个巨大的印张？……文体就像金属线，可以无限延展。秘密在哪里？秘密就在于一个印张值200或者300卢布。文章中的每一个修饰语大概值10戈比；每一个句子值1卢布；每一个大段落是蓝钞票③还是红钞票④，这要视长度而言。"⑤ 在这种利益驱使下，作家们越来越珍惜所写的每一个字，不到万不得已不会删除，文章越长，所获稿酬越多，杂志上可能也充满了各种粗制滥造的作品。出版商们对这些杂志批量出版，低价出售，固然促进了作家的创作和文学作品的传播，但是低质量的内

---

① П. А. Вяземский, О "Бакчисарайском фонтане" не в литературном отношении: (Сообщено из Москвы), *Пушкин в прижизненной критике*, 1820 – 1827, СПб.: Государственный пушкинский театральный центр, 1996, С. 190.
② 指当代文体。
③ 指面额5卢布的纸币。
④ 指面额10卢布的纸币。
⑤ Степан Шевырёв: *Словесность и торговля*, https://proza.ru/2017/06/28/599? ysclid = l6dpjtalsr777779186, 2021 – 04 – 05.

第三章 鲍·艾亨鲍姆的"文学的日常生活"理论

容越来越多,逐渐迎合了大众的口味,完全走向商业化,这也就是舍维廖夫所说的"我们新文学的商业趋向"(用我们现代的术语来说,就是"订货"和"粗制滥造")。

艾亨鲍姆指出,这种商业化倾向其实遭到部分作家的抵制,譬如普希金。普希金是最早支持文学职业化的一批作家,但他和那些杂志主编们的观念不同。对于普希金来说,主要问题在于如何保持作家的尊严,如何保持职业的独立性。作家有义务考虑文学订货,而不是读者订货。普希金为文学的发展而殚精竭虑,他希望打破布尔加林、森科夫斯基等报刊巨头的垄断及商业倾向,希望获得许可,办一份自己的刊物,一份具有独特的组织结构和主题的新型刊物,以区别于其他具有明显商业化倾向的刊物,这就是后来的杂志《现代人》。1829年普希金的长诗《波尔塔瓦》反响平平,而布尔加林的作品大获成功,艾亨鲍姆认为,《波尔塔瓦》是普希金对布尔加林等人粗制滥造的"社会订货"作品的对抗和抵制,可见,文学的日常生活现象进入了文学演变进程并影响着文学斗争。

艾亨鲍姆曾说:"现实性将我们指引向文学日常生活的材料,但并不会使我们远离文学,也不会认为近几年的所作所为无可救药(我指的是文学科学),而是会令我们重新提出有关文学史体系建构这一问题,并能理解,在我们面前发生的演变过程的意义何在。作家正在探索自己的职业潜力。它们不甚明晰,因为文学的那些功能错综复杂地交织在了一起。问题很尖锐:在相当职业化,即将作家引向小刊物和'翻译行为'这种趋势存在的同时,一种新的倾向正在增长,即发展'第二职业',这不仅是为了养家糊口,还为了体验自己的职业独立性。"[①] 随着文学产业化的发展,20世纪30年代的作家们摆脱了以

---

① Б. Эйхенбаум, "Литературный быт", Б. Эйхенбаум, О литературе: Работы разных лет, М.: Советский писатель, 1987, С. 436.

往对权力阶级的依附而成为职业人士。到了五六十年代,作家们与杂志对抗的新形式则是转向第二职业。50年代和60年代的杂志成为作家们的固定组织,并影响着文学演变本身。这些杂志一直处于文学生活的中心,它们的编辑和出版者正是作家们本人。如今在文学意义上富有特色并且具有重大意义的是可逆过程:由文学职业转入第二职业,如托尔斯泰在亚斯纳亚·波利亚纳的幽居生活与当时的《现代人》编辑部及其内部如火如荼的文学生活相对峙,这是一种强烈的日常生活对比,是地主作家对职业作家的挑战。

在立足"文学的日常生活"理论立场的同时,艾亨鲍姆的研究兴趣发生了转向。艾亨鲍姆在报纸上的一番讲话有助于理解这种转变:"今年的形势清晰地表明,我们时代充满活力的文学当属传统小说,它的体裁主要有回忆录、书信、传记作品,等等。这里有创建新小说的基础,这里有它的演变节点。在这种文学之外可以断定,怪诞小说和幽默作品不切实际,这是一些短小体裁作品,经常比长篇更为稳定。曾经尝试写出现代'主人公',却一如既往失败。对于各种各样'史诗'的尝试更不成功——它们为自己找到了一个有利的,但不怎么称心的栖身之地,不过,是在考试大纲中,而不是文学史中。现代文学的状况使我开始研究一系列理论问题和历史材料。我的文章《文学的日常生活》将论及其中一个问题,而我正在创作的第二卷关于托尔斯泰的著作则讨论了另一个问题。"[1] 可以看出,艾亨鲍姆在尝试以"文学的日常生活"理论为指导进行文学创作,这种体验意味着艾亨鲍姆朝向建构完整学术体系的道路迈出了坚实的步伐。

艾亨鲍姆素来重视文学创作,一生都坚持写作,并将此视为最崇

---

[1] Б. Эйхенбаум, "Ответ на вопрос редакции «Читателя и писателя»", *Читатель и писатель*, 1928, 14 октября.

第三章 鲍·艾亨鲍姆的"文学的日常生活"理论 ❖❖❖

高的活动。追根溯源,未来主义者的文艺实践一度是"奥波亚兹"行动的营养土壤。艾亨鲍姆和他的同事们致力于学术研究,并将其独立于任何一种学术外的立场,如传记式的、政论式的或印象主义式的,与此同时,对于年轻的语文学家来说,文学写作其实触手可及。正如什克洛夫斯基所说,他们可以犯一切错误,除了一点——他们是手艺人,如果愿意的话,自己就可以写书。艾亨鲍姆早就在文学演变进程中捕捉到了一些变化,并且发现,周围早已悄然兴起新文学,但绝不是"狂飙突进"年代的那种文学样式。艾亨鲍姆断定,不能再用以前的学术立场去研究文学,要按照自己的方式积极参与到现代的、变化了的文学生活之中,他希望这种改进有助于恢复已丧失的"风格与形式的动态进程"。当形式论学者占有方法论时,这种与文学的接近就丰富了学术的可能性。艾亨鲍姆就这样将文学研究与文学创作紧密结合在了一起。恩格尔哈特曾说:"形式论学派的演变与其说是由科研认识的需求所决定……不如说是由它的代表们积极投身到现代文学生活中的执着所决定。"①

"文学的日常生活"理论,是我们理解艾亨鲍姆在"隐性发展"时期的文艺思想的一个关键词。这是艾亨鲍姆对当时苏联文学所处的社会地位做出的反思,在早期研究文学史时,艾亨鲍姆曾对非文学要素表示出极大的不屑,只关注文学的内在要素,因为那个时期文学争论的焦点是"应该创造何种类型的艺术"和"应该采用何种类型的诗歌语言"。而如今在发生了急剧变化的现实生活中,文学要想获得生命力,作家要想有所成就,必须向生活中的非文学因素汲取养分。"文学的日常生活"理论受到了什克洛夫斯基等人的赞赏。什克洛夫斯基宣称,从这一概念出发,以社会学的方法对待文学也许是唯一行得通的研究范式。他还预言:"兴许,报刊会成为一种新的文学样式,

---

① Б. Энгельгардт, *Формальный метод в истории литературы*, Л.: Academia, 1927, С. 117.

进而成为一个艺术性整体；兴许，会出现一种纪实性散文。似乎从人们沉迷于回忆录和旅行笔记中已经能看出某些征兆。旧的、以主人公命运为情节骨干的叙事体形式，已不能再使作者满意了。"① 形式论学者不但从理论上描述了未来的文学潮流，还进行了创作实践。什克洛夫斯基的《感伤的旅行》《第三工厂》，艾亨鲍姆的《我的编年期刊》都属于这种纪实文学。事实上，在他们的影响之下，当时苏联也开始流行这种"杂交的"、半虚构半纪实的"事实文学"，如回忆录、书信、新闻报道、短评，等等。

第二节 基于"文学的日常生活"理论的托尔斯泰研究

"'文学的日常生活'总是会把我引向对传记材料的研究，但并不是所有的'生活'，而是历史命运，历史行为。这样，传记'倾向'就是与无原则性的和无确定性的不能解决任何历史问题的传记主义的一次斗争。"② 从这种理念出发，艾亨鲍姆选取列夫·托尔斯泰作为研究对象，在他看来，托尔斯泰那个时代的文学日常生活与自己的时代颇为相似。

美国学者雷内·韦勒克曾说，艾亨鲍姆规模最大而且持续最久的著作是他的研究托尔斯泰的鸿篇巨制。的确，这三卷本传记批评的创作始于20世纪20年代末。由于丢失了第四卷所需的资料笔记，艾亨鲍姆放弃了第四卷和第五卷的写作计划，最终只完成了三卷，分别出版于1928年、1931年和1960年。这三卷本传记是文学作品，展示了

---

① В. Шкловский, *Ход коня*: *Сб. статей*, М.-Берлин: Геликон, 1923, С. 331.
② Б. Эйхенбаум, *Лев Толстой*: *50-е годы*, Л.: Прибой, 1928, С. 6.

第三章 鲍·艾亨鲍姆的"文学的日常生活"理论 ❖❖❖

艾亨鲍姆的创作才华；这三卷本传记也是批评著作，艾亨鲍姆以"文学的日常生活"这一理论为出发点，把批评焦点从文本转向了作家，尤其是作家面对社会所采取的姿态，分析了托尔斯泰在 19 世纪 50 年代、60 年代、70 年代的文学创作与文学的日常生活的关系，向我们展示了一位行为与思想始终相一致的伟大作家。

艾亨鲍姆认为，当时俄国的文学日常生活在某种程度上影响了托尔斯泰的创作，而托尔斯泰对文学日常生活的态度是对抗性的。1855 年托尔斯泰抵达彼得堡后，就投入文学创作中，并与作家们积极来往。但几年之后，他却突然放弃了文学，离开了彼得堡，返回庄园亚斯纳亚·波利亚纳去教育农村孩子。托尔斯泰的这一行为事出有因。正如他在给鲍特金的信中所说："谢天谢地，我没有听屠格涅夫的话，他认为，文学家应当只能做文学家。"[①] 当时，在托尔斯泰、屠格涅夫等作家面前出现了"文学日常生活秩序"的问题——关于文学职业、关于作家独立性的问题。19 世纪五六十年代出现的各种文学刊物就是作家职业化的一种表现形式，它们处于俄国文学的发展中心，影响了文学的进程。在如何对待"文学职业化"这一问题上，作家们产生了分歧。当时，托尔斯泰刚从前线回来，"所有人都感觉到他身上有一股巨大的文学和道德的力量、生命力——因此所有人都以自己的方式尝试将他纳入自己的掌控之中，纳入自己的权力范围"[②]。但托尔斯泰不同意"作家应该为消遣解闷而创作"这一观点，他想走一条自己的路，他不仅反对平民知识分子，也反对贵族知识分子。一句话，托尔斯泰对所有的团体——左的或右的、保守的或自由的——都采取对抗的姿态。在这一时期（1856—1858）的日记中托尔斯泰记录了自己的真实想法："去了德鲁日宁和巴纳耶

[①] Б. Эйхенбаум, "Литература и писатель", Б. Эйхенбаум, *Мой временник：Художественная проза и избранные статьи 20-30-х годов*, Спб.：Инапресс, 2001, С. 88.

[②] Б. Эйхенбаум, *Лев Толстой：50-е годы*, Л.：Прибой, 1928, С. 221.

夫那里。……他们在同鲍特金争论诗人是否就是读者……应当安静地写作，不应为了某种目的而出版作品。"① 他对自己的作品也不满意，将1858年出版的小说《家庭幸福》视为失败之作。于是就发生了逃避文学、返回庄园亚斯纳亚·波利亚纳的行为。庄园成为托尔斯泰对抗彼得堡文学日常生活的"要塞"和"堡垒"，也是他实现第二职业的地方。艾亨鲍姆这里所说的"第二职业"，主要指托尔斯泰在庄园里从事的教育事业，这种说法是有深意的。正如什克洛夫斯基所说，作家拥有第二职业正是为了文学创作，托尔斯泰的第二职业也具有同样的作用。"这个决定是托尔斯泰最近几年来所有经历的结果——是意识到新的时代中历史特殊性及自己在新时代中的状况的结果，而完全不是因为对文学活动产生了失望。1859年末托尔斯泰在给朋友的信中写道：'我曾经并且现在还不时地为放弃文学（世界上最好的）工作而痛苦。在这些时间里我有时尝试再次写作，有时又努力用别的活动来填补放弃文学而带来的空虚：有时打猎……有时甚至研究科学。'"② 看上去托尔斯泰似乎放弃了文学，但实际上，他的教育活动也是一种文学创作，是在尝试回答一个对于身为作家的他至关重要的问题：文学只是一种无意义的消遣还是人的一种基本需要？在教课期间，托尔斯泰发现农村孩子们通过学习一样可以提高文学修养，可以明辨是非。这让他意识到，享受文学是不分种族或阶级的，是每一个人所固有的天性，这令他恢复了信心，准备创作长篇小说《战争与和平》。对此艾亨鲍姆说："与其说亚斯纳亚·波利亚纳的学校是农村孩子们的学校，不如说它是托尔斯泰本人的学校——它'塑造'了他，也就是说使他返回到文学创作上。这也是整个事件的真正

---

① Б. Эйхенбаум, "Литература и писатель", Б. Эйхенбаум, *Мой временник*: *Художественная проза и избранные статьи 20-30-х годов*, Спб.: Инапресс, 2001, С. 88.

② Б. Эйхенбаум, *Лев Толстой*: *60-е годы*, Государственное издательство художественной литературы, 1931, С. 38.

第三章 鲍·艾亨鲍姆的"文学的日常生活"理论

历史意义所在。"① 艾亨鲍姆还指出,托尔斯泰的作品《战争与和平》也体现了作家同文学日常生活的对立:当时刊物上常见的文学体裁是短小的随笔,而《战争与和平》是一部宏伟的史诗,二者相抵触;当时文坛上需要的是反映当下生活问题的作品,《战争与和平》描写的却是几十年前发生的历史事件。

在对托尔斯泰与文学环境的关系进行分析的基础上,艾亨鲍姆指出,奥地利作家斯蒂芬·茨威格为托尔斯泰所写的传记(1928)是失败之作,原因在于茨威格把托尔斯泰与其成长的时代和日常生活环境分离开来:"他写作这本书时未采取任何历史透视法——没有尝试弄清托尔斯泰的文学传统,没有尝试比较他与19世纪俄国和外国文学中的现象,也没有将其放进时代中去考察。"② 看来,艾亨鲍姆认为将托尔斯泰与文学日常生活的关系作为研究重心是很有必要的。

艾亨鲍姆还分析了其他作家和思想家对托尔斯泰创作构思的影响,认为,托尔斯泰的某些论题其实并不是那么新颖,而是受到了外在影响。艾亨鲍姆首先考察了托尔斯泰的长篇小说《战争与和平》与法国社会学家蒲鲁东(Pierre Joseph Proudhon,1809—1865)的同名作品的联系。在艾亨鲍姆之前,其实已经有批评家注意到托尔斯泰与蒲鲁东的来往。H. 米哈伊洛夫斯基甚至还指出了二人的某些相似之处,如他为托尔斯泰的"矛盾性"辩护时说:"事实在于,矛盾有多种多样。……托尔斯泰伯爵的矛盾不是那样的。他的这种矛盾可以和蒲鲁东的矛盾相提并论。我发现,托尔斯泰伯爵的思维方式和部分观点与蒲鲁东的很相似。都对事业充满热忱,都追求全

---

① Б. Эйхенбаум, *Лев Толстой: 60-е годы*, Государственное издательство художественной литературы, 1931, С. 109.

② Б. Эйхенбаум, "С. Цвейг-о Толстом", Б. Эйхенбаум, *Мой временник: Художественная проза и избранные статьи 20-30-х годов*, Спб.: Инапресс, 2001, С. 133.

面的概括,都持有大胆的见解,并且,都相信人民、信仰自由。"①但 H. 米哈伊洛夫斯基未深入研究下去,也许因为当时蒲鲁东的思想未被俄国政府接受,其作品《战争与和平》在多数批评家和普通读者中间也并不是很流行。

通过研究托尔斯泰、蒲鲁东的信件及其他资料,艾亨鲍姆初步断定:二人确实惺惺相惜。托尔斯泰曾于1861年3月去布鲁塞尔拜访蒲鲁东,蒲鲁东在给友人的信中称托尔斯泰是一个非常有学识的人,彼此留下了深刻的印象。二人的同名作品《战争与和平》存在着一定的渊源关系。托尔斯泰最初打算写一部以先进贵族为主人公的长篇小说,但经过反复思考,最终完成的《战争与和平》已是与最初构思迥然不同的一部气势雄浑的战争史诗,这个转变与蒲鲁东的作品也不无联系,因为后者在自己的《战争与和平》中也着重从历史角度看待战争,可能对前者起到了鼓舞作用。

在详细解读了这两部同名作品之后,艾亨鲍姆归纳总结出二人的相似论点,主要表现为以下几个方面。首先,二人对待战争的态度都是矛盾的,也因此受到过批评界的指责。蒲鲁东愤慨地谈到战争不道德的一面,鞭挞了军国主义罪行;托尔斯泰以讽刺的笔调描述战争:"战争开始了,也就是说,发生了违反人的理智和人的整个本性的事件。几百万人相互之间犯下了数不清的暴行,干了无数欺骗、背叛、盗窃、作假、发行伪币、抢劫、杀人放火的勾当,这些坏事世界上所有法庭几个世纪也收集不全,而当时干这些事的人却并不认为是罪行。"② 但对于蒲鲁东和托尔斯泰来说,战争的本质并不在于此。蒲鲁东又是战争的支持者和保护者,宣称战争是极妙的事实,是人类的学校,托尔斯泰也曾强调战争的意义不在于残忍或征服,而在于能够激

---

① Б. Эйхенбаум, *Лев Толстой: 60-е годы*, Государственное издательство художественной литературы, 1931, С. 293.

② [俄] 列夫·托尔斯泰:《战争与和平》,张捷译,译林出版社2003年版,第813页。

第三章　鲍·艾亨鲍姆的"文学的日常生活"理论

起人民的道德力量。其次，蒲鲁东作品中的一个论题是"力量权力"，这构成了他的所有战争理论的基础；托尔斯泰也采用这个术语来表明拿破仑的成就不取决于其意志，而取决于历史安排的偶然性："偶然性把当甘公爵①送到他手上，并无意地迫使他②杀了他③，从而比任何其他手段都更有力地使人们相信他有权，因为他有势力。"④ 在著作"前言"中，蒲鲁东回忆了战争的古老原始意义，引入赫拉克勒斯⑤神话加以说明，然而又说："不过，不要弄错了：英雄主义——美好的东西，但它的时代已经过去了；赫拉克勒斯等英雄只是神话人物。"⑥艾亨鲍姆指出，类似的表达也出现在托尔斯泰的小说中。在讨论权力时，托尔斯泰认为，以前人们相信权力是上帝赋予的，但这种古老看法已被历史摒弃，"这权力不可能是强壮的人对体弱的人使用体力或威胁要使用体力所产生的直接的权力，例如赫拉克勒斯的权力"⑦，几乎照搬了蒲鲁东的说法。

艾亨鲍姆认为，托尔斯泰对拿破仑的消极描写并不是自己的创意，而是直接移植了蒲鲁东的观点。蒲鲁东否定拿破仑的天才之说，在谈到拿破仑远征俄国时说："不能把拿破仑看作真正的征服者、文明和进步的代表……他是君主专制政体的盗窃者，欧洲秩序的破坏者，冒险主义者。无论如何都要消灭他。"⑧ 托尔斯泰则借主人公安德烈公爵的思考道出了对拿破仑的看法："为什么大家都说军事天才呢？难道

---

① 当甘公爵（1772—1804），法国王子，波旁王朝旁系的最后代表。拿破仑怀疑他企图篡夺法国王位，于1804年派人将其押回法国，后将其枪决。
② 指拿破仑。
③ 指当甘公爵。
④ ［俄］列夫·托尔斯泰：《战争与和平》，张捷译，译林出版社2003年版，第1506页。
⑤ 希腊神话中的大力士。
⑥ Б. Эйхенбаум, *Лев Толстой: 60-е годы*, Государственное издательство художественной литературы, 1931, С. 305.
⑦ ［俄］列夫·托尔斯泰：《战争与和平》，张捷译，译林出版社2003年版，第1577页。
⑧ Б. Эйхенбаум, *Лев Толстой: 60-е годы*, Государственное издательство художественной литературы, 1931, С. 300－301.

一个能及时下令运来干粮，叫这个向右走，叫那个向左走的人就是天才吗？只是因为军人名声大，又有权，大批无耻之徒便讨好当权者，把他们本来没有的天才的品质加到他们身上，称他们为天才。……而波拿巴本人也是这样！我记得奥斯特利茨战场上他的那副洋洋自得的蠢相。一个好的统帅并不需要天才和任何特殊的品质，恰恰相反，他身上应当没有一般人的那些最优秀和最高尚的品德，例如仁爱、幻想、温情、钻研哲理的怀疑态度。他应该头脑简单，坚决相信他所做的事非常重要（否则他就不会有足够的耐心），只有这样他才能成为英勇的统帅。"[1] 这样就否定了拿破仑的才能，否认了拿破仑改写历史的能力，他只是一个屠杀各国人民的刽子手。从二位作家的相似观点来看，他们极有可能分享过关于战争和拿破仑的看法，甚至，托尔斯泰可能向蒲鲁东讲述过自己的战争经历。

最后，二人对妇女解放问题的看法也是一致的。在托尔斯泰笔下，女人们不理解战争。在小说开头安德烈公爵的妻子对皮埃尔说："我不明白，完完全全不明白，为什么男人们不打仗就不行？为什么我们女人什么也不想，什么也不需要？"[2] 在小说第三卷中托尔斯泰这样描写玛丽亚小姐："玛丽亚公爵小姐对战争的想法是同一般女人的想法一样的。她替在战场上的哥哥担心，不明白人们为什么要互相残杀，对他们的残忍感到恐怖；同时也不理解这场战争的意义，觉得它和以往的战争一样。"[3] 在蒲鲁东的书里我们也能找到反对妇女解放的话语："战争确立了男人与女人之间巨大的无法弥补的不平等现象。……家庭生活事实上就是女人们唯一的目的；在家庭之外她自身不具备任何意义……某些坚持性别平等的人……确信，女人们可以像男人们做的一

---

[1] [俄] 列夫·托尔斯泰：《战争与和平》，张捷译，译林出版社2003年版，第865—866页。
[2] [俄] 列夫·托尔斯泰：《战争与和平》，张捷译，译林出版社2003年版，第34页。
[3] [俄] 列夫·托尔斯泰：《战争与和平》，张捷译，译林出版社2003年版，第923页。

第三章 鲍·艾亨鲍姆的"文学的日常生活"理论

样好,可以成为国家近卫军的战士、骑兵、步兵,并且毫不费力就能使她们穿上制服接受宝剑。但是对于女人们来说,制服终归只是一件心爱的用来更换的衣裳、纯粹的幻想,是弱者向强者屈服的显而易见的证明。"[①]

除了蒲鲁东之外,瑞士作家耶雷米阿斯·戈特赫尔夫(Jeremias Gotthelf,1797—1854)的文学观也是托尔斯泰创作的来源。耶雷米阿斯·戈特赫尔夫是德语小说家,以其第一部长篇小说《农民之镜,或名耶雷米阿斯·戈特赫尔夫的生活史》(1837)中主人公的姓名为笔名。他自1837年开始发表了38部以农村生活为内容的长篇和中短篇小说,主要以细腻的笔调和细致的环境描写展示了19世纪上半叶瑞士农民的生活,反映农村生活中的道德问题,谴责自私、虚伪等不良现象。从托尔斯泰的日记来看,他阅读过耶雷米阿斯·戈特赫尔夫的作品,也对民间文学感兴趣,甚至打算放弃以前的文学手法,尝试写一部以农民为读者的小说,这就是1863年发表的《波利库什卡》。当时,在俄国比较受欢迎的反映农村生活的作品是达里等作家创作的,他们通常强调农奴制对家庭幸福的破坏,具有深刻的社会意义。而托尔斯泰的《波利库什卡》与他们的作品明显不同,在描写农村生活时,他强调较多的是道德思想而非社会观念、家庭关系而非社会关系,这无疑受到了耶雷米阿斯·戈特赫尔夫的感染。

更为有趣的是,艾亨鲍姆认为,托尔斯泰之所以将作品《哥萨克》拖延至兄长尼古拉去世后再发表,主要是因为这部作品直接取材于尼古拉的《高加索狩猎》,他不想为此引出家庭矛盾。由此艾亨鲍姆判断,其实兄弟二人的关系并不像以前的传记所描写的那样简单,那样单纯;托尔斯泰笔下的列文也不仅仅体现了托尔斯泰的兄长德米

[①] Б. Эйхенбаум, *Лев Толстой: 60-е годы*, Государственное издательство художественной литературы, 1931, С. 306.

特里的特征，而是结合了德米特里和尼古拉二人的特点。

艾亨鲍姆的论证逻辑严谨，条理清晰，有理有据地向我们证明了托尔斯泰是如何借鉴别的思想资源。但艾亨鲍姆显然不愿意使用"借用"或"影响"这些与"起源说"相关的词语来解释，他更倾向于这样描述："所有这些比较……是为了理解托尔斯泰文本背后所隐藏的不为我们这些非同时代人所知的含义——为了理解文本并采用那个时代常见文本来对其做出阐释。我的出发前提……就是事实的历史关联性的必要性和必然性，这种历史关联性能够以借用和巧合来表示。从历史角度研究事实也就意味着从相互关联性上来研究它——比较与对比。重要的是相似性的意义，而不是相似性的来源。在这种情况中可以确信的是，托尔斯泰在小说的某些章节中暗含了与蒲鲁东谈话及阅读过其作品的迹象，但重要的不是这件事实本身，而是，托尔斯泰小说的涵义一部分是与蒲鲁东的学说相关的，因此历史地理解小说就需要将他与蒲鲁东做比较……这不是'影响'的范围，而是托尔斯泰与其相关的那些历史现象的范围。"[①] 在艾亨鲍姆的笔下，作家的历史行为总是一个复杂的令人痛苦的过程，充满了戏剧的张力，是作家与自身、与同时代人、与志同道合者所做的一种斗争。托尔斯泰强烈意识到自己正处于历史的洪流中，总是与历史处于一种费解的关系中：偶尔抱怨历史，抵制历史，不想承认历史能够主宰自己；偶尔他经受着历史的折磨，觉得死亡临近，而脱离历史对于托尔斯泰来说无异于死亡。最终，由于这些复杂性，由于种种斗争，托尔斯泰完成了只有他才能实现的伟大任务。通过对托尔斯泰生平的考察，艾亨鲍姆总结道：作家和作品不是在真空中发展，而是与他们成长的文学环境和时代息息相关。如今，文学事实被追溯到作家的社会经验、作家的社会立场、

[①] Б. Эйхенбаум, *Лев Толстой: 60-е годы*, Государственное издательство художественной литературы, 1931, С. 306 – 307.

第三章 鲍·艾亨鲍姆的"文学的日常生活"理论

社会文学力量的斗争、时代广泛的思想运动。

无论是在体裁上,在方法上,还是在观点上,艾亨鲍姆的三卷本传记与早期著作《青年托尔斯泰》都有明显区别。《青年托尔斯泰》是艾亨鲍姆在"奥波亚兹"时期撰写的,那时他非常谨慎地处理非文学材料,不敢跨越形式论的雷池半步,始终如一地坚守着形式论诗学,完全把托尔斯泰的创作视为克服过时艺术手法、更新形式的封闭过程。在三卷本传记中,艾亨鲍姆不再囿于有限的文学序列,而是把研究对象置于广阔的社会历史背景之中、时代的文学争论之中,从文学日常生活的角度探讨了托尔斯泰的创作。看来,这位曾经激烈反对非文学背景与文学研究相关性的学者已在某种程度上改变了思维方向。

艾亨鲍姆的三卷本传记在当时引发了广泛的争议。传记《列夫·托尔斯泰》甫一问世,即遭到了号称"坚持马克思主义文艺方向"的庸俗社会学批评家的严厉打击。Е. 穆斯坦可娃认为艾亨鲍姆的新作是对马克思主义的投降,但只是投降到了萨库林派。В. 德鲁任指责艾亨鲍姆诋毁了车尔尼雪夫斯基;Я. 艾利斯伯克批评艾亨鲍姆忽略了托尔斯泰的阶级性。除了庸俗社会学家,艾亨鲍姆的同事们也给他泼了冷水。尽管什克洛夫斯基曾对"文学的日常生活"理论大加赞赏,但对艾亨鲍姆基于这一理论而创作的传记却甚为失望,认为他已经成为一个折衷主义者;蒂尼亚诺夫将艾亨鲍姆的新书视为"一次对传记的戏弄,他并不懂如何去处理它"[①];雅各布森在1928年12月回忆起和蒂尼亚诺夫的会面时说:"蒂尼亚诺夫和我决定……重建奥波亚兹并且要开始与类似艾亨鲍姆的偏离作斗争,更不要说日尔蒙斯基等人的折衷主义了。"[②]

[①] М. Чудакова, "Социальная практика, филологическая рефлексия и литература в научной биографии Эйхенбаума и Тынянова", *Тыняновский сборник*, Рига: Зинатне, 1986, С. 125.

[②] 转引自 C. J. Any, *Boris Eikhenbaum: Voices of a Russian Formalist*, Stanford Univ. Press, 1994, p. 129.

其实，艾亨鲍姆已经预见到批评界对三卷本传记的反应，因此在"前言"中写下了这样的话："我预先就知道将会怎样评论我的书——在我们这个严肃的充满必然性的时代里一切都可以是意料之中的。一些人将会惋惜，认为我'偏离'了'形式论'方法——这是那些以前为我曾'走向''形式论'方法而惋惜的人们。关于这个我不想回应，因为解释什么是'形式论'方法只会浪费精力（而且看来是白白地浪费）。这些评论家面对文艺学的演变所表现出的惊奇只会使我对他们的天真感到不解。另一些人更恶毒更爱忌妒，他们说，我离开了老方法又没找到新方法，现在正处于半路上。向这些人证明科学——不是一次带有提前买好的票到达某个车站、到达某个指定地点的旅行——是没有好处的：他们认为，科学说明的是那些预先被认为能够解释清楚的。我只能批评他们的不彻底性：他们应当终止一切文学史工作（然而，在这方面他们恰恰是始终不渝地）……因此，这本书不是辩论性的甚至也不是'方法性'的。其中的材料及其结构具有主要意义。这种做法也是有意识的有原则性的。我们对'方法学'已经谈论得太多了，但实践还很少。"①

对于艾亨鲍姆的方法论转变，当代大多数学者，尤其是欧美学者基本认定这是他在苏联文艺政策高压之下做出的妥协和退让。雷内·韦勒克以肯定的语气说，艾亨鲍姆的"文学的日常生活"理论"显而易见从某种方面来看是对马克思主义的胜利做出的一个让步，或者说是承认"②。卡罗尔·安妮则断言："最坚决拥护艾亨鲍姆的人也不能够否认，他的后形式主义文学研究著述的基调是根据政治压力而定。"③ 在她看来，艾亨鲍姆像许多同时代的知识分子那样去尽力适应

---

① Б. Эйхенбаум，*Лев Толстой：50-е годы*，Л.：Прибой，1928，С. 6 - 7.
② ［美］雷纳·韦勒克：《近代文学批评史》第 7 卷，杨自伍译，上海译文出版社 2006 年版，第 562 页。
③ C. J. Any，*Boris Eikhenbaum：Voices of a Russian Formalist*，Stanford Univ. Press，1994，p. 2.

第三章 鲍·艾亨鲍姆的"文学的日常生活"理论 ❖❖❖

国家的文化政策,当苏联政府宣称车尔尼雪夫斯基这样的革命批评家为俄国文学发展做出了不可磨灭的贡献时,艾亨鲍姆就转而开始分析民主革命家的思想对托尔斯泰的影响,这种妥协无疑会殃及作品质量。

在我们看来,这种转变恰恰是艾亨鲍姆在文艺理论及批评方法上走向成熟的表现,是他的思想发生有机演变的结果。艾亨鲍姆的基于文学日常生活理论的社会学批评,与庸俗社会学批评方法存在着本质的区别。首先,艾亨鲍姆基于文学的日常生活理论的批评,是一种脱胎于形式论诗学且经历了形式论洗礼的社会学批评,它延续了俄罗斯形式论学派的优秀批评传统,注重对文本结构的剖析,同时又超越了形式论方法,克服了该方法的弊端,即脱离具体社会历史环境在封闭的文学序列中孤立地分析结构要素,这是同庸俗社会学批评的最大区别。我们认为,二者最鲜明的分歧表现在对文学序列与非文学序列是否存在因果联系的看法上。庸俗社会学批评家往往从作家的意识形态出发来寻找社会经济因素与文学作品的形式内容之间的因果关系,他们把托尔斯泰塑造成一个"为全人类服务的战士"形象,认为他的作品揭露了社会的黑暗面,抨击了资产阶级的贪婪和伪善,为推动社会历史的进步和人类道德的完善做出了不朽贡献。对于这种观念,艾亨鲍姆一向持反对意见,认为,文学序列不是由其他序列产生的,阶级性与托尔斯泰的创作无关。在文学史上,托尔斯泰是一个"在19世纪中期坚持着正在远去的并且部分已然远去的18世纪文化的原则与传统的、好战的拟古主义者"[①]。如果说,庸俗社会学批评家关注的常常是作家在社会结构中的地位以及这种地位是如何反映在创作中的,那么,艾亨鲍姆首先感兴趣的是作家的职业地位;如果说庸俗社会学家经常研究作品中体现了什么样的意识形态——地主阶级的还是资产阶级的,那么艾亨鲍姆首先想了解的是,作家为谁工作——为了文学市场还是

---

① Б. Эйхенбаум, *Лев Толстой: 50-е годы*, Л.: Прибой, 1928, С. 12.

为了评论家。所以,庸俗社会学家一贯将文学研究视为社会发展史的领域之一,而艾亨鲍姆则尝试使社会学适应文学研究,致力于建构一种崭新的社会学批评。

其次,艾亨鲍姆的批评方法转变是一次有机的演变,他的社会学批评,与形式论批评方法一样,都契合时代的精神,符合时代的需求。艾亨鲍姆曾说:"一切理论都是一种暗示着对事实本身感兴趣的工作假说:理论的必要性在于挑选需要的事实并将其整合为一个体系,仅此而已。而对于这些或那些事实的需求、对于这种或那种意义符号的需求是由当代性,即当前亟待解决的问题所决定的。"① 确实,时代发生了变化,看待问题的视角也随之改变,如果拘泥于过去的方法,只能使文学研究停滞不前。20世纪初期是一个充满革命激情的时期,象征派倡导重视语言形式,未来派走上街头即兴创作,这些都挑战了人们习惯的文学思维模式。当时迫切需要解决的问题是如何写作,而艾亨鲍姆等学者从形式论诗学出发研究文学作品是如何生成的,研究文学演变机制,研究文学的发展,正是对这一问题的回答。20年代中期,随着苏联政府对文艺政策的管理,随着社会经济变化对文学研究人员的影响,文学研究者的生活境遇及写作状况也随之发生了改变,用艾亨鲍姆的话来说:"每一个作家仿佛是为自己写作,而文学团体,即使存在,也是根据某种'非文学'特征——可以称之为文学日常生活的特征来组成的。"② 在这种背景下,非文学因素也就比文学因素更具有研究价值。值得注意的是,艾亨鲍姆将非文学因素限定为"文学的日常生活",正暗示了他与庸俗社会学批评的分野之处。

三卷本传记《列夫·托尔斯泰》不仅是体现了新方法论的批评著

---

① Б. Эйхенбаум, "Литературный быт", Б. Эйхенбаум, О литературе: Работы разных лет, М.: Советский писатель, 1987, С. 428.
② Б. Эйхенбаум, "Литературный быт", Б. Эйхенбаум, О литературе: Работы разных лет, М.: Советский писатель, 1987, С. 430.

第三章 鲍·艾亨鲍姆的"文学的日常生活"理论

述,也是文学作品,这证实了艾亨鲍姆作为作家的身份。有人曾说,几乎每一个形式论学者都是一个不成功的作家。这可能有些言过其实,但某些形式论学者不仅是理论家、批评家,也是作家,却是不争的事实。撇开传记《列夫·托尔斯泰》不说,艾亨鲍姆还写过诗歌、半自传体作品《我的编年期刊》(1929)、历史小说《通往不朽之路——丘赫洛马市贵族和国际词典学家尼古拉·彼得洛维奇·马卡罗夫的生活与功绩》(1933)等;蒂尼亚诺夫创作了长篇传记小说《丘赫里亚》(1925)、《普希金》(1935—1943)等;什克洛夫斯基撰写了历史小说《马可·波罗》(1936)、《米宁和波扎尔斯基》(1940)、《画家费多托夫的故事》(1956)。可见,在这些形式论学者那里,语文学与文学的界线已然消除。其实,这在20世纪初是一个普遍现象。象征派、阿克梅派、未来派的成员把文学直接带进了语文学之中,既创作诗歌也研究诗歌。"奥波亚兹"延续了这一传统。在形式论学派活动处于上升时期,形式论学者们掌握的创作技巧和手法使他们能够较好地把握作品,在分析诗歌、小说时游刃有余。在形式论学派的发展走入低谷甚至被迫解体之时,写书的愿望也许会更强烈,这成为抒发郁郁不得志之情感、摆脱精神危机和创作危机的一个途径。

赵白生在探讨传记写作的动机时曾指出,其中一个动机就是认同感,他将这类传记称为"认同性传记":"传记作家在选择传主时,不免带上自己的苦闷与问题。当他遇见一位传主正好也有过类似的经历时,他便欣喜若狂,毫不犹豫地选择这位传主。他与其说在讲述别人的生平故事,还不如说趁机释放一下自己郁结的情感,试解一番脑中缠绕的疙瘩。对于这种现象,保罗·默里·肯道尔有过描述。他说:'在另一个人的踪迹中,传记作者想必会时不时地找到他自己的影子。所有的传记都在它的自身内部笨拙地掩盖着一部自传。'"[①] 艾亨鲍姆

---

① 赵白生:《传记文学理论》,北京大学出版社2003年版,第124—125页。

选择作家列夫·托尔斯泰作为传主,也许正是出于这样的动机,他能够读懂托尔斯泰的个性。在一个文学专业化日益加强并且需要迎合公众需求的时代,托尔斯泰坚持文学独立坚持个性独立的做法,很难见容于世,只有当他拥有第二职业时,方能保持独立,但当找到第二职业时,他又面临着失去读者的危险:在创作《战争与和平》之前,托尔斯泰的写作大都建立在亚斯纳亚·波利亚纳生活的基础上,这种生活无法被更多的人理解。因此,托尔斯泰的困难在于如何找到一个能够阐明他的拟古立场却又不属于专业化的文学写作策略。同样,当时艾亨鲍姆的文艺思想很难得到理解,他也面临着类似的困境。艾亨鲍姆曾将托尔斯泰比作一个通过望远镜观察生活战场的军事战略家。其实,艾亨鲍姆在托尔斯泰的望远镜上也附加了自己的镜片,他借助托尔斯泰的望远镜也透视了自己的文学的日常生活。如果说,在著作《青年托尔斯泰》中艾亨鲍姆去除了托尔斯泰作为寻找真理的人的神话色彩,那么在传记《列夫·托尔斯泰》中他又重新神化了托尔斯泰,如今,他笔下的托尔斯泰成了一个坚定捍卫独立人格和独立思想的顽强斗士。

第四章 鲍·艾亨鲍姆文艺思想的贡献

第一节 守卫形式论诗学

目前，国内外学者们基本一致认为，艾亨鲍姆是俄罗斯形式论学派的主要成员，他与什克洛夫斯基、雅各布森、蒂尼亚诺夫等处于同等重要的地位。但是，在论述形式论学派成就的字里行间，大多数学者只是将一些有限的见解归于他，譬如讲述体理论。而将大多数重要理论归于他的同事，如什克洛夫斯基以陌生化的发明者著称，雅各布森以文学性概念而闻名，蒂尼亚诺夫被认为是比什克洛夫斯基更敏锐的理论家。但我们认为，艾亨鲍姆擅长将理论与批评实践相结合，在形式论运动期间，在与苏联文艺学界展开批评论战的过程中，充分阐发形式论要义并守卫了形式论诗学，可以认为，这是艾亨鲍姆文艺思想的贡献之一。

1917—1930年间，整个苏联发生了巨大的变化：十月革命、国内战争、新经济政策、列宁去世与斯大林上台。就在这种紧张的社会气氛中，俄罗斯形式论学派的队伍逐渐壮大起来。1920年"奥波亚兹"甚至在彼得格勒艺术研究院设立了文学史分部，这标志着它开始为学院派所接受。马克思主义文艺批评家利沃夫·罗加切夫斯基（Львов-Рогачевский）也承认："近三年中，形式主义者确实取得了很大成就。他们成了街谈巷议的话题。在苏联未必能找到一个没有奥波亚兹成员居住的城镇。"[1] 至此，形式论学派已成为苏联文坛上的一支生力军。但是，发展也使自身的缺陷日益暴露出来，如同任何以文本为中心的诗学那样，形式论学派在工作中要经常注意避免明显的文化的和历史的解释，要经常防止回到外部研究，艾亨鲍姆则担任了守卫员的角色。在面临与各理论流派论争的局面时，艾亨鲍姆义无反顾地担任了辩护士的角色。

艾亨鲍姆作为"奥波亚兹"观点的修正者的第一个行动机会是在1916年。当时他还未加入这个组织，但在早期文章中已详细分析过俄国的文化历史学派和心理学派，还谈到了自亚里士多德之后在西方批评界较普遍的两种外部批评观点：模仿说和表现说（认为作者把自己的感情注入艺术作品之中），与文学批评的文化历史学派和心理学派发生争辩，坚持认为应该承认文学批评是一种具有自己权利的学科。1916年10月艾亨鲍姆发表了一篇评论"奥波亚兹"第一部文集的文章，在这部文集中什克洛夫斯基、雅库宾斯基、波利亚诺夫等区别了实用语和诗语，并把语音视为诗语的重要特征。艾亨鲍姆的评论充满了溢美之词，但在割裂文学与生活的关系方面，似乎比"奥波亚兹"走得更远。他关于该文集的一个保留意见就是认为，这些作者们还不能做到真正分离二者：当把文学从模仿层面上的生活中分离出来时，他们声明语音是为情感意义而选择的，这容易导致出现把文学同表现层面联系在一起的风险。如果语调和声音的组合是为表现情感而选择的，那么诗人是为了表现自己的情绪而创作。雅库宾斯基的作品尤其

---

[1] Цит. по: В. Эрлих, *Русский формализм: история и теория*, Спб.: Академический проект, 1996, C. 98.

暗示诗歌创作具有心理来源，把诗歌同产生梦的潜意识相联系。这样容易导致返回浪漫主义观念——艺术的动机在于诗人的内部世界，换句话说，就是生活——的风险。

1919年，"奥波亚兹"第三卷文集中刊登文章《果戈理的〈外套〉是怎样写成的》，艾亨鲍姆正式成为形式论的有力捍卫者。其时，形式论学者用来支持其理论的例证大都取自外国文学、俄国民间传说或未来派诗歌，唯独绕过了现实主义的传统。而艾亨鲍姆的文章则把俄国文学作品的模仿说作为目标，使形式论学派关于文学的观点突然变得更具重要性，也加强了他们的辩论优势。不管对手如何抵制这种对《外套》的新阐释，其文学价值都不容置疑。

艾亨鲍姆不仅要同各种传统理论做斗争，为确立文学自主性而做出努力，也需要对各种批评做出及时回应。当时，形式论学者因漠视作家创作时的情感冲动和读者的情感回应而遭遇批评，尤其是来自早期苏联马克思主义文艺学派的批评。应当指出的是，早期苏联的马克思主义文艺学派的观点距离真正意义上的马克思主义文艺理论还有很大的距离，带有不少庸俗社会学的成分。在革命的头几年，马克思主义文艺学者并未意识到形式论学派的"威胁"，也允许形式论诗学的存在。当时马克思主义文艺学派领导人物之一的卡冈（П. С. Коган）曾漫不经心地称"奥波亚兹"成员是无可救药地脱离自己时代的、贫穷天真的专家们。但后来，随着形式论学派队伍的扩大，两派之间的矛盾日益激化。

列·托洛茨基（Л. Троцкий）是第一位挑战形式论学派的马克思主义文艺批评家，其代表作是《文学与革命》（1923）。从总体上来看，托洛茨基对形式论学派的态度是批评性的，不含任何敌意。他承认形式论学派的某些思想具有合理的内核，其文学分析方法也具有一定的科学价值："形式主义的艺术理论尽管肤浅和反动，但形式主义者的相当一部分探索工作是完全有益的。……形式主义的那些运用于合理的范围内的方法论手法，有助于阐释形式的艺术心理特点（形式的精练性、迅速性、对比性、夸张性等）。"①托洛茨基甚至也赞同形式论学派的某些观点，如承认艺术创作"是根据艺术的特殊规律产生的现实的折射、变态和变形"②，"艺术创作的产品，首先应该用它自己的规律，亦即艺术的规律去评断它"③，并且，在一定的范围内，艺术根据自己的规律发展，形式能够阐释内容，等等。在肯定形式论学派的成果的同时，托洛茨基又指责该派不能正确认识自己的位置，具有自吹自擂的倾向，其主要缺点在于不愿满足于自己的研究方法仅仅起到辅助性的、技术服务性的作用。换言之，作为一种辅助手法，形式论学派的研究完全是合法的甚至是卓有成效的，但如果将它提升到艺术哲学、整体世界观的高度，那么就是错误的甚至是反动的教条。托洛茨基还把形式论学者的世界观作为批评靶子，指出，他们的宣言存在片面过激之处，研究方法也不太成熟等。此外，托洛茨基同艾亨鲍姆等学者在"文学的意义"这一问题上存在较大分歧。对于托洛茨基等马克思主义文艺学家来说，文学的意义在于揭示了社会生活的种种方面；对于艾亨鲍姆等形式论学者来说，文学的重要性在于如何改变（或变形）先前存在的材料。托洛茨基对形式论学派的批评既有肯定，又有否定。这种态度影响了其他马克思主义批评家。著名政治家布哈林首先对此做出了回应。他正确评价了形式论学派在诗歌技巧研究方面的功绩，同时认为，"奥波亚兹"的活动只不过是尝试编写一份关于某些诗学手法的清单，不能称之为真正的科学。

有些马克思主义批评家在期刊《出版与革命》上发表了一系列文

---

① ［俄］托洛茨基：《文学与革命》，刘文飞、王景生、季耶译，外国文学出版社1992年版，第151—152页。

② ［俄］托洛茨基：《文学与革命》，刘文飞、王景生、季耶译，外国文学出版社1992年版，第163页。

③ ［俄］托洛茨基：《文学与革命》，刘文飞、王景生、季耶译，外国文学出版社1992年版，第166页。

章，对形式论学派发起攻击。B. 波利扬斯基（В. Полянский）和卡冈的立场相同，全面否认形式论学派的贡献，认为这一学派的代表人物是一群无知的人，研究文学技巧是一种病态的行为。在《艺术科学中的形式主义》[①]一文中，时任人民教育委员的卢纳察尔斯基从托尔斯泰的"感染说"出发，认为艺术观念应当具有情感色彩，而艾亨鲍姆这位"俄国形式主义最好斗的始作俑者"[②]在分析果戈理的《外套》时毫无感情，将这部作品归结为作家的文字游戏，把作家的心理表现贬低为一种风格练习，这是形式论学派一贯标新立异的做法，没有什么价值。卢纳察尔斯基还称形式论学派的批评是一种消极的避世主义："现代资产阶级喜欢和理解的只能是无内容的和形式主义的艺术。它希望各个阶层的人民最好都接受这样的艺术。作为对这种要求的回应，小资产阶级知识分子推出一批形式主义艺术家和另一批形式主义理论家。"[③] 从这段话可以看出，文学观点之争已经转变为政治批判。

作为一个成熟的文学批评家和学者，艾亨鲍姆为形式论学派做出了有力的辩护。1924 年艾亨鲍姆在《出版与革命》上发表了《关于形式论学者的问题》（Вокруг вопроса о формалистах）一文，重申形式论学派的文艺观，强调形式论学者的研究工作并不像马克思主义批评家想象的那样只局限于收集素材和有关诗歌、节奏和修辞的数据，研究目的也不是单纯描述诗歌艺术的单个手法，而是为了总结文学发展的规律。

艾亨鲍姆与早期苏联马克思主义文艺批评家们辩论的焦点在于形式论学派和马克思主义的关系问题。当时大多数马克思主义文艺批评

---

① 这篇文章针对载于 1924 年第 5 期《出版与革命》上艾亨鲍姆的文章《关于形式论学者的问题》而写。
② 卢纳察尔斯基语。
③ ［苏］卢纳察尔斯基：《艺术及其最新形式》，郭家申译，百花文艺出版社 1998 年版，第 312 页。

家认为形式论学派是反对马克思主义的,艾亨鲍姆则指出,这种说法将形式论学派和马克思主义彻底对立了起来。其实,二者没有可比性:形式论学派是一个文艺学流派,马克思主义是一种历史哲学。可以说,形式论学派研究的是文学作品结构及文学发展史的问题,马克思主义研究的主要是社会、自然和人类思维的发展规律。从理论上来看,形式论学派与马克思主义的交叉点是对于演变问题的关注,但事实上并非如此。当研究社会经济程序时,马克思主义者是从演变观出发的,当谈到文学或其他意识形态现象时,马克思主义往往从起源观出发,关注的不是文化特定领域里发生的变化,而是外部原因,如经济的、社会的或社会心理的因素。在艾亨鲍姆等形式论学者看来,以经济学的或社会学的术语来分析文学是行不通的,这首先意味着否定了文学的独立性和发展的内在性,也就是否定了演变。由此看出,艾亨鲍姆基本认定:辩证唯物主义方法在社会学领域是卓有成效的,但未必适于研究文学,这也是形式论学者对马克思主义的基本态度。所以说,形式论学者的普遍立场是非马克思主义的,而不是反马克思主义的。什克洛夫斯基也指出,可不可以将马克思主义应用于文学研究中,首先应当考虑是不是合适:"我们不是马克思主义者,但如果我们在日常生活中必须用这种工具的时候,我们也不会故意用手去吃东西的。"[1]

艾亨鲍姆认为,如果托洛茨基再彻底一些,也可能会支持形式论。因为托洛茨基曾承认文学作品符合艺术的特殊规律,文学理论家的任务就是阐明这些规律的实质,这正是形式论学派所倡导的,而其他批评流派都在试图逃避这项任务。1924年艾亨鲍姆撰写了文章《列宁的演说风格》,分析了列宁的几篇演讲稿,认为列宁很重视风格和形式,也善于突破传统的演说惯例,以取得更好的效果。艾亨鲍姆利用列宁

---

[1] В. Шкловский, "Дело, которое я плохо веду", В. Шкловский, Третья фабрика, Letchworth-Herts-England, Prideaux press, 1978, С. 88.

的革命宣传和威望来证明形式论方法的优点，这本身就是对庸俗社会学批评的一个批评。

其实，在马克思主义文艺学派内部和两派的外围还存在着这样一些学者：他们也对形式论学派提出了批评，但并不是一味进行政治批判，而是实事求是地分析形式论学者学术思想上的真正弱点，尝试寻找新的方法。年轻的批评家 А. 蔡特林（А. Цейтлин）1923 年在杂志《列夫》上发表了《马克思主义的和形式主义的方法》一文，清楚地阐述了他的方法论，即马克思主义方法与"准形式主义"方法的结合体。蔡特林首先对弗里契进行了批判，认为其立场是一元主义的，这也是马克思主义文艺批评家的普遍立场。蔡特林肯定了俄罗斯形式论学派对文艺学研究的贡献，认为他们将注意力放在文本的详细研究上，系统描述文学事实，为建立真正科学的文学研究奠定了基础，可以算得上俄国文学研究部队的工兵连。М. 列维多夫（М. Левидов）同意蔡特林的观点，但认为形式主义者与社会学家的联合工作是文学研究的唯一马克思主义方法。二人都拥护马克思主义批评，但也接受了形式论学派的一些方法。Б. 阿尔瓦托夫（Б. Арватов）则推出了一种新理论——形式论与社会学分析的混合体，并宣称这是马克思主义辩证法的最新成就。这个论断说明了他的观点的两面性：一方面赞同形式论学派的口号"艺术即手法"，另一方面又倾向实用主义，把艺术创作完全等同于工业生产。他的"形式—社会学理论"既不受形式论学派的青睐，也不为社会学批评家所接受。

从上述学术论点之争来看，在 20 世纪 20 年代，苏联马克思主义文艺学内部存在"发生起源说"和"结构主义说"。持"发生起源说"的批评家坚持考察文学作品的社会因素，用弗里契的话来说，就是把文学符号翻译为社会学与经济学语言；而持"结构主义说"的批评家，则倾向于把文学事实与文学演变的社会因素及文学内部要素结合起来分析，如蔡特林认为，在阐释文学现象之前，最好先弄明白它们是什么。尽管马克思主义批评家在方法论上不太一致，但在对待形式论学派的问题上，他们的立场是相同的。不过，在论战中形式论学派的反击也迫使马克思主义文艺批评家不得不涉及与文学研究相关的具体问题，这显然是其"起源学"方法所解决不了的，这就难免会使他们产生捉襟见肘之感。

马克思主义文艺批评家对形式论学派的批评产生了一些直接影响，譬如当时的舆论倾向和出版政策开始对形式论学者不利。艾亨鲍姆的专著《莱蒙托夫》的出版就是一个例证：出版社答应出版该书，但必须由编辑删改前言；在删改后的前言里编辑警告说，艾亨鲍姆忽视了经济基础对文学的影响，他的结论可能不正确。对此艾亨鲍姆表示抗议，但无济于事。不仅如此，马克思主义文艺批评家的言论还间接导致了形式论学派内部变化。雅库宾斯基等人开始倾向于马克思主义并试图说服其他学者重新思考文学与外部世界的关系，形式论学派内部的论争逐渐走向公开化。

其实，形式论学派内部矛盾的产生非一朝一夕之事，在该派发展的早期就已经出现，当时主要表现为形式论学者们在看待语言学与文学研究的关系上各执一词。虽然俄罗斯形式论学派的两个研究中心，即"奥波亚兹"和莫斯科语言学小组都承认必须与语言学合作，但强调的程度不同。"奥波亚兹"的领袖首先是文学家，只想在语言学那里寻找到适于分析文学理论的科学研究工具；而莫斯科语言学小组的成员大都是语言学家，这从该小组的名称上也能看出来，他们重视语言，想把现代诗歌作为试验语言学方法的场地。因此，对于什克洛夫斯基和艾亨鲍姆来说，语言学是一个独立的科学领域，重要的辅助学科之一；而对于雅各布森和托马舍夫斯基而言，诗学就是语言学的一个组成部分。雅各布森在早期文章中明确表达了自己的立场。他以不容置疑的口吻说，应当以语言学的态度来对待诗歌，只有语言学才能在诗学领域占据关键位置，"诗歌就是具有审美功能

第四章　鲍·艾亨鲍姆文艺思想的贡献

的语言"①，因此，诗歌研究者的工作应以语言学为出发点。艾亨鲍姆也承认在文学研究中必须结合先进的语言学，但同时也坚持文学研究在任务和方法上的独立性，毕竟语言学和文学之间存在着鲜明的区别："……诗学建立在目的论原则的基础之上，因此其出发点是手法概念；而语言学如同一切自然科学，与因果范畴相关，因此它的出发点是现象本身的概念。"② 日尔蒙斯基支持艾亨鲍姆，指责雅各布森只看到了文学作品的语言基础。不过，当时形式论学派的主要目的是批判旧文艺观，建立新的独立的文学科学，因此求同存异，内部争论并未扩大化。

随着俄罗斯形式论学派的发展和壮大，其研究领域越来越广阔，以前对诗语的关注开始让位于对诗歌形式的广泛关注，小说的研究也提上了日程。这种研究内容的开放性，吸引了越来越多的研究者加入形式论学派，他们信仰不同，方法和美学观也不同，因此，在文学研究中的侧重点也不同，得出的结论自然会有偏差；同时，马克思主义文艺学派对形式论学派的批判也使该派学者意识到了自己观点的不足和偏激，种种因素终于使内部论争明朗化，原来的莫斯科语言学小组与"奥波亚兹"之间的分歧，也渐渐被形式论学派中的"过激派""中间派"与其余学者之间的分歧所代替，这种分歧涉及诗学研究的原则性问题。以前，日尔蒙斯基曾和艾亨鲍姆联合反对雅各布森的观点（当时"奥波亚兹"的很多成员都完全支持雅各布森的立场），现在，当分歧的焦点从"诗学与语言学的关系"转向"'形式论'方法运用的范围"时，力量的分配发生了变化：日尔蒙斯基站到了与艾亨鲍姆、雅各布森甚至所有形式论学者相对立的立场上。日尔蒙斯基是研究西欧浪漫主义的专家，又深受历史文化学派的影响，具有学院派气质，他不否认文学作品的道德意义，也不排斥作家世界观对作品的

---

① Р. Якобсон, "Новейшая русская поэзия: Набросок первый: Подступы к Хлебникову", Р. Якобсон, *Работы по поэтике*, М.: Прогресс, 1987, С. 275.

② Б. Эйхенбаум, *Мелодика русского лирического стиха*, Пг.: «ОПОЯЗ», 1922, С. 14.

意义，而其他形式论学者在反传统方面的态度是非常决然的，这令日尔蒙斯基颇为不满。他认为，"奥波亚兹"理论家的思想弱点在于混淆了科学研究领域和研究方法的概念，而且还将研究方法鼓吹到了世界观的高度，将形式论批评方法视为灵丹妙药："对于新流派的某些追随者来说，'形式论'方法成了唯一可救的科学理论，它不仅是一种方法，也是一种世界观，我已经不愿称其为'形式论'的，而是'形式主义'的。"① 针对雅各布森提出的"手法是文艺学的主要主人公"这一说法，日尔蒙斯基提出方法多元化的要求；针对什克洛夫斯基的"作为手法的艺术"，日尔蒙斯基表示，艺术也可以是心理活动的产物、社会事实、道德事实等。这一切都表明日尔蒙斯基和形式论学者的分歧不仅在于方法论，还在于对待文学的形式论态度上。现在看来，日尔蒙斯基的立场有可借鉴之处，但在当时的形式论学者看来，这无异于折衷主义。艾亨鲍姆甚至认为日尔蒙斯基缺乏理论激情，不是一位真正的形式论学者。在这种情形下，日尔蒙斯基退出了合作五年之久的"奥波亚兹"，但后来公开表示，研究形式问题并不是非要两条腿都站在形式论的阵营才行，这说明他对形式分析还是很有兴趣的。

内部论争的公开化，说明形式论学派是一个包容多种倾向、多种声音的文艺学派别，这在一定程度上减少了其学说成为教条的可能性，但同时也不可避免地影响到了形式论思想的整体性，使他们意识到形式论诗学面临的生存危机。

艾亨鲍姆也预感到需要把自己的思想从"奥波亚兹"理论的束缚之中解放出来；如果不这样，未来的工作只会是老调重弹。如艾亨鲍姆一样，什克洛夫斯基在这一时期的态度也比较强硬，1925年在一次有布哈林参加的讨论会上，什克洛夫斯基发言时仍说："我们对作品

---

① В. Жирмунский, *Вопросы теории литературы*, Л.: Academia, 1928, С. 157.

的倾向不感兴趣。艺术在自身内部自我定夺,其意义大小不在于社会取向……我们不是马克思主义者,过去从来不是,将来也不会是马克思主义者。"① 但迫于内外部的压力,什克洛夫斯基终于在1930年坦率地承认:"对我来说,形式主义是一条已经走过的路。"② 至此,俄罗斯形式论学派作为一个独立的文艺学流派已经消亡。但是,我们不应忘记,在形式论学派的整个活动时期,艾亨鲍姆曾作为该派的辩护士,机智、勇敢地与庸俗社会学家们进行了持续论战,捍卫了形式论学派的立场和学说,坚守着形式论诗学的最后一块阵地,他是形式论学派当之无愧的守卫者,为形式论的发展做出了应有的贡献。

第二节 鲍·艾亨鲍姆文艺思想的当代传承

鲍·艾亨鲍姆所提出的理论、概念丰富了俄罗斯形式论,影响了一大批文艺理论学者,从而推动了俄罗斯文艺理论的发展。在俄罗斯形式论被介绍到西方之后,艾亨鲍姆的诗学理念引起西方学者的关注和认同,成为他们在研究中的学术支撑。这些西方学者分属不同的文学理论流派,如新批评、阐释学、结构主义、后结构主义和接受美学等。可以认为,艾亨鲍姆的文艺思想至今仍在世界范围内产生着持续的影响。

在俄罗斯,艾亨鲍姆的讲述体理论对维诺格拉多夫、巴赫金均产生过一定影响(参见第二章),直接推动了俄罗斯文论界对这一术语的研究,20世纪三四十年代,作家们在写作中曾丧失对讲述体形式的

---

① Цит по: В. Шкловский, *Гамбургский счет: статьи-воспоминания-эссе*(1914—1933), М.: Советский писатель, 1990, С. 516.

② [俄]维·什克洛夫斯基:《学术错误志》,《世界艺术与美学》第七辑,文化艺术出版社1986年版,第25页。

兴趣，但讲述体形式并未消失，直到 50 年代下半期，当重新出版巴别尔、左琴科等的作品时，学界对讲述体的兴趣又高涨起来。70—80 年代末出现了一批重新投身于讲述体研究的学者，如 В. Ю. 特罗伊茨基、С. Г. 鲍恰罗夫、Б. С. 德汉诺娃等，他们在艾亨鲍姆等学者所建立的讲述体学说的基础上，又进行了补充完善，构建了当代讲述体诗学。В. Ю. 特罗伊茨基延续艾亨鲍姆和维诺格拉多夫的理论思想，将讲述体视为特殊的独白言语。С. Г. 鲍恰罗夫考察了作品文艺思想的表达方式和那些产生于"自己的"和"他者的"言语之间的关系，特别关注了"他者的"言语和讲述体之间的区别，强调了讲述体叙述形式范围内的"他者话语"的单向和双向的变体，并选出两种适用于单向讲述体的运动类型：从作者到主人公和从主人公到作者。1978 年，Е. Г. 姆辛科、В. П. 斯科别列夫和 Л. Е. 克洛伊契科出版专著《讲述体诗学》[①]，确定了讲述体诗学的类型学基础，展望了讲述体理论领域的前景和未来。在上述学者们致力于探索讲述体叙述形式的特征时，也有学者研究了讲述体诗学的内容。如 Б. С. 德汉诺娃在著作《在口头话语的映射中》中分析了列斯科夫创作中的这一重要问题，对艾亨鲍姆等的观点进行了创造性发展。她认为，"讲述体""列斯科夫式讲述体"这些术语，尽管艾亨鲍姆等学者已对其进行了多方位阐述，但仍充满未知数。在对具体文本做出分析后，她说："列斯科夫的讲述体就是带有冲突的叙述，这种冲突产生于所说话语的直接的与暗示的意义之间，往往被虚假的'朴素'所掩饰起来。"[②] 并指出，列斯科夫这位作家是一个独特的现象，在他那里，讲述体这个文艺体系的元素成了对现实进行美学阐释的完美手段，列斯科夫的文艺世界是一面独特

[①] Е. Г. Мущенко, В. П. Скобелев, Л. Е. Кройчик, *Поэтика сказа*, Воронеж: Изд-во Воронежского госуниверситета, 1978.

[②] Б. С. Дыханова, *В зеркалах устного слова*, Воронеж: Изд-во Воронежского госпедуниверситета, 1994, С. 22.

的现实镜子,"映射的焦点不是现实本身,而是它在人物口语中的反映"①。可以说,讲述体叙述的文学传统在列斯科夫的创作中得到了独特的发展。

维·厄利希在《俄罗斯形式论学派:历史与学说》一书中曾说,俄罗斯形式论学派主要还是本土现象,并未受到西方文艺思想的影响。的确如此。但我们认为,艾亨鲍姆的文艺思想与西方文论存在一定的渊源,在某种程度上也为西方文论的发展提供了参照。我们发现,在艾亨鲍姆等形式论学者的著作中存在着与德国学者约·弗·赫尔巴特美学思想相似的观点。赫尔巴特的美学重视联系和相互关系,把哲学视为概念结构,和形式论学者一样,他也把形式理解为一种结构,而且是动态的结构,艾亨鲍姆等形式论学者不止一次地强调,文学形式是动态的整体,作品是一个开放的动态整体,由各种要素的相互联系和统一而确定。赫尔巴特的动态结构观念与历史主义紧密相关,历史主义即意味着,任何一种形式都会陈旧。对于赫尔巴特来说,艺术作品不会永久存在,其存在是相对的。艾亨鲍姆也表达过类似观点:"在形式方法史上,演变因素相当重要。我们的反对者和拥护者都忽略了这一点。我们被折衷主义者所包围,它们往往将形式手法视为某种静止的'形式主义'体系……"②

艾亨鲍姆的文艺思想对西方叙事学产生了深远影响。20世纪西方叙事学诞生于法国,"叙事学"一词是由拉丁文词根 narrato(叙述、叙事)加上希腊文词尾 logie(科学)构成,从字面意思来看,该词表示"研究叙事作品的科学"。其实,叙事学研究的范围并不止于此,还包括结构、与叙述相关的理论等。一般认为,叙事学的出现深

---

① Б. С. Дыханова, *В зеркалах устного слова*, Воронеж: Изд-во Воронежского госпедуниверситета, 1994, C. 12.
② Б. Эйхенбаум, "Теоория «формального метода»", Б. Эйхенбаум, *О литературе: Работы разных лет*, М.: Советский писатель, 1987, C. 389 – 390.

受俄罗斯形式论学者的影响，如什克洛夫斯基、弗·普罗普、艾亨鲍姆等。

艾亨鲍姆的叙事理论体现在一系列文章中，如《果戈理的〈外套〉是怎样写成的》《欧·亨利与短篇小说理论》《普希金的散文之路》《列斯科夫与现代散文》等。其中《果戈理的〈外套〉是怎样写成的》问世后，对俄罗斯乃至全世界范围内的语文学发展都产生了不容忽视的影响。在对叙事作品层次的划分上，艾亨鲍姆等形式论学者提出了两分法，即本事与情节。本事指按实际发生的时间和因果关系排列的现实事件，情节则指对这些现实事件进行艺术处理或形式加工。艾亨鲍姆在此基础上又提出了自己的看法，他十分重视情节布局和结构技巧，较多关注到故事中的话语层次，并提出了一系列概念，如动机、主导要素等，进一步丰富了形式论学派的情节观（参见第二章）。作为一个语文学家，艾亨鲍姆还对短小情节体裁尤其是短篇小说产生了浓厚兴趣。艾亨鲍姆对欧·亨利的关注不是偶然的。在他看来，欧·亨利的作品在情节上不重视心理论据，作品的结构清晰，非常适合形式论学派的研究。在《欧·亨利与短篇小说理论》一文中，艾亨鲍姆进行了详细的文本分析，他主张从头到尾细读欧·亨利的一些作品，"以便观察到文学游戏和讽刺的整个系统，这个系统的基础是了解传统的结构手法并暴露它们"[①]。1973 年，当艾亨鲍姆的《欧·亨利与短篇小说理论》被译介到英语世界之后，曾经编选过俄罗斯形式论文集的法国叙事理论家茨·托多罗夫和罗兰·巴尔特也都发表了研究短篇小说的文章，如《文学的结构分析：亨利·詹姆斯的短篇小说》，从中可以寻找到艾亨鲍姆所践行的强调细读的踪迹。艾亨鲍姆的上述文章与其他形式论学者的著作，如普罗普的《民间故事形态学》、

---

① Б. Эйхенбаум, "О. Генри и теория новеллы", Б. Эйхенбаум, *Литература: Теория. Критика. Полемика*, Л.: Прибой, 1927.

维诺格拉多夫对讲述体语言和作者形象的研究等,一起成为现代叙事学理论的思想来源。不论叙事学在当代发展到了多么深远的地步,学者们总会不时回归这些文章,把它们作为研究的出发点。

除此之外,还应该谈谈艾亨鲍姆和"奥波亚兹"的观点对接受美学的影响。接受美学的主要代表是姚斯和伊塞尔,他们认真对待俄罗斯形式论学派代表们和捷克结构主义者的著作。他们认为,艾亨鲍姆等学者们的主要功绩是论证了创建文学史的必要性,这种文学史相应地能发现文学现象发展的规律,这种文学史要求从体裁、作品等种种结构要素的功能变化出发来描绘文学结构的变更。在对待具有形式语言的、美学特征的文艺作品时,一方面,艾亨鲍姆们进行共时的(синхронически)研究,将作品视为"诗学的"和"日常的"语言的对立;另一方面,进行历时的(диахронически)研究,将作品视为过时的文学形式和之前就存在的体裁的对立。除此之外,作品与文学整体上被阐释为一种手段,用来破坏寻常理解的自动化、消解传统规则和美学理解标准。这样一来,在文学文本分析中就直接引入了接受主体,即读者的范畴。然而姚斯也认为,艾亨鲍姆等"奥波亚兹"学者和捷克结构主义者一样,只是将读者界定为某种理想的结构,即善于相应地接受和阐释文学作品要素、文本的语境。"相应的读者"这一概念本身就是"奥波亚兹"的文本理论基础,姚斯认为,它使研究仅限于关注阐释者、美学家或文艺学家等形象,切断了通向存在于具体历史时期的现实读者的道路。

至于艾亨鲍姆与英美新批评的关系,我们认为,俄罗斯形式论学派和英美新批评几乎在相近的时期形成,都曾被贴上"形式主义"的标签,有学者认为它们是"最近的亲戚"[1],这是不言而喻的。它们都强调作品的独立自主性,主张从文本出发,细读作品,而不是从历史

---

[1] 赵毅衡:《新批评:一种独特的形式主义文论》,中国社会科学出版社1986年版,第3页。

或生平角度去阐释。从两个文学流派创建及发展时间来看，基本上处于平行发展时期。直至俄罗斯形式论学派解散之后，罗曼·雅各布森等人迁居捷克，形成布拉格语言学小组，由此，形式论学派的理论学说与西方文论实现了对接。作为俄罗斯形式论的创建者之一，艾亨鲍姆的理论自然也对后续的"新批评"发展产生过深远的影响，他的思想在当代文艺理论中也得到了延续。

俄罗斯学者安·戈尔内赫曾说："从具有实证论特征的狭隘形式论研究开始，经由作为严肃科学的文化理论的结构主义乌托邦，再到激进的非方法论和读者随意诠释等极端，形式论并没有成为僵化的教条，仍保留有与所有新的概念性的时代'挑战'打交道的能力，形式论展示的不仅是传统的明确稳定性，而且还有令其不断超越'自身界限'的内部资源。由于这种内部逻辑，穿越（或已越过）'文本'的障碍，形式论仍具有现实意义，并且对于当代人文学科来说仍是卓有成效的。"[①] 这同样也适用于评价艾亨鲍姆的文艺思想。

---

① А. А. Горных, *Формализм: от структуры к тексту и за его пределы*, Мн.: И. П. Логвинов, 2003, С. 8.

结　语

　　艾亨鲍姆等俄罗斯形式论学者确立了一种崭新的文艺理论研究方向，为以后的文艺批评开辟了一个新的理论天地，在某种程度上推动了 20 世纪文艺研究的革命性转折。俄罗斯形式论学派将文学研究从哲学的、社会学的、心理学的束缚中剥离出来，使其走上自律的发展轨道，改变了人们对文学本质的一贯认识；他们倡导从语言学角度研究文学，重视形式分析，开创了一种新的研究范式；他们建构自主动态的文学史观，弥补了传统文学史研究的不足。此后，在祖国曾遭重创的俄罗斯形式论诗学漂洋过海，在欧美等地大放异彩，并被重新解读、深化、延伸；而且在 100 年后，世界各地的众多学者曾聚集莫斯科，研讨与形式论相关的诸多学术问题，这些就是对俄罗斯形式论诗学自身具有的潜质和魅力的最好证明。

　　在俄罗斯文艺学史上，对形式论学派的称呼众多，如"形式主义""形式学派""形式（形态学的）方法"等。在传统学院派看来，凡不属于意识形态就属于"形式"，然而形式论学者早就否定"形式"这一概念，他们并不把形式视为内容的对立面。"形式方法"这个称呼源自一些常用的术语，"奥波亚兹"提出方法学问题，聚焦于一系列由"形式"这一概念确定的问题，但与其他人文学科相比，这并不是一种创新，只是出于选择研究方法的需要。因此，这一流派不是根据方法特征，而是根据材料特征组合在一起的。"奥波亚兹"不是一种方法，而是一个流派，聚拢了采用各种方法而走向同一个方向的不同研究者。艾亨鲍姆在《"形式方法"的理论》中曾说："在这篇文章中我所指的'形式主义者'，仅指那些理论家，即'诗歌语言研究会'（'奥波亚兹'）的成员，他们从1916年开始出版自己的文集。"① 托马舍夫斯基曾经戏谑地说"形式方法死了"，不过，我们现在埋葬"奥波亚兹"还为时过早，它还具有生命力，这是由研究者立场的创新性所决定的。

从初次尝试给杂志写稿，到建构成熟的文艺思想体系，艾亨鲍姆走过了漫长的学术道路。他认真研究大量材料，实现了最初的目标、原则以及他作为一个学者的追求。在学术研究的第一阶段，他的美学立场建筑在直觉的基础之上，建筑在对整体性和生活感觉相一致的追求之上，这种立场具有形而上的色彩（在这个时期艾亨鲍姆与俄国宗教哲学的联系不是偶然的），他的著作中出现的基本概念主要有：传统、现代性、历史、生活感觉、追求完整的决心、社会性，等等。基于这些丰富的思想财富，艾亨鲍姆走向了命运中的转折时期——与年轻的"奥波亚兹"相遇。在这一阶段，他对诗语问题和具体的诗学产生了兴趣，分水岭是文章《果戈理的〈外套〉是怎样写成的》。在改变了研究方向之后，艾亨鲍姆特别关注语义和形式问题，以形态学的立场对待艺术，向自己早期就梦想的文化研究综合体逐渐推进，在新的时期他的创作中出现了如下概念：讲述体、语调、诗语、实用语、文学序列，等等。

尽管科研活动激动人心而又有趣，在某些时候艾亨鲍姆总感觉有

---

① Б. Эйхенбаум, "Теория «формального метода»", Б. Эйхенбаум, *О литературе*: *Работы разных лет*, М.: Советский писатель, 1987, С. 376.

结　语

必要停下来，审视一下自己的研究历程。他在文章《"形式方法"的理论》中记录了这一转折点，该文章是他对加入"奥波亚兹"后所做研究的总结，陈述了他们所遭遇的问题，描述了发展前景。这是一种反思，亦是对"奥波亚兹"整体工作所做的一份报告，总结到位，观点清晰，却也让艾亨鲍姆和他熟悉的社会"陌生化"了。在有关当前任务和进一步研究等问题的阐述中，能够看出艾亨鲍姆和其他研究者之间的分歧。然而这也从另一方面彰显了他的独立，摆脱了集体创作的重负，也摆脱了不停定位自己以使工作与"奥波亚兹"在思想上保持一致这种做法。在20世纪，当意识形态在哲学领域及文学领域都占据统治地位时，文论研究变得困难起来，学者们不得不纷纷转移学术阵地，艾亨鲍姆则提出了"文学的日常生活"理论，拉近了文学创作与社会的距离，建构并完善了自己的文艺思想体系。

综上所述，作为20世纪的文学理论家和文学批评家，艾亨鲍姆以其睿智和学识成为俄罗斯形式论学派的精神领袖之一，以其勇气和热情成为俄罗斯形式论诗学的捍卫者之一。艾亨鲍姆一生著述颇丰，他在"奥波亚兹"时期撰写的著述渗透着形式论诗学的理念，浸润着革命的激情，为俄罗斯形式论学派的发展做出了杰出贡献；他在"隐性发展"时期完成的鸿篇巨制则是将文化历史因素引入形式论诗学建构的一次尝试，是对形式论诗学的修正和超越，显示他已走出"形式主义的牢笼"。站在今天的理论高度来看，艾亨鲍姆的某些学说思想仍具有创新价值，某些批评术语、概念仍被许多文学研究者广泛采用并不断得到新的阐释。诚然，在不断超越中坚持探索的艾亨鲍姆，其文艺思想也不免带有时代的局限性，更何况作为一种具有原创意义的理论学说。整个俄罗斯形式论学派的理念偏执往往也是与其学术激情相胶着相共生。这种理论缺陷远非学者个人的努力所能弥补。一些偏激的论断，也许会成为俄罗斯形式论学派发展史上永远的缺憾。但从另一角度来看，形式论虽然有时被视为一种错误的过激行为，却成为对个别诗学问题进行深入研究的推动力。此外，俄罗斯形式论学派的理论建构摆脱了狭隘的语文学研究，走向了一种囊括语言、文学、电影等的形式诗学领域，这也是一种可贵的尝试。

艾亨鲍姆的一生丰富多彩，他的学术活动横跨了将近半个世纪，涉及的范围非常广泛：除了研究文学作品，他还改编过电影剧本，是苏联早期的版本学家之一，对苏联新闻学的理论建构也做出过巨大的贡献。但由于本书篇幅有限，我们在写作中不可能面面俱到。在本书写作初期，我们曾计划对艾亨鲍姆的诗语观进行详细研究。"奥波亚兹"的全称为"诗歌语言研究会"，可见，他们很重视诗歌语言的研究。的确，艾亨鲍姆加入"奥波亚兹"后，曾撰写文章和专著探讨诗歌的节奏、音响、音调等问题，提出了一些颇为新颖的观点，但由于资料搜集的困难，我们目前无法对这些论题进行深入的探讨。我们力图在这里对艾亨鲍姆的文学理论建树做一次多层次多方位的梳理；但我们深知，其实在不少层面，我们只是开了个头。在艾亨鲍姆文艺思想的研究上，还可以做多方面的探讨和分析，尤其是如何将他的思想应用到其他艺术形式。期待以后能有更多的学者来对艾亨鲍姆的理论遗产之矿进行深度发掘。

附录一 《早期鲍·米·艾亨鲍姆》等译文选篇

早期鲍·米·艾亨鲍姆:在通往形式论的路途上[①]

[俄] Л. И. 萨佐诺娃　М. А. 罗宾逊　著

鲍里斯·米哈伊洛维奇·艾亨鲍姆（1886—1959）——20世纪俄罗斯语文学界最重要的人物，研究普希金、莱蒙托夫、果戈理、列夫·托尔斯泰、阿赫玛托娃的专家。他是出色的文本学家之一，曾参与科学院版俄国经典作家——列夫·托尔斯泰、莱蒙托夫、屠格涅夫、萨尔蒂科夫－谢德林、列斯科夫——作品集的注释。他的文章《果戈理的〈外套〉是怎样写成的》广为人知。这位学者曾将"文学的日常生活"这一概念引入语文学。

1912年鲍·米·艾亨鲍姆从彼得堡大学历史—语文系斯拉夫—俄语专业毕业，并留校晋升教授职称。在此期间，他曾与身为大学教授、

[①] 原文题为"Ранний Б. М. Эйхенбаум：на пути к формализму"，是俄罗斯科学院高尔基世界文学研究所学者莉·伊·萨佐诺娃（Л. И. Сазонова）在"俄罗斯形式论学派100年国际学术研讨会"（莫斯科，2013年8月25—29日）上所做的学术报告。译文首刊于《跨文化的文学理论研究》第7辑，知识产权出版社2015年版，第218—230页。为保持全书统一，此次收录时译者对文中个别术语及篇名的译法进行了修订。有删节。

院士并担任科学院俄罗斯语言与文学部主任的阿列克谢·亚历山德罗维奇·沙赫马托夫（1864—1920，自1894年起为院士）有过信件往来。信件的内容使我们得以了解艾亨鲍姆的科研兴趣，而且还证实了沙赫马托夫对其命运的积极关心，年青学者与当时的语文学领袖之间的长期密切联系。正是在与阿·亚·沙赫马托夫的交往中一系列科研问题和新的研究任务得以产生。

在向沙赫马托夫请教学术时，艾亨鲍姆认真听取他的建议。艾亨鲍姆尤其提到，"集中关注了奥夫夏尼科-库利科夫斯基著作中的句法问题"。这里必须指出，沙赫马托夫的建议不是没有理由的。20世纪之初，语言学家、文艺学家德米特里·尼古拉耶维奇·奥夫夏尼科-库利科夫斯基（1853—1920，自1907年起为名誉院士）正积极研究句法学问题，甚至他刚一开始工作就立刻引起了沙赫马托夫的注意。譬如，1901年10月2日沙赫马托夫给他写信道："我对您的句法学著作很感兴趣。您的从这一研究中获得对于中学教学有益的经验的想法是非常合理的。您有没有成功地揭示出划分俄语类型的最主要的类似语音的和形态的句法特征？如果您思考过这些问题，最好在整部著作出版前就提供一份专门笔记。"① 他对奥夫夏尼科-库利科夫斯基的最初研究成果给予了最高的评价："非常感谢您，——1902年4月5日沙赫马托夫写道——因您寄来的句法学校样。我怀着满意的心情读完了它们，并且这种感觉直到现在也未减弱。您为从科研上及教学上研究我们的句法学铺垫了一条理想的道路。我为您的条理清晰而感到吃惊。很久没有如此愉悦地阅读一本书了。我迫不及待地期待着寄来续篇。"② 德·尼·奥夫夏尼科-库利科夫斯基的著作《俄语句法学》的第一版就是在1902年问世的。

---

① 普希金俄罗斯文学研究所。
② 普希金俄罗斯文学研究所。

附录一 《早期鲍·米·艾亨鲍姆》等译文选篇

这样，按照沙赫马托夫的建议，艾亨鲍姆开始研究奥夫夏尼科 - 库利科夫斯基著作中的句法学问题，凑巧1912年该书的第二版出版了。从1915年12月15日的信中还可以得知，艾亨鲍姆对"严肃的文学工作所需要"的语义学也非常感兴趣，并且正在阅读法国语言学家、新的语言学子学科公认的奠基人米歇尔·布雷亚尔（1832—1915）的著作——《意义科学·语义学探索》（Essai de sémantique, science de significations, 1897）。在讨论前置词对名词变格的影响时，艾亨鲍姆曾引用过布雷亚尔的著作。

艾亨鲍姆如同谈论语义问题那样谈论"俄语中名词的'内部形式'及作为特殊思维形式的名词"。顺便指出，词语内部形式与由性、数、格决定的外部形式不同，该理论由亚历山大·阿法纳西耶维奇·波捷布尼亚（1835—1891）首次在俄国学术界提出，而奥夫夏尼科 - 库利科夫斯基则属于他那一派。按照艾亨鲍姆的看法，与"有关词语内部形式"的"大的、普遍的"问题具有内在联系的是"小"问题——"有关'无主'句"，即不具有行为主体的无人称的和情态的结构；他认为，"认真研究它们在语言史上的发展尤其有趣"。

艾亨鲍姆对文学更感兴趣，所以很明显，他首先是从语音和语法范畴所表达的某种内容和修辞及语义的角度来关注语音和语法范畴："研究语言——不仅仅研究句法，还有语音，这对于深入了解诗人的修辞是非常重要的。因为修辞恰恰就是由每个词语中的这种'内部形式'感所形成的。因此对于诗人而言，词语——不是符号，而是认知。"在这封给沙赫马托夫的信中，艾亨鲍姆非常准确而清晰地诠释了对文学史家所必需的语文学研究方法的认识："文学史家应当是直义的语文学家——不如此他就不能正确看待材料本身。这就是我如此关心如何将历史—文学工作和纯语文学工作结合起来这一问题的原因所在。"（丘达科娃、多德斯，1987，第14页；鲁宾逊，1989，第90—91页）

然而，艾亨鲍姆科研计划的实现却因亟须寻找一份固定收入而变

— 165 —

得困难起来。众所周知,自1914年起他开始在彼得堡雅科夫·古列维奇中学任教。不过,从信中得知,中学24节课的薪酬是不够的。最终,如艾亨鲍姆所说,"因时间不足几乎不能"继续科研工作,这种状况令他谈起了领取助学金的可能性。由信中可以得知,关于这一问题进行了初步的谈话,而且,可能已经达成了某种协议。被卷入此事的历史—语文系主任费奥多尔·亚历山德罗维奇·布劳恩(1862—1942)看来已经在等待沙赫马托夫提出相应申请,以便予以办理。沙赫马托夫的反应也立刻随之而来,这位学者一贯特别关心培养年轻的科研人才,给他们提供全面支持(鲁宾逊,1985,第70—74页;鲁宾逊,1989,第86—92页)。沙赫马托夫在艾亨鲍姆信件背面起草了两份申请草稿,一份给费·亚·布劳恩,另一份寄给人民教育部学术委员会成员伊利亚·亚历山德罗维奇·什利亚普金(1858—1918)。

沙赫马托夫给布劳恩写道:"艾亨鲍姆能力出众,博学多识,给他提供一个在他感兴趣的科研领域工作的机会是多么必要啊。"在给什利亚普金的信中:"……令我非常高兴的是,终于找到了一个对科学的句法学感兴趣的人。艾亨鲍姆在这个领域已经做了很多,从同他的谈话中我发现,他对格的句法和无人称句感兴趣。鉴于此,我在系里投票支持艾亨鲍姆,并真诚请求您同意系里给予其助学金。没有助学金,仅靠一周24节课,他是无法走出困境的。"沙赫马托夫及其同事的奔波使此事取得了成功。在下一封信中,即1916年9月27日的信里,艾亨鲍姆在讨论科研问题的同时"再次"感谢沙赫马托夫在获得助学金一事上提供的支持。

艾亨鲍姆想"再次以书面形式"向沙赫马托夫提出的究竟是什么样的科研问题呢?这些问题涉及性的语法范畴起源问题;他所阐述的论点符合当时的学术观念,顺便说一下,也适于当代语言学:

在俄语中还有更重要的,即除形动词形式之外的动词不会随着性而发生改变。这意味着，语法性只有在某种语族中才会起作用，并未影响到整个语言，但是如果不仅仅考虑到语法形式，还考虑到性的意识的话，它就会对整个语言产生影响。这说明，可以认为，有关语法中的性和名词按照性进行的分类这一想法本身就和表示动物的名词相似。在这种相似之外而形成的词语以及和性毫无关系的词语则形成了特别的中性词语族，尽管这一名称毫无意义并以自己的存在推翻了性理论。这就是我对语法中的性的总看法。我在比较语言学方面的知识比较欠缺，因此不能全面展开对它的研究，既然如此，那我如何将其运用到实践中呢？我觉得这样做可行且有趣，即以一个俄国作家为例——比如，托尔斯泰——并仔细研究，在他的语言中这些在一致关系和变格中的"性的"差异意味着什么。在他的语言意识中有没有对词语的现实的性感觉？我还很难说，根据什么样的特征我才能够做出结论。您能不能给我一些建议，能不能告诉我，您是如何看待我的有关语法中的性的大致观点？

艾亨鲍姆感兴趣的是，以何种方式可以运用性的理论，朝何种方向拓展自己的工作才"能够卓有成效"。这位学者打算分析列夫·托尔斯泰的作品，并且"仔细研究，在他的语言中这些在一致关系和变格中的'性的'差异意味着什么。在他的语言意识中有没有对词语的现实的性感觉？"然而他在一个问题上犯难了，即"根据什么样的特征才能够做出结论"。如此一来，在艾亨鲍姆的科研计划中出现了研究对象，即列夫·托尔斯泰这个形象，后来，这位学者对其创作的研究持续了40多年[1]；众所周知，他在1918年撰写了第一篇关于托尔斯

---

[1] 在2010年初，一部收录了鲍·米·艾亨鲍姆研究列夫·尼·托尔斯泰的所有著作（4部著作和文章）的文集问世（艾亨鲍姆，2010）。

泰的文章。

艾亨鲍姆想了解沙赫马托夫对自己有关语法中的性的观点的态度，征求他的意见，甚至提议"再见见面讨论一下"，急于弄清困扰他的问题，因为打算"最近，在近几个月，研究一下有关语言的一些问题，而一个问题弄不清楚就会妨碍我，令我无法平静地思考其他问题"。

不过，从同一年即1916年12月8日的信中可以看出，在他的兴趣范围之内还包括阿瓦库姆，而且他还给沙赫马托夫写了封简短的信，请求给自己介绍一下阿瓦库姆的《行传》的两个现代版本之一的情况。可以认为，转向阿瓦库姆也与对句法学问题的兴趣相关。有关这些问题，在之前我们分析过的一封信中艾亨鲍姆曾谈起过，因为当时这位学者已开始构思文章《讲述体的幻想》；该文于1918年发表于期刊《书角》，后被收入文集《透视文学》（1924）中。在探索研究文学散文的新理论方法之际，艾亨鲍姆注意到"鲜活语言"在作品创作中的作用，他认为，"在这方面，大司祭阿瓦库姆尤为令人感兴趣，我认为，他的风格强烈影响了列斯科夫。"（艾亨鲍姆，1918，第13页）在热衷于"讲述体"的时期，他撰写了《果戈理的〈外套〉是怎样写成的》（1919）一文，后来该文成为"奥波亚兹"的一种宣言。

对"纯语文学（语音、语义）"的爱好，正如艾亨鲍姆本人在1916年对自己学术活动的描述（丘达科娃、多德斯，1987，第13页），在其早期的一部研究诗语的重要著作中得到了体现。在《安娜·阿赫玛托娃：分析尝试》（1923）一书中，三章中的一章专门讨论了诗体句法（艾亨鲍姆，1923，第27—62页），并且，在1925年的版本中，这一章的题目就与研究主题相吻合，即《论安娜·阿赫玛托娃的句法》（艾亨鲍姆，1925，第213—226页）。艾亨鲍姆的该部著作已成为经典并永远是研究阿赫玛托娃诗歌中句法的最优秀著作之一。

在下面刊出的艾亨鲍姆写于1915—1916年间的信件中，体现了他的两个重要且富有特色的科研方法取向。首先是比较—历史的方法：

在讨论语言学问题时他将所研究现象放到如芬兰语、拉丁语、古俄语、俄语中进行比较,在其他情况中则是芬兰语、格鲁吉亚语、波斯语、英语。其次,可以看出,这位学者致力于通过关注以往的文化经验——语言的、文学的——来理解现代的与新的事物。这样就开始了逐步提出独创的、非传统问题和主题的旅程。

这样,艾亨鲍姆就从完全纯理论的研究句法、语音和语义走向新的语文学方法。在探索新的研究途径和发展语文学中的新方法时,艾亨鲍姆和他的"奥波亚兹"同事们并未忘记与自己的老师及前辈的内在联系。的确如此,在献给"诗语理论研究会"的著作《俄国抒情诗的旋律》(1922)的序言中,艾亨鲍姆满怀感激地描述道,对"非传统主题"相当感兴趣的费·亚·布劳恩曾经给他提供过支持,阿·亚·沙赫马托夫则将这部著作推荐给《俄罗斯科学院分院院报Ⅱ》(艾亨鲍姆,1969,第327页)。

艾亨鲍姆继续希望老一代同行能够理解和支持与他在新的科研方向上接近的学者们,这不是毫无根据的。因此,在1925年10月11日他为安·尼·日林斯卡娅而求助于鲍里斯·米哈伊洛维奇·利亚普诺夫院士(1862—1943):"我早就知道安娜·尼古拉耶夫娜,正好最近阅读了她的有关莱蒙托夫语言中隐喻的著作。该著作包括谈论隐喻的理论性前言及对莱蒙托夫隐喻进行的具体分类。著作有趣又细致,在学术方面甚为成熟。它说明安娜·尼古拉耶夫娜兴趣广泛、知识渊博。可以把她归入那些研究'诗语'的现代语言学家(雅库宾斯基、维诺格拉多夫、伯恩斯坦)[1] 之列。我们系非常需要这样的领导人,他们培养的学生不仅能够从事纯语言学工作,而且可以研究修辞学和文学理论。"[2]

---

[1] 列·彼·雅库宾斯基(1892—1945),维·弗·维诺格拉多夫(1894—1969,自1946年起为院士),谢·伊·伯恩斯坦(1892—1970)。

[2] 俄罗斯科学院档案馆圣彼得堡分部。

那些曾经见证新学派发展的老一代学者代表，如沙赫马托夫亲密的同事弗拉基米尔·尼古拉耶维奇·佩列茨院士（1870—1935），这位创建了古俄罗斯文学研究学的学者，将新时期的语文学家们视为古怪之人，然而仍然算是"我们的年轻人"。在 1922 年 3 月 6 日致阿列克谢·伊万诺维奇·索博列夫斯基院士（1856/1857—1929，自 1900 年起为院士）的信中，佩列茨写道："我们的年轻人善于寻找出版商：您有没有看到托马舍夫斯基……霍夫曼①、艾亨鲍姆、日尔蒙斯基②的小册子？——印刷和纸张都很精美。至于内容——我认为——各有所爱。"在评价被列举作者们著作的学术优点时带有的尖刻戏谑的口吻后来被严肃的结论所取代："可是托马舍夫斯基③和霍夫曼还是挺能干的。"（鲁宾逊，2004，第 182 页）并且对这个团体所下的定义"我们的年轻人"本身也说明佩列茨将这些被提到的研究者们归入了学者群体之中。

正是这些"年轻的"科学语文学的追随者们，在 20 世纪 20 年代末大讨论期间，与将学术意识形态庸俗化的倾向进行了斗争。有关这些情况，佩列茨在 1927 年 3 月 11 日写给索博列夫斯基的信中谈道："在社会生活中——一派萧条景象；只有尝试复活语文学的'形式主义者'在同'马克思主义者'斗争，而后者除了因循守旧，就是否定一切。"④（鲁宾逊，2004，第 181 页）

在此后的岁月中，卓越的文艺学家鲍·米·艾亨鲍姆还创造了很多学术成就，但也面临不少艰苦的考验与不公正的迫害。他的辞世被彼得堡知识界视为悲剧性的损失。"艾亨鲍姆的去世影响到了我们所有在列宁格勒的人"——德米特里·谢尔盖耶维奇·利哈乔夫院士

---

① 莫杰斯特·柳德维戈维奇·霍夫曼（1887—1959）。
② 维克多·马克西莫维奇·日尔蒙斯基（1891—1971，自 1966 年起为院士）。
③ 鲍里斯·维克多罗维奇·托马舍夫斯基（1890—1957）。
④ 俄罗斯国立文学和艺术档案馆。

（1906—1999，自1970年起为院士）在1959年11月29日给自己的莫斯科同事安德烈·尼古拉耶维奇·鲁宾逊的信中写道——"领导们（布什明和巴扎诺夫）[1]甚至没有出席葬礼，可是葬礼上人山人海，挤满了'作家之家'的整幢楼。人们穿着大衣，站满了所有的房间，直至楼梯——甚至直到存衣室。一个学者的荣誉不是头衔和称号所能决定的！这就是我们所有人都应当记住的！叶廖明、马科戈年科[2]、什克洛夫斯基作了精彩发言（引用了《远征记》[3]——'野兽在吮吸我们的血……'）。什克洛夫斯基哭得很伤心。"[4] 在后来纪念艾亨鲍姆的回忆文章中，在描述与朋友告别的情景时，什克洛夫斯基再次借用了《伊戈尔远征记》中的生动语句及普希金的诗句（什克洛夫斯基，1970，第46页）。

附　录

下面刊发的这些信件现存于阿·亚·沙赫马托夫院士基金会，位于俄罗斯科学院档案馆圣彼得堡分部。

1

1915年12月15日

非常尊敬的阿列克谢·亚历山德罗维奇：

我按照您的建议去做了——集中关注了奥夫夏尼科－库利科夫

---

[1] 阿列克谢·谢尔盖耶维奇·布什明（1910—1983，自1979年起为院士），曾任苏联科学院俄国文学研究所（普希金之家）所长；1965年瓦西里·格里戈里耶维奇·巴扎诺夫（1911—1981）接任布什明的职位，他曾在1958年主持过刚刚创立的《俄罗斯文学》杂志。

[2] 伊戈尔·彼得罗维奇·叶廖明（1904—1963）和格奥尔吉·潘捷列伊莫诺维奇·马戈戈年科（1912—1986），列宁格勒大学语文系教授。

[3] 指的是古俄罗斯文学文献《伊戈尔远征记》（12世纪）。

[4] 德·谢·利哈乔夫致安·尼·鲁宾逊的信件现存于维拉·亚历山德罗夫娜·普洛特尼科娃—鲁宾逊的私人图书馆。

斯基①著作中的句法问题。我觉得，语义学对我非常有吸引力，它也为严肃的文学工作所需要。与语义学有很大关系的问题有关于俄语中名词的"内部形式"及作为特殊思维形式的名词。这是大的、普遍的问题，而与其存在内在联系的则是其他的、小的问题，即有关"'无主'句"的问题，而这一问题对我的研究也非常重要。认真研究它们在语言史上的发展尤其有趣。最后，还有一个问题也吸引着我——有关前置词对名词变格的影响。……认真研究一下古俄语中前置词对格的支配的稳定程度，并以此转向现代俄语——这是一项有益的工作。

研究语言——不仅仅研究句法，还有语音，这对于深入了解诗人的修辞是非常重要的。因为修辞恰恰就是由每个词语中的这种"内部形式"感所形成的。因此对于诗人而言，词语——不是符号，而是认知。文学史家应当是直义的语文学家——不如此他就不能正确看待材料本身。这就是我如此关心如何将历史—文学工作和纯语文学工作结合起来这一问题的原因所在。但现在因时间不足，我几乎不能做这些。我在学校有24节课，而且还不得不接些私活儿——不然在这个年代会很困难。如果发放了助学金——我的生活安排就不一样了。

非常感谢您的关心，希望春天能够跟您好好聊聊硕士考试的问题。明天我会给费奥多尔·亚历山德罗维奇打电话并告知他，我已给您写了信——就像我们事先约定好的，他将会等待您的去信。

真诚感谢您的
鲍·艾亨鲍姆　谨上

＊我正在阅读布雷亚尔的书。

罗日杰斯特文斯卡亚街8号，21幢，17室

俄罗斯科学院档案馆圣彼得堡分部

---

① 看来，鲍·米·艾亨鲍姆指的是德·尼·奥夫夏尼科—库利科夫斯基著作的第2版（奥夫夏尼科—库利科夫斯基，1912）。

2

阿·亚·沙赫马托夫于1915年12月15日在鲍·米·艾亨鲍姆信件背面所写的致费·亚·布劳恩的信。

非常尊敬的费奥多尔·亚历山德罗维奇：

我同时给伊利亚·亚历山德罗维奇写了封信并告知他，我最近是如何对鲍·米·艾亨鲍姆感兴趣的，以及我在讨论有关确定给艾亨鲍姆助学金的问题时请求他考虑我的申请书的原因。艾亨鲍姆开始从学术上关注俄语的句法，即格的句法和无人称句。这促使我请求您支持系里的申请。艾亨鲍姆能力出众，博学多识，给他提供一个在他感兴趣的科研领域工作的机会是多么必要啊。

俄罗斯科学院档案馆圣彼得堡分部

3

1916年9月27日

非常尊敬的阿列克谢·亚历山德罗维奇：

我想再次同您以书面形式谈谈有关语法中的性的问题。我对这个问题很感兴趣，但就我的知识而言，我自己很难判断，这个工作朝哪个方向发展才能够卓有成效。

我觉得重要的是要弄清楚，何时以及为什么不同的一致关系和变格会被理解为恰恰是性的不同。要知道任何一个事物本身在词汇中都不会反映出性来。不然是谁在妨碍我们将语言形式中的一切应用或区分都视为性的呢？可以认为，这种理解就是一种产生在完全异样基础之上的对语法形式的美化。学习他国语言的外国人可以完全不用认识这些性的区别，而只是将其视为各种词干的行为。而芬兰语、格鲁吉亚语、波斯语和英语里并没有作为特殊语法形式的性这一事实本身也说明了很多问题。

在俄语中还有更重要的，即除形动词形式之外的动词不会随着性而发生改变。这意味着，语法中的性只有在某种语族中才会起作用，并未影响到整个语言，但是如果不仅仅考虑到语法形式，还考虑到性的意识的话，它就会对整个语言产生影响。这说明，可以认为，有关语法中的性和名词按照性进行的分类这一想法本身就和表示动物的名词相似。在这种相似之外而形成的词语以及和性毫无关系的词语则形成了特别的中性词语族，尽管这一名称毫无意义并以自己的存在推翻了性理论。这就是我对语法中的性的总看法。我在比较语言学方面的知识比较欠缺，因此不能全面展开对它的研究，既然如此，那我如何将其运用到实践中呢？我觉得这样做可行且有趣。即以一个俄国作家为例——比如，托尔斯泰——并仔细研究，在他的语言中这些在一致关系和变格中的"性的"差异意味着什么。在他的语言意识中有没有对词语之现实的性的感觉？我还很难说，根据什么样的特征我才能够做出结论。您能不能给我一些建议，能不能告诉我，您是如何看待我的有关语法中的性的大致观点？或许，最近我们最好再见见面来讨论一下？我急着做这些，是因为我想最近，在近几个月，研究一下有关语言的一些问题，而一个问题弄不清楚就会妨碍我，令我无法平静地思考其他问题。

　　再次感谢您在助学金一事上提供的帮助。我最近轻松许多，不再那么劳累。

真诚尊敬您的
鲍·艾亨鲍姆　谨上

罗日杰斯特文斯卡亚街8号，21幢，17室
俄罗斯科学院档案馆圣彼得堡分部

4

1916年12月8日

非常尊敬的阿列克谢·亚历山德罗维奇：

　　烦劳您——请您寄明信片告知我，您认为哪个版本的大司祭阿瓦

库姆的《行传》较适合我的工作并且行文准确：是别利亚耶夫的（圣彼得堡，1904）①还是 И. В. 加尔金主编的《旧礼仪派思想》丛书（莫斯科，1911）②？*在书店里无论如何也找不到这些——您知道哪里可以弄到吗？将非常感谢您的回复。

鲍·艾亨鲍姆

*罗日杰斯特文斯卡亚街8号，21幢，17室
鲍里斯·米哈伊洛维奇·艾亨鲍姆（收）
俄罗斯科学院档案馆圣彼得堡分部

论形式论学派(1935年布尔诺讲稿节选)③

[俄] 罗曼·雅各布森 著

形式论学派的最初尝试直接昭示了它与未来派诗歌的紧密联系。什克洛夫斯基发表的第一本小册子《词语的复活》（彼得格勒，1914）④是由未来派的出版社出版的，这也是科学阐释未来派诗歌创作倾向的一次尝试。此外，他的被收入形式论学派第一本《诗语理论文集》中的文章《论诗歌和无意义语》⑤也是如此，而且全文的诞生完全基于年轻科学工作者勃里克和什克洛夫斯基与著名的俄国未来派诗人马雅可夫

---

① 所指版本为：阿瓦库姆使徒传，1904。
② 所指版本为：阿瓦库姆使徒传，1911。顺便指出，1911年的版本实际上是1904年版本的再版，区别在于版本尺寸不同。
③ 节译自 Роман Якобсон, *Формальная школа и современное русское литературоведение*, М.：Языки славянских культур, 2011, С. 62－82。译文首刊于《外国文论与比较诗学》第1辑，知识产权出版社2014年版，第99—116页。有删节。
④ [俄] 维·鲍·什克洛夫斯基：《词语的复活》，圣彼得堡，1914年版。
⑤ [俄] 维·鲍·什克洛夫斯基：《论诗歌和无意义语》，见《诗语理论文集》第一辑，彼得格勒，1916年版，第1—15页。也可参见《诗学·诗语理论文集》，彼得格勒，1919年版，第13—26页。

斯基的紧密联系。另外，形式论学派莫斯科分支的第一部作品——我的《俄罗斯最新诗歌》[①]——最初是打算作为赫列布尼科夫作品集的序言的。

可是，是什么动机促使语言学家们在当时对诗歌问题产生过高的兴趣呢？在那个年代，在哲学领域里实证主义已彻底消亡，而在科学领域，与实证主义世界观密切相关的传统自然主义的垄断地位也已结束。而对于语言学本身来说，其时"青年语法学派"及其探索的问题已日薄西山。具有起源学特征的问题与探索目的，即不久前遭禁的目的论的探索交替出现。与此同时，与新提出的问题、新语言学方法共同走到前列的，还有新的材料、新的语言学研究对象，也正是诗歌语言。首先，采取目的论立场将诗歌视为蓄意的语言形式，视为明显的创作表现形式，这尤其有成效、富有吸引力。其次，尝试在新的领域创建新的方法学比较简单，而诗语对于语言学来说几乎是无主物（res nullius）（个别例外只是为了证实规则）；当时在信息语、实用语的研究中较为强势的仍是青年语法学派。有关诗语的新科学的某些发现者甚至没有弄明白，就连行使其他功能的语言也需要新的、契合时代精神的研究方法。他们甚至宣称（如艾亨鲍姆），目的论立场肯定能区分有关诗语的科学和有关实用语的科学，并且前者属于研究文化的科学，而后者属于自然科学。加入到语言学家行列的还有那些年轻的文学史家，他们一直在寻找（尤其在彼得格勒受到维谢洛夫斯基影响的）一种独特的文艺学研究对象和独特的研究方法。

形式论学派
第六讲（结尾）——第七讲（开头）

诗语问题和语言问题已被提升到突出的地位，这从那些年轻科学

[①] ［俄］罗曼·奥·雅各布森：《俄罗斯最新诗歌·第一稿·维·赫列布尼科夫》，布拉格，1921 年版。

工作者所组成的两个小组的名称上足以得到证实，而这两个小组亦成为形式论学派的主要发源地——奥波亚兹（成立于1916年）和莫斯科语言学小组（1915年）。而且，形式论学者的第一本文集——《诗语理论文集》——也证实了该派研究所具有的鲜明语言学方向。这本文集的出版年份——1916年，可以被视为形式论学派诞生的日期。

批评家在评论形式论学派时总指责其片面地关注诗歌语音方面，关注"无意义语"成分，这是不公正的，其实形式论学派几乎马上就克服了这种片面性。如果说在初期，该派研究的是那些远离物象的要素，那么在接下来的发展期，它反而转为研究接近实物世界的要素。这，首先是词的意义，其次是内容方面。形式论学者接受了胡塞尔的重要研究成果；这一成果一方面有赖于布伦塔诺①和马蒂的语言表象研究，另一方面则得益于洪堡有关语言内部形式的学说。这里说的是词的意义（Bedeutung）和对待现实的态度，或词的物象性（dinglicher Bezug 或 Gegenständlichkeit）之间的原则区别。某些语言学家为了表示出概念的区别而使用其他术语——词义整体和它的现实意义（Bedeutung 和 Meinung）。我举个例子。我在谈论拿破仑，然而不叫他拿破仑，而称他为奥斯特里茨的胜利者或者圣赫勒拿岛的囚徒。所指对象，le signifié（所指）是同一个，但意义却不同；在两种情况中我使用了不同的语言手段，使用了不同的提喻，奥斯特里茨的胜利者或者圣赫勒拿岛的囚徒是提喻，pars pro toto（以部分代整体），这里部分代替了整体。在提到拿破仑时，我也可以这样说——"新时代的独裁者"或"法国革命的扬·杰兹卡"。对象还是这个，语言意义却不同，这里我使用的是隐喻符号。较之语言，其他符号体系的例子也许更能令人信服地说明这个问题。每一个看过电影的人都知道，物体和它在荧

---

① Franz Clemens Brentano, *Psychologie vom empirischen Standpunkt*, Leipzig, 1874; *Untersuchungen zur Sinnespsychologie*, Leipzig, 1907.

幕上的映像之间存在着巨大的区别。物体只有一个，而它的摄影手段可能有很多种，可以只展现物体的个别部分、个别细节而不是整个物体。可以说，这是提喻镜头，要知道拍摄电影的选择点本身就是提喻的立场，而这种提喻资源的丰富性恰恰是电影艺术的价值所在。从主题角度来看，物体是重要的，但可以不拍摄物体，而直接拍摄其周围事物；而这种周围事物必然会令观众想到这个物体——类似的镜头我会称之为换喻镜头。最后，还可以拍摄某种与其相似或不同但都能令人忆起其作为主题的物体。这是在所谓的叠化时经常发生的情况，实际上是隐喻符号。也就是说，在电影中我们看到的是表现为电影之外现实部分的物体和表现为电影符号体系部分的镜头之间的原则性区别；准确地说，镜头就是电影语义的组成部分。形式论学派特别强调突出一种情形，即诗作的内容部分不应当与作为诗歌内容、作为诗学外及美学外事实的诗歌形式相对立。作品的内容部分已被列入诗歌形式的范围之内。诗歌语义成为有关诗歌形式学说的固有成分。我强调一下，这里的新颖之处在于纲领的连贯性及能够将这些纲领要点无条件地运用到具体历史资料的研究中。从另一方面讲，这里没有新问题。这个问题自从洪堡的划时代作品诞生之日起就已经存在于科学之中，但直至中世纪哲学才尝试接受其作为内在符号问题的意义。

对词义进行形式研究的目的不仅在于研究词语的语义、分析单个形象、个别的诗歌转喻和修辞格，还在于分析高级的意义单位，首先，譬如情节结构。

在文学史上，情节结构通常与本事、构思混为一谈，因此被视为美学之外、形式之外的事实，如同内容的事实，这种错误就类似传统历史中不加批判地将意义与对象混为一谈的做法；这一点上面我们曾经提到。下面我从电影艺术中举一个更能说明问题的例子。电影技术能够区分出剧情概要和电影剧本。剧情概要——这是对电影内容的简要叙述，它不符合电影结构的特殊要求，不考虑电影叙述和电影题材加工的特殊性；那么，可以说，作为剧本，它会将剧情概要翻译为电影语言，使之适应电影叙述手段及其组合、构建规律，即剧本已经成为电影形式的组成部分。维克多·什克洛夫斯基在自己后来汇集为《散文理论》并曾经译为捷克文的文章中，始终一贯地将文学情节问题视为艺术形式问题，尝试诠释情节结构的普遍规律并创建情节结构的类型学。当然，对于形式研究者来说，建立在比较研究基础上的评价方法是完全陌生的。研究者往往客观分析那些截然相反的艺术构思的可能性并勾勒出发展的曲线图。同时，在具体描述中他会区分出：在该部文艺作品中、在该诗歌流派中、在文学发展的此阶段中，什么是传统的形式约定，而什么又是对形式发展做出的新贡献、是对传统的有意偏离及对传统约定的违背。

如果我们现在归纳一下俄国形式论学派在诗歌语义问题上所取得的研究成果，就会看到，在其范围之内虽未创作出一部有关诗歌语义的系统著作，但也进行了许多新鲜的尝试和有价值的观察并有了一些真正的发现，且以此解释了之前完全令人费解的诗歌语义方面的问题——不仅有词汇意义问题，还有句子语义及较大语言单位的意义问题。在诗歌中，词语、句子和整体论述之间的具体关系可能是受限的、松弛的，甚至可能是完全缺失的，而这对于语义研究来说是非常富有成效的基础。这样的研究成果对于整体上语义学研究的发展来说是重要的。不仅如此，诗歌语言方面的研究还提供了不少有价值的理念，不仅关乎普通语言学，而且还关乎较之语言学更为广泛的问题，即有关符号的普通科学——符号学。形式论学者相当关注诗歌语义学的那些关键问题，如诗歌中的时间或空间；他们尤其关注的是，时间和空间在这里也属于诗歌形式，这里说的不只是如同在诗学中被考察的时间和空间的纯粹范畴，而是有关它们如何转化为语言的、诗歌的手段。如同语法中的时间不是抽象的智力概念而首先是语言事实一样，诗歌时间也可以仅仅被视为诗歌形式的成分。如果我们将作品从一种艺术形式翻译为另一种，譬如将长篇小说搬上舞台或银幕或将其转换为画作或音乐作品，那么我们可以观察到，一个符号体系的特殊约定是如何必定被另一个符号体系的别的约定所代替。我们观察到，譬如，时间或空间范畴在文学、戏剧、电影、造型艺术中是如何不同的。如此我们理解比较符号学的问题，也就是在当代逻辑学术语中对照比较某些符号体系，或者语言——Sprachen。这种语义研究特别富有成效，因为阐明了在该符号体系，如该文学样式或该文学流派范围内接受某些语义结构的必要性。抒情作品中的"时间"完全不同于叙事文学中的时间，古典主义诗歌中的时间不同于浪漫主义或者现实主义诗歌中的时间，等等。在诗歌中，符号愈是被强调、被暴露，愈具有现实意义，诗歌中与物体的联系愈是被压制、被减弱，那么对于自主符号的形式研究来说，它就愈是一个大有可为的领域！因此，对于什克洛夫斯基来说，相当具有吸引力的材料是有意建构为长篇小说的斯特恩的《感伤的旅行》；也因此，艾亨鲍姆的诗歌形式手段的研究是始于分析果戈理的极具鲜明、夸张色彩的怪诞作品。[①] 也正因如此，赫列布尼科夫的实验作品中对形式塑造手段的揭示，使我能够对那些游离于其个别成分之分的语言进行分析，这些语言正是诗语；它们与物体的关系不受意义、不受内部和外部形式等的约束，也就是分析那些简化为普通语音总和的语言。很自然，在起初，最显而易见的材料往往会得到分析。而一旦掌握新的分析方法，就开始尝试对一些诗作进行内在的形式分析，而在这些诗作中好像起决定性意义的因素是与实物世界的联系、对现实的再现，等等；总之，就是诗歌之外和美学之外的要素。然而，在分析如现实主义小说的类似情况时，我们弄清楚了，这里存在一个文艺统一体、完整的形式手段体系，简言之，如果所谈的是文艺作品、诗作，那么起主导作用的不可避免的是美学功能，即使它的主导作用被有意遮蔽。

---

① ［俄］鲍·艾亨鲍姆：《文学：理论·批评·论战》，列宁格勒：激浪出版社1927年版。

第七讲

　　上一讲的主题是形式论学派在世界大战和俄国革命期间的诞生和成长。我曾经指出它与当时的文艺流派、与当时语言学和文艺学问题的普遍状况的有机联系。我认为形式主义发展的第一阶段就是一个鲜明表达对诗歌语音方面的兴趣的时代，这与诗歌在语音方面最容易展示出美学功能对于信息功能的独立性密切相关。形式主义的另一成就就是研究了诗歌的意义方面——也就是说，一方面是诗语的语义，另一方面是内容结构。在文艺学史上诗语与整个诗作的意义方面首次如此清晰、持久地被理解为符号成分，而非所指现实的成分。如此便消除了一个普遍的印象，即认为意义范围属于内容问题，同样也克服了对形式的肤浅理解，即对待形式就如同对待一个裹着内容的外壳。形式论学派将符号理解为一个统一的整体，这种理解为科学开启了一系列新的前景。诗语一旦被理解为完整的符号，马上就产生了比较分析诗歌及其他艺术形式所必需的先决条件。每一种艺术都是一个符号体系。自然，每一种都有自己特殊的、不为人知的、该艺术之外的特性，因为每种艺术都具有按自己方式使用的不同的符号材料，在每种艺术中都有自己固定的、不可避免的约定，之所以不可避免，是因为没有它们就无法实现艺术接受，没有它们就不能够理解文艺作品。每一种艺术都有自己的语义，在每一种艺术中都存在着意义与可被感觉、感知的外在方面之间的特别的相互关系。诗语的语音和语义方面的相互关系比较特别，而在绘画中表现为颜色和意义，在音乐中则是音响和意义，在电影中则是物体的映像和意义，等等。比如，时间的描写规则在诗歌中、音乐中、舞台上、造型艺术中是迥然不同的。在每一种艺术中都存在自己特有的一套符号功能，比如，音乐如同语言一样拥有富有表现力和表达力的功能，但有别于语言的是，它不具备命名和称名的功能。也就是说，较之诗歌，音乐中的表现力功能获得了更多的独立性和意义。诗歌与那些艺术种类，如音乐的基本区别还在于一个事实，即美学功能不是语言表现形式的必要功能：如此一来，诗歌材料——语言——可能被用于其他的非文学的目的，那么音乐手法就首先会被用于非常狭隘的艺术目的。或者，还有其他类型的区别：语音——这是建构词汇的唯一材料，多种声音形成了符号，声音不具备任何其他的功能，同时，颜色是绘画中符号的组成成分，但这不是颜色的唯一功能，桌子的颜色与符号性没有任何关系。我举这些例子，是为了说明一点，即了解作为整体的符号和作为符号的艺术能够使我们对所有艺术种类进行广泛的比较分析。这种比较分析为符号学及有关符号的科学提供了重要材料，而对于有关诗歌的科学也直接具有重要的意义。在形式论学派存在的最初岁月里，一直在进行着激烈的争论，主要围绕作为艺术的诗歌问题和诗歌中被运用的形式手法能不能被归入语言学问题这一议题。也就是说，我们有没有权利将诗歌的科学问题简化为审美功能中的语言问题？或者，在诗歌形式中有没有语言之外的要素？有没有不能被仅仅视为语言材料之发展的要素？有没有这样的要素，即对其来说语言只是实现目的的一种偶然形式，或者实现目的的形式之一？

对个别艺术尝试进行比较分析使我们能够解决这一争论。是的，在诗歌中不是所有的都是特殊的语言现象、非凡语言的特性。在诗歌形式中，如在内容结构中存在一些可以游离于词语并迁移到如电影中去的要素，这就是那些塑造形式的手法，它们自身不具备任何语言特性，但却是普通符号学的问题。

1917年，在第二本《诗语理论文集》中，语言学家雅库宾斯基刊发了文章《实用语与诗语中的相同流音辅音的聚集》。[①] 该文试图说明实用语与诗语的语音方面的区别。雅库宾斯基指出，实用语倾向于异

---

① ［俄］列·彼·雅库宾斯基（也见注6）：《实用语与诗语中的相同流音辅音的聚集》，见《诗语理论文集》（第二辑），彼得格勒，1917年版，第15—23页。也可参见《诗学·诗语理论文集》，彼得格勒，1919年版，第50—57页。

化相同的流音辅音,并阐明在诗语中相同流音辅音的堆砌属有意为之。作者的结论如下:实用语避免堆砌相同的流音辅音,而诗语则相反,刻意聚集它们。这种典型的、天真的、经验主义式的论据在形式论学派存在初期经常见到。在著作《关于捷克诗歌》(1923)①中,我将雅库宾斯基的表述改为:如同在实用语中,在诗语中有可能存在流音辅音的异化,或者相反,在实用语和诗语中也可能不存在这种异化;不过,不论这种异化还是异化的缺失,在诗语中和实用语中都具有迥然不同的特征:在诗语中,每个现象,包括流音辅音的异化,都具有自己的目的、自己的任务,而在实用语中,每一个现象都具有自己的原因。与上述观点相比,这种看法不失进步,因为这种看法公正地指出了诗语的不同之处并考虑到其任务的特殊性。然而,对于实用语来说,这里还道出了传统的观点,即认为不应该从目的论而仅仅从因果论来理解实用语。只是后来才出现了明确具体的表述:两种语言——实用语和诗语——也由此,它们的语音方面——的任务是不同的。

在诗语中,语言方面之于语义的关系也具有目的各异的特征。如同诗语中的个别成分由普通的机械手段变为独立自主的价值,个别成分的相互关系也具有了现实意义,变得可被感知,成为明显的要素和作品的重要成分。

比如,有人曾经提出一个问题,传统的自然主义诗律学有没有权利存在。该学说将诗歌理解为纯声学的、与发音动作有关的也即语音的价值,完全区分开节律问题与语义方面,并直接建议研究者在对待诗歌上采取外国人的立场,即能听到语言但不理解语言。相反,形式论学派以丰富的材料作了比较,指出,我们永远也无法从声响观出发去认识任何声音、某种母语或完全陌生的纯声学的语言。对我们而言,

---

① [俄]罗曼·雅各布森:《论主要与俄国诗歌作比较的捷克诗歌:奥波亚兹诗语理论文集》,柏林—莫斯科,1923年版。

语言的语音结构首先是一个为区别词语意义而存在的语音对立体系，我们往往会从这种建构意义的语音体系观出发，从自己的语言技能观出发去评价不习惯的、陌生的语言。在我们新的语言感觉中存在语音价值的分级制，这与它们在该语言中所起到的作用相一致，与它们参与意义区别的程度相一致，等等。这些语音价值在诗歌的韵律结构中也相应具有不同的意义。

如此一来，韵律学不应当以语音学为出发点，因其对语言的语音成分进行了自然主义的、声学的、发音的描述，而应当以音位学为出发点，因为音位学是从功能角度来考察语言中的语音。作为创造韵律的因素，在诗歌中甚至还使用了语言的语义方面的那些并不总是很明显的、但是凭经验显现在言语中的成分，而词界就是这种成分。词界，也就是词体的分界，一般不经常表现为声学的，不过，它在诗歌中往往起着重要的作用。我们有没有把音节归于某个词体、有没有意识到它们是彼此相连的？这对于诗歌节奏的划分是非常重要的。我曾经提到，勃留索夫已经指出词界对于节奏的重要性，然而只有形式论学者，首先是托马舍夫斯基在自己研究节奏的著作（《关于诗歌》，1929[①]；《俄国诗体》，1923[②]）中对这一因素给予了适当的关注。我曾尝试在著作《关于捷克诗歌》（1923）（Zákl.，1926[③]）中对格律进行持续建构，这些建构建立在音位学基础上，即从"诗歌中所使用的韵律要素在语言中具有什么功能"这一问题角度出发。勃里克在自己的著作《节奏与句法》（新列夫，1927[④]）中、日尔蒙斯基在著作《抒情诗的

[①] ［俄］鲍·维·托马舍夫斯基：《论诗·文章集》，列宁格勒：激浪出版社1929年版。

[②] ［俄］鲍·维·托马舍夫斯基：《俄罗斯诗体·格律》，彼得堡：Academia 出版社1923年版。也可参见《俄罗斯诗体》，见鲍·托马舍夫斯基《诗学简明教程》，莫斯科－列宁格勒：国家出版社1928年版。

[③] Roman Jakobson, Osipovič: Základy českého verše. Odeon, Praha, 1926.

[④] ［俄］奥·勃里克：《节奏与句法（研究诗歌言语的材料）》，《新列夫》1927年第2期、第4—6期。

结构》（1921）①中，多多少少探索了格律和诗节同句法的关系。勃里克在诗歌中发现了某些与诗歌节奏紧密相连的、固定的句法结构和词组，称之为"节奏－句法格"并提醒，谨防人为地将诗歌抽离于句子、将节奏问题抽离于句法问题。正如我们所看到的，形式论学者正一步步地克服有关诗歌作品的语音方面的自然主义认识，并且更加清晰地意识到，这一方面在语言中是如何与意义方面紧密相关的，也正因此，在一个领域的最小的进步也必定能促进另一领域的进步。形式论学者在自己基于经验材料的著作中，更为持续不断地关注了这一问题。

第七讲（结尾）—— 第八讲

如此一来，我们仍处于语音和意义的边界。在此意义上来说，艾亨鲍姆1922年的著作《俄国抒情诗的旋律》②算得上是一种革新。作者令人信服地与济韦尔斯③派的、以自然主义手法为取向的著作进行了有关诗律的论战。对于济韦尔斯来说，旋律是一个特别的语音角度。其实，济韦尔斯研究的是诗歌朗诵，旋律只是朗诵的基本成分。艾亨鲍姆反倒证明，不能人为地将诗律与其句法结构相分离。句法结构的基本要素是语调。一方面，是语调、句法成分；另一方面，是格律的和诗节的因素，它们影响着彼此。如果格律个体与句法及语调个体相互补、吸收语调以作为韵律形成要素，而与格律个体的、重复互补的语调重复，成为韵律动机，那么便会产生某种合乎韵律惯性的格律惯

---

① ［俄］维·马·日尔蒙斯基：《抒情诗的结构》，彼得堡：奥波亚兹出版社1921年版。
② ［俄］鲍·艾亨鲍姆：《俄国抒情诗的旋律》，《文学家之家年鉴》1921年第4期，彼得堡。也可参见鲍·艾亨鲍姆《透视文学：文集》，列宁格勒：Academia 出版社1924年版；《俄国抒情诗的旋律》，彼得堡：奥波亚兹出版社1922年版。
③ Eduard Sievers, *Altgermanische Metrik*, L. Niemeyer, Halle, 1893. *Grundzüge der lautphysiologie: zur Einführung in das Studium der Lautlehre der indogermanischen Sprachen*, Leipzig, 1881, New York, Wiesbaden, 1980. *Metrische Studien*, Leipzig, 1901–1919. *Rhythmisch-melodische studien; vorträge und aufsätze*, Heidelberg, 1912.

性。如此一来，在阅读诗歌时我们便期待某种语调结构在某些地方再现，但如果与预期相反，这种结构并未出现，就会产生一种被期待所欺骗的感觉，我们就会强烈体验到句法与诗歌结构之间的矛盾。这种矛盾显示并暴露出两种成分——句法结构本身和诗歌本身。在类似例子中，格律与句法部分之间的矛盾只是一个例外，不过与此同时，还存在着两种因素的、合乎逻辑的区别情况。然而，无论如何，句法问题应当是研究诗歌旋律结构的出发点。艾亨鲍姆的上述著作，他的致力于分析两位俄国诗人——莱蒙托夫（1924）[1]和安·阿赫玛托娃（1923）[2]的诗作的著述，和他同时代的蒂尼亚诺夫的具有革新意义的作品《诗语问题》（1924）[3]，提出了非常重要的所谓主导要素的问题，即诗歌作品中的主导成分支配着该作品中的其他成分、制约并改变着它们，使他们联结为一个统一整体，将作品组织为一个整体。在诗语中，这种主导成分、这种组织成分就是诗歌韵律[4]——蒂尼亚诺夫在上述著作中详细展示了这种主要的诗歌结构因素是如何影响其他成分、是如何改变它们，并且正由于此，每一个诗歌范围内的语言要素原则上不同于散文范围内的这个要素。蒂尼亚诺夫主要分析的成分好像和韵律无关，而恰恰是——诗歌作品的语义[5]，并且他令人信服地证明，在现实中这两种成分紧密相联；他指出，词的状态是如何改变的、词的相互关系，以及如果词语出现在诗里，那么我们对它们的态度，也就是与散文语义相比，诗歌语义是如何变形的。

我们对形式论研究的最初三个阶段进行了简短的描述。第一阶段的口号是研究文艺作品的语音方面，第二阶段是将意义问题列入诗学

---

[1] ［俄］鲍·艾亨鲍姆：《莱蒙托夫：历史—文学评价尝试》，列宁格勒：国家出版社1924年版。
[2] ［俄］鲍·艾亨鲍姆：《安娜·阿赫玛托娃：分析尝试》，彼得堡，1923年版。
[3] ［俄］尤·尼·蒂尼亚诺夫：《诗语问题》，列宁格勒：Academia 出版社1924年版。
[4] 《作为诗歌结构因素的韵律》，见尤·蒂尼亚诺夫《诗语问题》，第7—47页。
[5] 《诗歌词语的意义》，见尤·蒂尼亚诺夫《诗语问题》，第48—120页。

之中，第三阶段则将这些观点联结为一个不可分割的整体。这里尤其具有现实意义的是"主导成分"这一概念。下一次，也就是6月6号，在最后一次报告中我将阐述这个概念对于俄国形式论学派下一步研究的意义，也将尝试简要描述该派的危机并分析、评价当代俄罗斯文艺学界对该派的评论意见。

第八讲

上次我谈到一个概念，我认为这个概念是俄国形式论学派中最重要的、经过较为详细研究的概念，即"主导成分"。我将主导成分确定为作品的主导性成分，支配着诗歌作品的其余成分，制约并改变着它们。正是主导成分保障了结构的完整性。正是主导成分决定了作品的特殊性。诗语的特殊之处就在于它的诗性，即诗体形式、诗体。仿佛，这是同语反复：诗体就是诗体。然而我们不应忘记，决定语言这一变体特殊性的要素已成为其必要的、不可替代的要素并主导着整个结构，不可能展现在结构之外，它统治着结构，使结构的其余要素都从属于自己并影响着它们。但诗歌本身也不是同类概念，而是不可分割的整体。诗歌，这也是一个价值体系，如同任何一个价值体系一样，它具有自己的等级，即最高级和最低级的价值。而处于这一价值体系最前列的就是"主导成分"，没有它，不可能在这一时期和这一文艺流派范围内理解和评价诗歌。比如，在14世纪的捷克诗歌中诗歌的必备要素是韵脚，而不是音节表，还存在着具有不等数量音节的诗，所谓的"无节奏诗"，然而，这些诗也被视为诗歌。无韵诗在那个时代是不可能存在的。相反，在20世纪下半期捷克现实主义诗歌中，韵脚是诗歌的任选成分，而当时音节表则是必要的、不可缺少的成分，没有它，诗就不成其为诗；也正由此观点，自由诗常遭谴责，被认为节奏不齐、令人不能容忍。对于在当代自由诗氛围中长大的捷克人来说，诗不必一定具有韵脚和音节表，但语调一致却是诗的必备成分，语调就是诗的主导成分。如果比较古捷克谐诗《亚历山大》①、现实主义时期的有韵诗和当代有韵谐诗,那么在这三种情形中我们能找到的有同种成分——韵脚、音节表、语调一致,但也有不同的价值等级。在每种情形中出现了各种无可替代的、特殊的要素,而且正是这些特殊要素、这些主导成分成为主导体,决定着其余要素在结构中的角色和地位。然而,主导成分可以出现于某个诗人的诗作中,不仅在诗歌规范中;在某个诗歌流派的所有准则中,它还存在于某个时代的被视为特殊统一体的艺术中。例如,毫无争议的是,文艺复兴时期的艺术中时代美学准则的主导成分、巅峰及精华是造型艺术,并且对其他艺术的评判也正是以造型艺术为目标并依据与其相似的程度来进行的。在浪漫主义艺术中更多的意义赋予了音乐,比如,浪漫主义诗歌以音乐为目标,浪漫主义诗体追求音乐性,诗体语调模仿音乐旋律。这种面向另一种、外在于文艺作品的主导成分,原则上改变了诗体语音的、句法的和形象的结构,改变了诗体的诗律的和诗节的性质以及诗体的结构。在现实主义艺术中主导成分是文学创作,从而文学价值等级再次发生变化。除此之外,如果在评价文艺作品时是从主导成分概念出发的话,那么与其他文化价值总体相比,文艺作品的定义也基本上发生了改变。例如,诗作与别的语言表述的关系获得了相当大的明确性。对于这个宣称自给自足的、纯粹艺术——l'art pour l'artismus[为艺术而艺术(来自法语 L'art pour l'art"为艺术而艺术"和后缀-ismus"изм")]的时代来说,把文艺作品与审美的或者(考虑到材料我们要规定的更准确些)诗歌的功能等量齐观是很典型的。在形式论学派发展的早期阶段仍可以观察到这种等量齐观的明显印迹,但这种等量齐观无疑是错误

---

① 《亚历山大》——14世纪捷克佚名作品,*Die alttschechische Alexandreis mit Einleitung und Glossar* (herausgegeben von Reinhold Trautmann), Carl Winter's Universitatsbuchhandlung, Heidelberg, 1916; 较为现代的版本:František Svejkovsky (ed.), Československá akademie věd, Praha, 1963。

的——文艺作品并不仅仅局限于审美功能,它还具有大量的其他功能,其任务也往往与哲学、政论作品等相比较。这样一来,诗作并不局限于审美功能,而审美功能同时也不局限于文艺作品。在演说家的言语中、在日常交谈中、在报刊文章中、在广告中、在科学著作中,也可以解决包括审美在内的任务。并且在这些之中展示的是审美功能,这里,词不仅仅作为交际手段而经常以词本身独自出现。有些类似例子我已在刊登在选集 Kмена 中的《文学日程》(Jízdní řád literatury)里提到。

将审美功能确定为文艺作品的主导成分,这使我们能够找出个别语言功能在诗歌作品中的分层。只履行实用(交际)功能的符号与物体的内部联系是最低限度的,因此符号本身并不意味着什么,因为表现力功能要求符号与物体之间更为直接、紧密的关系;也因此,要求更为关注符号的内部结构。富有感情的语言,即首先实现表现力功能的语言,通常都近似正指向符号本身的诗语;这种富有感情的语言通常都更近似诗语,而非实用语。诗语和富有感情的语言经常相交,也因此,有时会将它们混为一谈,但这是错误的观点。如果语言表述的主导成分是审美功能,那么尽管它能够采用富有表现力的语言及其典型的多种手法,这些手法最终也将从属于作品的主导功能,也将被主导成分所变形。

有关主导成分的学说,对形式论学派有关文学演变的观念产生了巨大的影响。在诗歌形式发展的同时,与其说一些要素消失并且还出现了其他要素,不如说系统内部个别成分的相互关系发生了进展,主导成分发生了变动。在这种一般的诗歌准则总和的范围内,尤其在对于此诗歌体裁有效的诗歌准则范围内,那些起初是次要的要素变成了基本的甚至主要的、必要的要素,而且相反的——起初为基本的要素成为次等的、非必须的要素。在什克洛夫斯基早期著作中,诗作仅仅被定义为手法的堆砌,而诗歌演变则是一些手法对另一些手法的简单替代。随着形式论的进一步发展,出现了正确的观点,即认为诗作是手法的总和、是合乎规律的手法体系、是手法的分层。诗的演变就是这个分层里发生的进展。在某个诗歌体裁范围内，形式手法的分层在发生着改变，诗歌形式的分层在发生着改变，同时，手法在某些体裁中的分布也在发生着改变。那些起初仿佛是次要的、从属于诗歌形式的体裁，现在居于首位，而合乎典范的体裁则退居外围。

从这一角度来看，在形式论学者的大量著述中分析整理了俄国文学史的单个时期：古科夫斯基研究了18世纪诗歌的演变[①]，蒂尼亚诺夫、艾亨鲍姆及其不少学生则研究了19世纪上半期俄国诗歌和散文的发展[②]，维诺格拉多夫——始于果戈理的俄国散文[③]，艾亨鲍姆——当代俄国和欧洲散文背景中的托尔斯泰散文的演变。[④] 俄国文学史的图景基本上在发生着变化：较之以前的文学流派断片（membra disjecta）变得丰富得多，同时完整得多、更具综合性、更合乎规律。然而演变问题不仅仅局限于文学史，同时还产生了某些艺术种类的相互关系发生变化的问题，而且尤其富有成效的是邻近领域的研究，比如，绘画和诗歌之间的外围区域的研究，如插图，或者音乐和诗歌之间的毗邻区域的分析，如浪漫曲。

最后，还出现一个问题，即艺术与文化毗邻区域的相互关系的变化，首先是文学与其他语言表述的相互关系……这里特别典型的是界限的多变、某些区域的范围和内容的改变。从这方面来看，对于研究

---

① ［俄］戈·亚·古科夫斯基："Von Lomonosov bis Děržavin"，见 *Zeitschrift für slavische Philologie* II，Heidelberg, 1926.《十八世纪俄国诗歌》，列宁格勒，1927年版；《十八世纪俄国文学史概要》，莫斯科－列宁格勒，1936年版；《十八世纪俄罗斯文学》，莫斯科，1939年版。

② ［俄］尤·蒂尼亚诺夫：《拟古者和创新者》，列宁格勒：激浪出版社1929年版；［俄］鲍·艾亨鲍姆：《透视文学：文集》，列宁格勒：Academia 出版社1924年版。

③ ［俄］维·弗·维诺格拉多夫：《果戈理文体研究》，列宁格勒：Academia 出版社1926年版；《果戈理与自然派》，列宁格勒：教育出版社1925年版；《俄国自然主义的演变；果戈理与陀思妥耶夫斯基》，列宁格勒：Academia 出版社1929年版；《从卡拉姆津到果戈理的俄国作家的语言与文体》，莫斯科，1990年版；《俄罗斯文学诗学》，莫斯科，1976年版。

④ ［俄］鲍·艾亨鲍姆：《青年托尔斯泰》，莫斯科—柏林：季·伊·格尔热宾出版社1922年版。

附录一　《早期鲍·米·艾亨鲍姆》等译文选篇

者来说，特别富有趣味的是那些中间体裁，即在某些时期被视为文学之外的、诗歌之外的；而在另一些时期则相反，它们在文学中起着重要的作用，因为包含了文学艺术建构所需的那些要素，而同时，这些要素在典范形式中却是缺席的。这些过渡性的体裁是，比如各种隐私文学——书信、日记、记事簿、旅行笔记，等等，它们在某个时期，如在19世纪上半叶中期的俄国文学中，在整个文学价值体系中起着重要作用。换句话说，文学价值体系中持续不断的进展也就意味着在评价某些文艺现象时的持续不断的进展。从新体系角度来看，那些被旧体系观忽略甚至谴责为不完善、不求甚解、不正常甚至失败的，那些被称为旁门左道或不体面的模仿的，或许都可以被视为正面价值。现实主义批评、指责晚期浪漫主义的俄国浪漫主义抒情诗人——丘特切夫、费特——的错误和漫不经心，等等。在刊发这些诗歌时，屠格涅夫实际上修改了它们的节奏和语体，目的是完善之并使之接近当时存在的标准。屠格涅夫的校订成为一种典范，只有到我们这个时代原文才被恢复、还原并被视为重新理解诗歌形式的开始。现实主义者扬·克拉尔否定爱尔本和切拉科夫斯基[1]的诗歌，认为它们是错误的、写得不够好，而当代高度评价他们诗歌中的恰恰是与现实主义标准不相一致的见解。19世纪末伟大的俄国作曲家穆索尔斯基的作品不符合当时对乐谱的要求，那么当时的典范大师里姆斯基—科萨科夫根据当时习惯的规则对这些作品进行了合乎逻辑的加工。然而，新一代人公之于众的创新价值恰恰蕴含于穆索尔斯基的肤浅和毫无生活经验之中，这一点却被科萨科夫的校订所删减。……

　　个别文艺成分关系中的移动和改变成为形式研究的关键问题。在这方面，形式论学者在诗语领域的研究对于语言学研究整体来说是一种革新，因为他们激励人们去克服历时的，或历史的方法和共时的，

---

[1] Josef Král, *O prosodii české*, Nakladatelství České akademie věd a umění, v Praze, 1923-1938.

或时间断面的方法之间的鸿沟。正是形式研究令人信服地显示出，移动、改变——这不仅是历史的确认（起初是 a，然后 a 改变为 a1），而且是直接感受到的共时现象；移动——这是基本的文艺价值。诗歌读者、画作观赏者等明显地感受到了两种状况：遵循传统和背弃准则的新文艺现象。正是在传统的外围可以领会到新颖之处，同时，遵循传统并背弃传统造就了每一门新艺术的本质。这一问题，已经在形式论学者的著作中得到了详细的分析和详尽的研究。

什克洛夫斯基思想在法国：翻译与接受[①]

[法] 卡特琳娜·德普莱托 著

在这段非常时期（1965—2011），一方面，茨·托多罗夫翻译的什克洛夫斯基文章《作为手法的艺术》在法国先锋杂志《泰凯尔》（Tel quel）上发表，一年后托多罗夫主编的选集《文学理论》出版，该选集收录了维·什克洛夫斯基《关于散文理论》中的两篇文章；另一方面，收录有维·什克洛夫斯基论电影（1919—1931）的 60 篇文章的文集译文得以出版，并由瓦莱丽·波兹内注解，名为"关于电影的文本"。我想，这些出版物本身已经令我们多少认识到近数十年什克洛夫斯基思想在法国的接受途径。

一 在结构主义的名义下——20 世纪 60—70 年代

形式论学者什克洛夫斯基遗产在法国的接受的第一阶段

[①] 原文题为"Идеи Шкловского во Франции：перевод и восприятие（1965—2011）"，是巴黎大学教授卡特琳娜·德普莱托（Catherine Depretto）在"俄罗斯形式论学派 100 年国际学术研讨会"（莫斯科，2013 年 8 月 25—29 日）上所做的学术报告。译文首刊于《外国文论与比较诗学》第 2 辑，知识产权出版社 2015 年版，第 85—101 页。为保持全书统一，此次收录时译者对文中个别术语及篇名的译法进行了修订。有删节。

附录一 《早期鲍·米·艾亨鲍姆》等译文选篇

众所周知，在法国，俄罗斯形式论思想的接受是与20世纪60年代结构主义的传播相关的。以各种方式促进这些思想传播的主要人物有：罗曼·奥·雅各布森，茨·托多罗夫，热·热奈特。20世纪60年代法国出版了罗曼·雅各布森的首批译作。① 而在国内他享有的知名度并不仅局限于语言学家之中。与他自童年时代就相熟的埃尔扎·特丽奥列曾托付他撰写俄国诗歌选集的前言，该选集经过她的审订于1965年由塞格斯出版社发行。②

雅各布森在结构主义语言学形成过程中的作用是显而易见的，不需要加以证明：他是莫斯科语言学小组的创始人之一，然后是布拉格语言学小组，他是维系形式论之过去和结构主义之现在的纽带。这里需要指出，这个明显的事实是法国人的发现：对于他们来说，结构主义被视为一种战后的地道的巴黎现象。③ 第二个促进形式论遗产在法国传播的人物是茨维坦·托多罗夫，一位保加利亚大学生，于1963年4月来到巴黎。在保加利亚，他已经阅读了一些形式论著作（托马舍夫斯基的《文学理论》），而在这里，在巴黎，他无意中发现了维·厄利希的著作《俄罗斯形式论学派：历史与学说》（1955），这之后他对俄罗斯理论家的兴趣依然在增加。热·热奈特当时还是位喜欢文学理论的年轻学者，正是在他的帮助下，1964年，在雅各街即塞伊出版社的所在地，托多罗夫结识了先锋杂志《泰凯尔》的编辑 M. 普列涅和《泰凯尔》丛书的编辑，当时已是知名作家的 Ф. 索莱尔斯。二人都同意在杂志④上刊登形式论学者的论文，而最重要的是，他们同意由托多罗

---

① *Essais de linguistique générale*, Paris, Ed. de Minuit, 1963.
② 罗曼·雅各布森写给她的信，参见罗曼·雅各布森《科学的未来主义者》，BengtJangfeldt 编，莫斯科，2002年，第130—150页。
③ 让－皮埃尔·费伊："Prise du Palais d'hiver dans la langue"，见 *Cahiers Cistre*, Lausanne. L'Âge d'homme, 1978，第29—30页。
④ 该杂志于1960年开始发行，编辑委员会里有马尔塞林·普雷奈、菲利普·索莱尔斯、朱莉亚·克里斯特瓦、Ж. 里斯……杂志上经常刊登新小说代表的作品，而自1963年起开始刊登人文科学中新思潮代表，如巴尔特、德里达、福柯的作品。

夫制定的俄罗斯形式论选集的方案，该选集名为"文学理论"，现在已广为人知。编选、翻译、绪论由茨·托多罗夫负责，前言则归罗曼·雅各布森①撰写。分析一下这个版本还是很重要的：尽管在此版本之前出现过英文版形式论学者的选集②，但这个版本在法国仍被视为了解俄罗斯形式论学派的基础之作，而且至今仍起到这种作用。该版本还推动了俄罗斯形式论遗产在海外的传播：三年后选集被翻译为意大利语。1970年，法国还同时出现了两个版本的弗·普罗普的《故事形态学》：一个版本由玛格丽特·德里德翻译，发表在热·热奈特和茨·托多罗夫主持的、塞伊出版社出版的系列《诗学》上；另一个版本由克劳德·利尼翻译，出版社为加利玛尔。在俄罗斯形式论的传播过程中，普罗普的书绝不比托多罗夫《选集》的作用低微。在法国普罗普被视为正统的形式论学者，他的书则被视为形式论方法运用的范本。③

这场在罗曼·雅各布森的直接引导下实现的首次"阅读"，将俄罗斯形式论学派描绘为近乎传奇的结构主义前辈。

"罗曼·雅各布森体现了俄罗斯形式论和结构语言学之间的历史联系。他本人也强调了这种继承性，并且他最近有关形式论的文字，如他为1965年所出选集而作的序言，就生动证明了这些。"④

这样就形成了一个理想的系谱，结构主义由此获得了传统，但同时，为了更牢固确立结构主义自己的威信（参见克·列维－斯特劳斯有关普罗普的文章⑤），结构主义也尽量与其划分界限。俄罗斯形式论

---

① 有关这一点请参见茨·托多罗夫 Devoirs et dé lices, une vie de passeur, Entretiens avec Catherine Portevin, Points, Essais, Seuil, 2006, 第77—78页（初版, 2002年）。
② 如《解读俄国诗学》, 1962年。
③ 20世纪60年代之前，法国刊登了至少两篇有关俄罗斯形式论的文章，托马舍夫斯基发表在 Revuedes étudesslaves (1928) 上的文章和尼娜·古尔金费丽发表在 LeMondeslave (1929) 上的文章，但很少有人记得这些，尽管大家都知道托多罗夫在编写选集时曾征求过古尔金费丽的意见。而托马舍夫斯基的文章或许热·热奈特读过。
④ Todorov, L'héritageformaliste, *Cahiers Cistre*, p. 48.
⑤ C. Lévi-strauss L'analyse morphollgique des contes russes, 1960.

附录一 《早期鲍·米·艾亨鲍姆》等译文选篇

学派将人们对其兴趣的恢复归功于西欧结构主义者,但同时,他们也注意到结构主义者对其作用和意义的理解往往局限于那些应该能够发展为结构主义的方面,最后这不可避免地导致形式论观点的简单化。形式论学者曾被描绘为一个赞同共同纲领的团体;运动的第一阶段更受重视,而更晚时期其成员的观念尝试(如蒂尼亚诺夫)却不受人注意。他们的创作属于过去,并被认为不具有现实意义。例如,《泰凯尔》杂志在同《改变》的争论中发展了这种立场。而在研究者和批评家的评价中,什克洛夫斯基的形象也丝毫未受到好评,尽管这听上去令人难以置信。

然而,在法国他无疑仍是形式论学者中最知名的。1984年,不仅在专门的期刊上,而且在《世界报》《自由报》《人道报》上都刊登了悼念文章。至今人们仍记得他1967年来到巴黎时的情形。要知道什克洛夫斯基和罗曼·雅各布森是最后的形式论学者。而且他在法国还有朋友和熟人,他们也在尽力推广他的著作:弗·波兹内自彼得格勒的艺术之家时期就记得什克洛夫斯基,并且在1926年翻译了《感伤的旅行》,只不过是删减本。还有一位埃尔扎·特丽奥列,她早在1948年就对翻译《费多托夫大尉》感兴趣(这个计划直到1968年才实现[①])。1963年在由阿拉贡在加利玛尔出版社创办的丛书《苏联文学》中,出现了再版的《感伤的旅行》和《动物园》(由弗·波兹内翻译)。最后还不应忘记马尔克·斯洛尼姆,他在1938年翻译了帕约出版社的《马可·波罗》。[②]

---

① 大家知道,在20世纪20年代初,什克洛夫斯基曾单恋过埃尔扎,并以此为基础创作了《动物园,或非关情书》。有关她的翻译计划,参见莉莉娅·勃里克-埃尔扎·特丽奥列《未出版的通信1921—1970》,莫斯科:埃利斯·拉克出版社2000年版,第112、145、493、522、534、543、545、587页。也见于1966年8月5日什克洛夫斯基致埃尔扎·特丽奥列的信,《作家对话》,见《20世纪俄法文化关系史,1920—1970》,莫斯科:俄罗斯科学院高尔基世界文学研究所2002年版,第742页。

② 该书经常再版(1948、1980、1983、1992、2002),见什克洛夫斯基致埃尔扎·特丽奥列的信,1939年8月13日,《作家对话》,见《20世纪俄法文化关系史,1920—1970》,莫斯科:俄罗斯科学院高尔基世界文学研究所2002年版,第739页。

在1935年加利玛尔出版社出版的《苏联文学选集，1918—1934》中，由他（与乔治·雷维一起）校勘，在《批评》专栏中翻译了一个不长的取自《关于散文理论》的片断，名为"诗语"。[①] 在阿拉贡的圈子，对什克洛夫斯基感兴趣的还有莱昂·罗贝尔，他与《泰凯尔》和《改变》杂志都有联系，并且在1967年什克洛夫斯基于巴黎逗留时曾陪伴过他（曾担任什克洛夫斯基的翻译）。正是自翻译《作为手法的艺术》始，1965年《泰凯尔》开始刊登有关俄罗斯形式论学派的资料，而罗曼·雅各布森为托多罗夫的选集所写的前言则于1966年刊登在共产主义文学报纸《法国文学》（2月10—16日，1118）上，该报纸在这些年里给予了俄罗斯形式论学派及罗曼·雅各布森以极大的关注。然而在随后数年里，对什克洛夫斯基理论遗产进行的翻译活动越来越少，根据他在1967年所见之人（托多罗夫、罗贝尔，索莱尔斯，克里斯特瓦……）的倡议而撰写的有关他的文章也不多。与此同时，则出现了雅各布森、波利瓦诺夫、博加特廖夫、蒂尼亚诺夫著作的译本。法国杂志《诗学》刊登了纪念普罗普的文章，主要以其形态学为依据。[②] 一个以叶·德·波利瓦诺夫名字命名的诗学小组也形成了。20世纪70年代还出现了《关于散文理论》《马步》的译本，不过出版社的威望要比塞伊小得多。曾收入丛书《名人生活》中的《托尔斯泰》于1969—1970年间被译出（2卷，加利玛尔），也是被收入类似专业性的丛书，但不能认为这是一部标准的理论作品。

一方面，大家都写到，什克洛夫斯基是俄罗斯形式论学派之父；但另一方面，除了《作为手法的艺术》之外，他的作品实际上未被加以注解。如何解释这种局面呢？

首先，应当承认，对于形式论学派的第一波兴趣并不持久。它很

---

① 第315—316页；也见奥·勃里克的文章译文《形式方法》，同书，第305—307页。
② 这期杂志出版于1974年9月19日。杂志创建于1970年，编辑为热·热奈特和茨·托多罗夫。

快就被对米·巴赫金的发现（根据朱莉亚·克里斯特瓦的倡议），还有俄国符号学派的著作所压下去。[①] 其次，毫无疑问这里起作用的是罗曼·雅各布森。他在有关形式论的访谈——在法国它们曾被广泛传播——中倾向于注重别的人物而非什克洛夫斯基。例如，他经常强调奥·勃里克的作用及他的"独创性"，几乎要把他作为"奥波亚兹"的创建者看待。西方在再版蒂尼亚诺夫和雅各布森1928年共同撰写的提纲时删掉了最后一段，而该段话呼吁复兴什克洛夫斯基主持的"奥波亚兹"。罗曼·雅各布森一般都会将莫斯科语言学小组描述为"奥波亚兹"的前辈。[②] 这种对什克洛夫斯基的"陌生化"或许可以用他们的不和来解释[③]，但这种潜台词在当时的法国并不是广为人知，而且也没人会想到去对雅各布森的说法进行哪怕是稍稍的批评。

但罗曼·雅各布森的说法不是唯一的原因。结构主义的主要成分是语言学，而什克洛夫斯基与语言学相距甚远。更确切地说，他是一位文艺学家、批评家，他甚至不是学者。[④] 他从未授过课，他不是教

---

① 有关此事参见《泰凯尔》同《改变》的争论（《泰凯尔》43，1970，第77—89页）及克里斯特瓦为 La Poétique de Dostoïevski 所写的前言"Une poétique ruinée"（塞伊，1970，第5—27页）。

② 也见维·马·日尔蒙斯基在1970年9月6日写给维·鲍·什克洛夫斯基的信："罗曼·雅各布森有意歪曲了这段历史，并在境外刊物上按照自己的方式对它进行了重建：仿佛起初是莫斯科语言学小组，它在1914年得到了……沙赫马托夫本人的赞许；后来在1916—1917年才出现了'奥波亚兹'。"（《蒂尼亚诺夫文集3》，里加：1988，第320页）。而对《作为手法的艺术》（1917）的关注也使得这个时间的先后顺序似乎具有了可能性，仿佛彼得堡的形式论学者在这篇文章出现之前什么事情也没做过。在《与克·波默尔斯卡的对话》中，还出现了另一个有违蒂尼亚诺夫作品出版时间的小小的不当之处，按此说法，蒂尼亚诺夫有关文学演变的文章看起来不是出现在他们的共同提纲之前，而是之后。参见罗曼·雅各布森，克·波默尔斯卡《对话》，巴黎：弗拉马里翁出版社1980年版，第64—65页。

③ 有关这一点参见罗恩·奥姆利，Audiatur et altera pars。有关罗曼·雅各布森和维克多·什克洛夫斯基关系破裂的原因，参见《新文学评论》1997年第23期；A. 加卢什金，"再谈有关维·鲍·什克洛夫斯基和罗曼·奥·雅各布森关系破裂的原因"，见罗曼·雅各布森《文本·文献·研究》，莫斯科：俄罗斯国立人文大学1999年版，第136—143页。

④ 例如雅各布森把他描述为"文艺学家"，参见"Ré ponses"，以及让－若泽·马尔尚（1972）的谈话，被托多罗夫刊登在 Poé tique 57，février 1984，第11页；再版于 Roman Jakobson, Russie folie poé sie, Paris, Seuil, 1986, pp. 19 - 53.

授，也不是科学院成员。他从不囿于单一的描述：他既是理论家、批评家，又是文艺小说家、电影学家、编剧……尽管这些多种多样的评价均是正面的，但同时它们也令人产生某种一知半解的印象。大家都知道，与其说什克洛夫斯基是个认真的饱学之士，不如说他是个爱胡闹的家伙。什克洛夫斯基作品的注解者之一，艺术学家安德烈·纳科夫这样写道："实际上在雅各布森弟子们的意识中，他们对于语言理论化的特别兴趣是围绕什克洛夫斯基的狄奥尼索斯似的生活热情而建立的……对这样一个因对造型艺术——摄影，更重要的是电影——进行过思考从而善于以形式思维洞察文艺现实最深处的人，对这样一个人他们持有隐约怀疑的态度。"[①]

如此，法国对什克洛夫斯基思想的接受史可以划分出第一阶段，20世纪60年代，这一时期也正是结构主义的上升期和整体了解形式论遗产之时。尽管什克洛夫斯基被描述为俄国运动之父，但较之他的战友，尚不能说他的思想遗产被掌握得更为集中。在第一阶段，对什克洛夫斯基（还有俄罗斯形式论）产生兴趣的首先是批评家、文艺学家、理论家、接近先锋人物和结构主义的人；就所受教育来说，他们不是斯拉夫学家（莱·罗贝尔除外）。[②] 他们对俄罗斯形式论学派（也因此，对什克洛夫斯基的）的态度是尊敬的，但略微有些轻视：一方面，他们对近乎神话的前辈表现出崇敬；但另一方面，他们强调，运动已属于过去，并不能和当今的结构主义及符号学相较量。1967年，在《泰凯尔》编辑部，什克洛夫斯基再也忍受不住，愤怒声明：在批评他之前，应当先读完他的作品。他对这种态度做出了如此的回应。原因也不排除是看到如今人们恢复了对诗学的兴趣，而这却发生在他和其他形式论学者不得不放弃这种诗学之后，他的心情该是何等沉重。

[①] Andreï Nakov, préface à *Résurrection du mot*, traduit du russe par Andrée Robel, Paris, éd. Gérard Lebovici, 1985, pp. 18-19.

[②] 有关俄罗斯形式论接受史中的政治成分，见上述，也可见弗雷德里克·马东蒂上述作品。

正如叶·阿·多德斯特别认真指出的那样:"形式论学派的世界声誉负担对于它在国内活到60年代的代表们是相当沉重的……对于他们来说,将诗学复兴作为'胜利'来接受,并且无条件欢迎已中断传统的恢复,这是不可能的——这意味着将要承认他们为建立作品秩序而尽心竭力作出的牺牲徒劳无益,意味着他们为将这种秩序内化为自己的经历和科学意识而进行的努力是白费的。"①

二 第二阶段（1980—2005）：什克洛夫斯基与法国俄罗斯学

自20世纪70年代末80年代初,俄罗斯形式论学派接受史上的第二个、也更具学术性的研究阶段到来了。对俄罗斯形式论学者的兴趣转向了俄罗斯学。② 1981年和1983年在斯拉夫语言研究所组织了几场国际学术会议③,撰写了一些学位论文。人们在谈论形式论学者时,不再将他们视为一个团体,而对该派的单个代表采取区别对待的态度。但不能说,什克洛夫斯基这时仍会因人们对自己持久的关注而显得很突出。除了1985年出过《词语的复活》和《文学与电影艺术》的译本之外,他的著述的新译本只有再等到90年代了;而它们的出现之所以成为可能,还多亏了瓦莱丽·波兹内（她在1996年撰写过有关什克洛夫斯基的电影学活动的学位论文）及她与译者保罗·勒凯纳的合作。几乎与此同时,还出现了《作家职业的技巧》、《第三工厂》和《动物园》的新版本。这项清单上应该还要加上《电影诗学》的译本,这项翻译由译者们集体完成,1996年瓦莱丽·波兹内在纳唐出版社也直接参与了该活动。④

---

① 《蒂尼亚诺夫文集》,里加:1988年版,第267页。
② 对俄罗斯形式论学派产生这种兴趣的主要代表有:米歇尔·奥库蒂里耶、卡特琳娜·德普莱托、热拉尔·科尼奥、玛农·瓦莱、瓦莱丽·波兹内、马克·万斯坦。
③ 会议材料刊登于：Revuedes études slaves. T. 55, fasc. 3. 1983.
④ 蒂尼亚诺夫和艾亨鲍姆的文章已经被刊登于：Cahiersducinéma, pp. 220 – 221, mai-juin 1970.

俄罗斯学家的参与改变了对形式论学者遗产研究的性质。首先他们熟悉俄罗斯学者的成果，了解面广[1]，这一点在刊物的质量中也能体现出来。在上一阶段，由于不能得到某些刊物和资料，译文并不总是来自俄文原版，俄文文献资料也不列出，刊物编辑也很少关心文本的可靠性。如今的翻译尽心尽力运用语文学方法，这也反映在与俄国学者—出版者的合作上，如在翻译《第三工厂》时，采用的版本就是由亚·加卢什金所提供。2005年出版的杂志《欧洲》就清楚地展示了在接受俄罗斯形式论学派中所经历的演变。如果比较一下刊物和托多罗夫的《选集》，那么现在的主要关注点不再是七位形式论学者，而是著名的"三套车"：什克洛夫斯基、蒂尼亚诺夫、艾亨鲍姆。而且大多数作者是斯拉夫学家。并且，更重要的是，这些文章为什克洛夫斯基进行了名誉恢复，他被描绘为绝对的俄罗斯形式论学派领袖、更为积极的小组成员、永恒不变的思想发起人。这种重新评价仿佛是自发产生的，作者之间没有进行任何协商。[2]而且，什克洛夫斯基的电影研究看上去可能纯粹是应景之作，现在却成了他的创新的补充证明。因此法国继承什克洛夫斯基和俄罗斯形式论思想的第二阶段，在我看来，自然的结果是在2011年出版什克洛夫斯基的包含60篇电影论文的著作，由瓦莱丽·波兹内翻译和注解，她强调了什克洛夫斯基从事电影研究的意义，并提供了有关什克洛夫斯基的基本概念（首先是本事/情节）的翻译处理。[3]

---

[1] 首先被注解的形式论学者的再版论著有：尤·尼·蒂尼亚诺夫：《诗学·文学史·电影》，亚·巴·丘达科夫、玛·奥·丘达科娃、叶·阿·多德斯注解，莫斯科：科学出版社1977年版；鲍·米·艾亨鲍姆：《论文学：历年作品》，玛·奥·丘达科娃、叶·阿·多德斯序，莫斯科：苏联作家出版社1987年版；维·鲍·什克洛夫斯基：《汉堡账单：文章·回忆·随笔（1914—1933）》，亚·尤·加卢什金注解及准备文本，莫斯科：苏联作家出版社1990年版。

[2] 这里应该再加上 Л. 格列尔的文章：Des signes et des fleurs, ou Victor Chklovski, Broder Christiansen et la "sémiologie formaliste", *De la littérature russe: mélanges en l'honneur de Michel Aucouturier*, Paris, CES/IES, 2005, pp. 201–215。

[3] 他的回忆录《生活过》也被翻译过。*Il était une fois*, traduitdurussepar M. Zoninaet J. Ch. Bailly, Paris, C. Bourgois, 2005. 而在2008年出版社《作为手法的艺术》的新版译文，有关这点下面再谈。

从这些简略的论述可以得出结论，什克洛夫斯基的著述尚需要翻译（如《感伤的旅行》的完整版本，曾两次刊出预告，终未实现），而且他的创作还可以得到更为深入的研究。然而因其提出的几个概念，什克洛夫斯基的名字早已牢牢进入20世纪著名文学理论家之列。

三 "陌生化"的不寻常之事

今天，在法国的文学理论著作中，形式论学者的遗产还剩下些什么？哪些俄罗斯形式论学者的概念已牢牢进入了我们的词汇？正是雅各布森的"文学性"和什克洛夫斯基的"陌生化"。本事和情节的相互关系也被法国叙事学所继承，尽管换了别的名称。热奈特宣称什克洛夫斯基的术语非常不合适，并建议用三位一体的术语"故事／叙事／叙述"（histoire/récit/narration）来替代。①

今天，至少在法国（我们想起叶·索什金不久前的文章②），关注"陌生化"的一种新浪潮似乎在兴起。20世纪60年代，对俄罗斯形式论学派的兴趣初起之时，大家谈论着有关"陌生化"的话题，但与谈论其他概念相比，不多不少，甚至可能还要少一些，这就愈加值得注意了。甚至可以感觉，"陌生化"在形式论遗产中是一个薄弱的地方：因为不是别人，而是雅各布森曾经将其描述为无稽之谈（platitudesgalvaudées③）。O. 汉森·廖韦在著作中恰恰把"陌生化"置于俄罗斯形式论的基础（《俄罗斯形式论学派：陌生化原则基础上的方法学建构》④），但该书

---

① Gérard Genette, "Nouveau discours du récit" [1983], in *Discours du récit* [1972], Paris, Seuil, Points essais, éd. 2007, pp. 295 – 296. 比较 "La littérature comme telle", *Figures I*, Paris, Seuil, 1966, p. 264, note 2 [热·热奈特："文学本身"，见《人物》（第1卷），萨巴什尼科夫兄弟出版社1998年版，C. 津金编辑兼前言，第249页]．有关这点，也可见 C. 津金《20世纪俄国现实主义叙事学·论情节概念的历史》，第377—390页。

② 《陌生化手法：统一化的尝试》，《新文学评论》2012年第114期。

③ *Théorie de la littérature*, Paris, Seuil, 1965, pp. 8 – 9.

④ Wien；Köln：H. Böhlaus Nachf；Wien：Osterreichische Akademie der Wissenschaften, 1978, p. 636.

在斯拉夫学界之外实际上并没有什么名气。

然而"陌生化"并不会销声匿迹。它的声誉得益于它与至少两个在一定范围内相当著名的概念相近：几乎与他同时代的弗洛伊德的"暗恐"（1919）和更晚些的布莱希特的"间离效果"（20世纪40年代）（我认为，这种相似之处是想象出来的，但还没这样的说法）。在法语中"暗恐"如今取代由玛丽·波拿巴提议的"l'inquiétante étrangeté"而被译为"défamiliarisation"，即用来翻译"陌生化"。至于"间离效果"（按法语说法，间距、疏远），对于法国戏剧学家来说，毫无疑问，这就是什克洛夫斯基的"陌生化"。[①]

但是除了这些一般性的原因，促使法国人恢复对"陌生化"的兴趣、起到直接作用的是意大利历史学家卡尔洛·金兹堡的文章：《陌生化：一种文学手法的史前期》。在法国，金兹堡相当知名，而不仅仅在历史学界享有盛誉。人们尊重他不仅是微历史的代表，而且还是位细致机智的思想家；他正在研究文化史的独特形式，有时接近文艺学。[②] 他论"陌生化"的文章于2001年被翻译并与其他文章一起被收入加利玛出版社的权威藏书"Bibliothèquedeshistoires"，比俄文译本早五年。[③] 因篇幅所限不能详细分析该文，但想在此强调一下历史学家论述中的两个方面。

首先，金兹堡仿佛填补了什克洛夫斯基疏漏的地方：他向我们提出了"陌生化"手法的历史演变（不是史前，而是历史），而有关这一点俄罗斯形式论学者只是暗示过。在出自《散文理论》的"长篇小说和短篇小说的结构"一章里，什克洛夫斯基提出假设，即"托尔斯泰这一手法的传统来自法国文学，或许来自伏尔泰的《天真汉》，或

[①] 有关"间离效果"和"陌生化"，见 Renate Lachman, "Die Verfremdungunddas Neue Sehenbei Viktor Sklovskij", *Poetica*, 1970, 3, pp. 226 – 249.

[②] 有关这一点，见 C. 津金《微历史和语文学》，第55—69页。

[③] Carlo Ginzburg, "L'estrangement. Préhistoire d'un procédé littéraire", in *A distance. Neuf essais sur le point de vue en histoire*, Gallimard, Bibliothèque des Histoires, 2001, pp. 15 – 36；《新文学评论》，2006，80，4（C. 科兹洛夫译），第9—29页。

许来自对夏多布里昂笔下的野蛮人建造法兰西宫。"① 在金兹堡的再现中，这个历史演变源于斯多葛派哲学家马可·奥勒留，后经过 A. Де. 格瓦拉（16 世纪）的伪经书，再到蒙田（《食人族》）、拉布吕耶尔、伏尔泰②……最终描绘出了完整历史。而这种手法在金兹堡看来就是在任何一种层面上——政治的、社会的、宗教的——都能去合法化的一种手段。

其次，金兹堡从有趣的角度提供了对"陌生化"的另一种理解。写作《作为手法的艺术》那年（1917），普鲁斯特史诗的第一卷《去斯万家那边》（В сторону Свана）已经出版［我觉得，较之第一个经典译本的书名《去斯万家那边》（По направлению к Свану），新译法更接近法文原文的意义］。按照金兹堡的看法，法国小说家的创作可以作为"陌生化"的材料，可能会对什克洛夫斯基有用，然而他从未使用过这些材料。要知道普鲁斯特也有一些见解（书信的风格）和什克洛夫斯基的"陌生化"很相似。这些见解是什么样的？其中在该书第二卷《在少女花影下》中，普鲁斯特谈到了《塞维涅夫人书简中的陀思妥耶夫斯基因素》，指的是，塞维涅夫人"向我们展示事物的方式，[……]是按照我们感知的顺序来展现它们，而不是一开始就依据事物的起因来诠释它们"，换句话说，"不是以事物的逻辑顺序，即从原因来开始介绍它们，（她）首先展示了结果，给我们造成了一种令人震惊的不真实的表象。陀思妥耶夫斯基就是这样描绘自己笔下的人物"③。

---

① ［俄］维·什克洛夫斯基：《关于散文理论》，1929 年，第 80 页。所指的是夏多布里昂的作品《纳切兹人，有关印度人夏克达到访法国王宫的故事》。

② 金兹堡也着重分析了什克洛夫斯基的取自民间色情谜语的例子，并指出它们与取自文学的例子的关系。

③ 金兹堡，上述作品，第 27 页。见下面普鲁斯特从"塞维涅夫人书简"中引用的这一例子："我无法抵御月光的诱惑，穿戴整齐，出门来到屋外的林荫道。其实我没必要穿那么多，街上气温宜人，一如卧室里那么舒适。但眼前却是一派光怪陆离的景象，修道士们身穿白袍黑衫，几个修女或灰或白，东一件衬衣西一件短衫，还有那些直挺挺的隐没在树木间的身影，等等。"（译文出自普鲁斯特《追寻逝去的时光·第 2 卷·在少女花影下》，周克希译，人民（接下页）

众所周知，普鲁斯特在自己的作品中将此过程归因于画家埃尔斯蒂尔，并将此方式称为"不是从结束部分开始作画"（peindreparl'autrebout）。可不可以认为《塞维涅夫人书简中的陀思妥耶夫斯基因素》或者埃尔斯蒂尔的技巧就是"陌生化"呢？"陌生化"在这里不是去合法化的手法，而是传达了一种直接从印象出发的感觉。金兹堡最后说道，在普鲁斯特那里我们找不到托尔斯泰式的"陌生化"（也因此，即什克洛夫斯基式的）：

　　　　托尔斯泰式的陌生化例子或许是上述引用的拉布吕耶尔有关农民的片段；普鲁斯特式的陌生化例子——塞维涅夫人有关月光的书简，而这在拉布吕耶尔的片段撰写前几年就写好了。在两种情形中，展现在我们面前的都是尝试将事物描绘为如初次相见。但这两种尝试导致了不同的结果：在第一种情形中——导致道德和社会的批评，在第二种中——导致直接从印象出发。①

　　然而，在我看来，"直接从印象出发"完全适用于什克洛夫斯基的"陌生化"。这样的"陌生化"处理曾在20世纪20年代的俄国文学和俄国诗歌中被广泛采用，尤其是帕斯捷尔纳克的创作。② 从他于

（接上页）文学出版社 2010 年版，第 222—223 页。——译者注）——令我赞叹的是，稍晚些时候他将此称为（难道她描述风景时用的方法不就是他描写性格的方法吗？）"塞维涅夫人书简"中的陀思妥耶夫斯基因素（金兹堡，上述作品，第 24 页）。

① 金兹堡，上述作品，第 25 页。
② 在 1929 年 8 月 20 日致 П. 梅德韦杰夫的信中，帕斯捷尔纳克在《远射程的俄罗斯形式论概念》中突出的正是"陌生化"：我完全同意您在形式论方面的立场，但我有一个额外的保留意见，自然，您在某些细节上对他们不太公平。或许您意识到了这点，却故意为之吧。我说的是对某些概念解释的不足之处，如：陌生化、本事与情节的相互关系，等等。我始终觉得，这是理论性的、令人非常幸福的思想，我经常感觉很震惊，作者们是如何使得这些给人启发的、影响力很大的概念成之为概念的呢。倘使站在他们的位置，我可能会凭一时热情，从这些观察中形成一个美学体系，并且，如果说，自未来主义诞生之日起，总有什么常令我疏远"左翼文艺阵线"成员和形式论学者的话，那么，就是这种他们在最有前途的高度时却衰落下来的不可思议性。"鲍·列·帕斯捷尔纳克——形式方法批评家"，见 Г. Г. 苏佩尔芬《符号体系论著》第 284 卷，塔尔图，1971 年版，第 529 页。

1929年8月20日写给П.梅德韦杰夫的信可知，诗人在俄国形式论中最重视的概念就是"陌生化""本事与情节"。这样，因为运用了丰富的资料，提出了不少看法，卡·金兹堡的文章令法国读者们（如果能知道意大利的情况如何，那会很有趣）重新关注什克洛夫斯基的"陌生化"和文本。同时，金兹堡证明了概念的富有成效及它运用的广泛性。这就是什克洛夫斯基所提出的"概念"的主要吸引力所在。正如上面所指出的，它不属于严格的定义；而且，它与一些在其他领域（精神分析的、戏剧的）受到深入研究的相似概念遥相呼应，而它们或独立于它或受到它的直接影响。① 因此它可以应用在各种各样的语言环境中。为了证明这点，可以补充一下的是，"陌生化"曾激励了当代作家、诺贝尔文学奖获得者、法国人克洛德·西蒙②和日本人大江健三郎。

还要着重指出的是，相比斯拉夫学领域，在历史比较语言学、文学理论和一般人文科学里对于"陌生化"的兴趣明显高涨得多。始于20世纪60年代的整个接受过程仿佛完成了，但这一次对于什克洛夫斯基的关注是来自意大利和历史，而不是来自美国的结构主义语言学。

四　结语

我必须指出，最终什克洛夫斯基将对其的关注归功于"陌生化"，也就是这个被某些注解者视为"déjà vu"的概念。经常会出现这样的尝试：有些人强调概念的非独创性（什克洛夫斯基本人就写过这点③），

---

① 也见杂志《今日诗学》的专题卷《再访陌生化》，2005年4月26日与2006年1月27日；道格拉斯·鲁滨逊：《陌生化和文学身心学：托尔斯泰、什克洛夫斯基、布莱希特》，巴尔的摩：约翰·霍普金斯大学出版社2008年版；安妮·范-登乌弗：《陌生化》，见《论"陌生化"和电影影像：历史、接受和一个概念的关联》，阿姆斯特丹出版社2010年版。

② 在斯德哥尔摩的发言中，克·西蒙特别引用了《作为手法的艺术》中的句子。Ceuvres, Paris, Gallimard, La Pléiade, 2006, p. 900.

③ "概念的革新"，见《关于散文的故事·第2卷·文学艺术》，1966年，第298—307页。

有些人则把发明术语的功劳归于奥·勃里克①，而不是他，更不要谈有关在该词中写两个"н"的提议了。②然而有一个"н"的"陌生化"至今仍是有益的思考和争论的来源，并且很快将庆祝它的一百周年。如叶甫盖尼·索什金所言："形成了这样一个令人难以置信的情形，即20世纪初最具影响力的文学理论观之一曾被深刻而细致地在一系列基础研究中得到考察，然而却未被科学传统所充分吸收。"③

除了什克洛夫斯基在艺术中所发现的这一现象本身的意义，这种对"陌生化"的持久关注也证明了，在人文科学中定义的虚幻的准确性和科学的严格性或许并不是他们生命力持久的最好保障。"陌生化"属于这样的术语：它们允许广泛的运用范围，它们的意义已远远超出了诗学甚至美学的界限。卡尔洛·金兹堡在结尾这样正确地说："陌生化是一种有效抵抗我们所有人都会遭受的风险的手段：这种风险就是把现实（包括我们自己在内）当做显而易见的、不言而喻的。这种见解的反实证意义完全清楚，无须解释。然而，在强调陌生化的认知潜能的同时，我想以此最大可能清晰地反对另一种危险——反对那些追求消除历史与虚构之间的界限以致二者难以区分的时髦理论。"④

莫斯科，2013年9月

---

① 伊洛娜·斯韦特利科娃：《俄罗斯形式论的起源与心理主义的传统》，载《新文学评论》"陌生化篇章"，莫斯科：2005年，第72—98页。也见扬·列夫琴科关于"柏格森与什克洛夫斯基"的论述，出自《别样科学：经历探索的俄罗斯形式论者》，莫斯科：高等经济学校出版社2012年版，第46—52页。

② "我也请教过《新文学评论》的校对员：在这篇文章中，还有我的其他作品中，我请求将'陌生化'（остранение）写为两个 н。" Ю. 齐维扬：《革命的举动亦或头脑糊涂的什克洛夫斯基》，《新文学评论》2008年第4期。比较什克洛夫斯基的话："我当时创造了一个术语'陌生化'，因为今天我已经可以承认，我当时犯了语法错误，就写了一个 н。应当写为'странный'。这样，就像小狗带着被扯掉的耳朵一样，它就带着一个'н'跑遍全世界了。"《关于散文理论》，莫斯科：1983年，第73页。

③ 索什金，上述作品，第191页。

④ 金兹堡，上述作品，第29页。

巴赫金与俄罗斯象征派[1]

[俄] 奥·阿·克林格 著

摘要：俄罗斯象征派文学理论对巴赫金尤其是早期巴赫金产生了极为重要的影响。俄罗斯形式论学派对象征派做出了相当到位的评价，并在分析文艺作品时果断放弃了哲学维度。在同形式论学派的论战中，巴赫金直接继承了俄罗斯象征派的传统，不仅重视作品形式，也推重文本语义。巴赫金向象征派的综合式文学研究回归，继承了俄罗斯从哲学维度进入文学研究的传统继。巴赫金在其第一篇论文《艺术与责任》中就表达了对俄罗斯象征派美学思想的理解。维·伊万诺夫、瓦·勃留索夫对巴赫金都有影响。在巴赫金早期另一部专论《论行为哲学》中，他与象征派的呼应体现于对个体个性的作用这一问题的关注。巴赫金与俄罗斯象征派在美学和世界观上是相近的，这也反映出巴赫金与象征派的综合式文学研究相接近。在巴赫金1920年代的论著《审美活动中的作者与主人公》《话语创作美学方法论问题》中，这些论点得到进一步发展。巴赫金的依据是俄罗斯象征派理论著作中的美学探索。巴赫金并不否认研究作品形式的必要性，继承并发扬了象征派的综合式文学研究传统。

关键词：米·巴赫金；文学理论；俄罗斯象征派；维·伊万诺夫；瓦·勃留索夫

在米·巴赫金125周年纪念日之际，当今世界对这位学者的认识

---

[1] 原文题目为 М. М. Бахтин и Русские Символисты，译文首刊于《东岳论丛》2022年第2期。

正逐步深化。当前的首要任务是研究巴赫金的世界观得以形成的不为人知的过程,研究那些人们早已知晓的对他产生过影响却不甚明显的因素。这其中的一个主题就是俄罗斯象征派文学理论对巴赫金的影响。

尽管关于米·巴赫金的图书目录已相当冗长[①],但本文的主题还鲜有研究,只有某些方面曾在前辈的著述[②]中被初步提及;然而对这一问题做进一步研究颇具现实意义。作为一代学者,米·巴赫金切身经受了俄罗斯象征主义文学理论遗产的巨大影响。诚然,与俄罗斯形式论学派和维·日尔蒙斯基相比,米·巴赫金对这一遗产的理解略有不同。如果说,对于形式论学派而言,依据他们的证明,象征主义者的著作,如安德烈·别雷的《象征主义》(1910),曾是案头必备之书,而对它们的向往、排斥和经常的论战都是文学手法形成过程的中心。那么,对于米·巴赫金以及经历过所谓的"象征主义末日"而走进科学的那一代人来说,对话更具有现实意义,它也是以吸引和排斥的方式存在,但排斥是针对形式论学派。然而正是这种状况决定了巴赫金与俄罗斯象征派的理论思想有着特殊联系。如果形式论学者,如他们承认的那样,断然放弃了"神秘主义",即分析文艺作品时的哲

---

① В. М. Алпатов, *Волошинов, Бахтин и Лингвистика*, М.: 2005; В. С. Библер, *М. М. Бахтин, или поэтика культуры*, М.: 2003; И. В. Клюева, Л. М. Лисунова, *М. М. Бахтин —— мыслитель, педагог, человек*, Саранск: 2010; Л. А. Гоготишвили, П. С. Гуревич, *М. М. Бахтин как философ: Сб. статей*, М.: 1992; К. Г. Исупов, *М. М. Бахтин: pro et contra. Личность и творчество М. М. Бахтина в оценке русской и мировой гуманитарной мысли*, Т. 1. СПб.: 2001; К. Г. Исупов, *М. М. Бахтин: pro et contra. Творчество и наследие М. М. Бахтина в контексте мировой культуры*, Т. 2. СПб.: 2002; В. Л. Махлин, *Михаил Михайлович Бахтин*, М.: 2010; И. Л. Попова, *Книга М. М. Бахтина о Франсуа Рабле и ее значение для теории литературы*, М.: 2009; В. Сломский, *Михаил Михайлович Бахтин——философ известный и неизвестный*, Брест: 2013; Н. Д. Тамарченко, *«Эстетика словесного творчества» М. М. Бахтина и русская философско-филологическая традиция*, М.: 2011; C. Emerson, *The First Hundred Years of M. Bachtin*, Princeton: 1997; C. Brandis, G. Tikhanov, *Materializing Bakhtin. The Bakhtin Circle and Social Theory*, Oxford: 2000.

② Н. Д. Тамарченко, "Поэтика Бахтина и современная рецепция его творчества", *Вопросы литературы*, 2011, No. 1; Н. К. Бонецкая, *Между Логосом и Софией (Работы разных лет)*, М., СПб.: 2018.

学基础，那么，巴赫金则成为俄罗斯象征派传统的直接继承人，既关注作品形式，也重视文本语义。由此出现了一个独特问题：米·巴赫金和俄罗斯象征派的综合式文学研究。俄罗斯象征派的文学研究被称为综合式的，这具有充分根据，他们研究文本的各个方面：形式和内容。俄罗斯象征派也恰恰是俄罗斯国内将诗学建设成为一门科学的始作俑者。维·日尔蒙斯基曾将这种文学立场追溯至亚·维谢洛夫斯基和亚·波捷布尼亚，他们是俄罗斯象征派的前辈。日尔蒙斯基在《诗学的任务》一文（1919）中，对象征主义者如瓦·勃留索夫、维·伊万诺夫、安·别雷等的功绩给予了相当到位的评价。[①] 例如，别雷早在"形态学"学派之前就运用过"形式""材料"等概念。别雷还首次提出了未来俄罗斯形式论的核心思想，即如何区分形式与内容，还有日后成为形式论学派基础理论的其他概念。这令我们重新认识到俄罗斯文学研究观念的发展，首先是形式论学派的形成，在许多方面始于理论研究。俄罗斯象征主义者，尤其是安德烈·别雷，对作品形式和诗学产生了强烈兴趣，潜心研究对待语言的新角度和文学研究的新方法，对作诗法贡献了自己的力量，这些都启迪了俄罗斯形式论学派。前者是后者的先驱。[②] 但与形式论学派不同的是，俄罗斯象征派关注较多的是文艺作品的内容及其哲学的、美学的、道德的方面。这两个因素——研究内容和形式——在象征派那里和谐一致。因此俄罗斯象征派的文学研究可以称为综合式的。

在20世纪20年代，或者更晚些，巴赫金在其美学思想演变新阶段回归到象征主义者的理论推论——综合主义，不过是以另一种方式。

[①] О. А. Клинг, "Влияние литературоведения русских символистов на понимание В. М. Жирмунским поэтики как науки", *Филологический класс*, 2019, No. 3 (57), С. 8–12.

[②] О. А. Клинг, "Влияние литературоведческого наследия русского символизма на теорию литературы 1910-х —1920-х годов (Андрей Белый)", *филологический класс*, 2018, No. 1 (51), С. 7–12.

从哲学维度进入文学研究这一俄罗斯传统在 20 世纪初曾得到以德·梅列日科夫斯基、安·别雷、维·伊万诺夫为代表的象征主义者的强力补给，而这一学术传统没有中断，在很多方面要归功于巴赫金。这也预先注定了巴赫金的"形态学"批评会将注意力集中在形式研究上。《文学学中的形式论方法》一书比较充分地反映了对形式论学派的批评。但是，在批评形式论的同时，巴赫金却越来越接近俄罗斯象征派的思想。在这方面早期巴赫金最为典型。在巴赫金发表的第一篇文章《艺术与责任》（1919）中，就可以看到他对俄罗斯象征派的美学观念所进行的后象征主义思考。巴赫金肯定地写道："艺术和生活不是一回事，但应当在我身上统一起来，统一于我的责任之中。"[1] 这一说法与象征主义者的典型概念"生活文本""艺术文本"（扎·格·明茨）有共通之处，但又有所不同。这与包括革命后的维·伊万诺夫在内的象征主义者关于诗人使命的文章相呼应。巴赫金这篇文章的注释者看出，该文反映了维·伊万诺夫的象征主义思想（革命前的文章《雅典娜的长矛》《现代象征主义中的两首诗》）。

正如尼·尼古拉耶夫所指出，巴赫金本人和所谓的"1919 年夏季涅韦尔小组（马·卡冈，列·蓬皮扬斯基，玛·尤金娜等）"的其他参与者进行了争论并做了报告。[2] 注释者指出，巴赫金最初表述"自己的道德哲学……正是在涅韦尔近郊散步时发生的"[3]。而列·蓬皮扬斯基也在关于陀思妥耶夫斯基的报告中反映出了与巴赫金讨论的一些思想[4]，"在 1919 年 7 月'回复米哈伊尔·米哈伊洛维奇提出的任务'

---

[1] М. М. Бахтин, *Собрание сочинений*：в 7 т. Т. 1. М.：2003, С. 6.
[2] Н. И. Николаев, Искусство и ответственность. Комментарий//М. М. Бахтин, *Собрание сочинений*：в 7 т. Т. 1. М.：2003, С. 348.
[3] Н. И. Николаев, Искусство и ответственность. Комментарий//М. М. Бахтин, *Собрание сочинений*：в 7 т. Т. 1. М.：2003, С. 348.
[4] Н. И. Николаев, Искусство и ответственность. Комментарий//М. М. Бахтин, *Собрание сочинений*：в 7 т. Т. 1. М.：2003, С. 349.

中，列·蓬皮扬斯基表述了发现道德存在（道德现实）的方式这一问题，并建议以维·伊万诺夫的后期象征主义思想为指导来解决它：'在象征中我们能够找到现实的通俗知识'"①。这样，我们就拥有了与巴赫金同时代并熟悉他的内在创作活动的人的直接佐证：巴赫金与晚期象征主义相接近。尼·尼古拉耶夫强调，"米·巴赫金关于区分宏大象征主义和浪漫象征主义、广义象征主义之不同时期的报告很可能就是对列·蓬皮扬斯基之主张的研究……根据列·蓬皮扬斯基的一系列学说判断，米·巴赫金的报告正是对维·伊万诺夫之《雅典娜的长矛》《现代象征主义中的两首诗》这些文章的主题进行了变奏，在那些文章中已然道出了两个创作时代或起源的特征"②。

尼·尼古拉耶夫指出，在巴赫金的报告中，"宏大象征主义由责任这一概念所决定，它与道德现实相关，而浪漫象征主义的本质就是发展象征化，最终会导致完全的相对主义和象征的瓦解。这样就证明了：列·蓬皮扬斯基将象征视为现实的通俗知识这一观点不适用于浪漫象征主义时期"③④。尼·尼古拉耶夫公正地认为，象征主义号召消除艺术和生活的对立，号召创造生活，正是这些使得巴赫金首先转向诗人的个体个性。⑤ 研究者指出，巴赫金将出自《艺术与责任》一文的最重要的理论运用到了论文《作者与主人公》中："作者参与存在

---

① Н. И. Николаев, Искусство и ответственность. Комментарий//М. М. Бахтин, *Собрание сочинений*: *в* 7 *т*. Т. 1. М.：2003, С. 349.

② Н. И. Николаев, Искусство и ответственность. Комментарий//М. М. Бахтин, *Собрание сочинений*: *в* 7 *т*. Т. 1. М.：2003, С. 349.

③ Н. И. Николаев, Искусство и ответственность. Комментарий//М. М. Бахтин, *Собрание сочинений*: *в* 7 *т*. Т. 1. М.：2003, С. 349 – 350.

④ 详参：Ю. Н. Давыдов, ""Трагедия культуры" и ответственность индивида (Г. Зиммель и М. Бахтин)", *Вопросы литературы*, 1997, No. 4, С. 100 – 101; В. Л. Махлин, *Михаил Михайлович Бахтин*, М.：2010, С. 75 – 88; Liapunov V., Notes//M. M. Bakhtin, *Art and Answerability: Early Philosophical Essays*, Austin, 1990, pp. 2 – 3.

⑤ Н. И. Николаев, Искусство и ответственность. Комментарий//М. М. Бахтин, *Собрание сочинений*: *в* 7 *т*. Т. 1. М.：2003, С. 350.

事件的条件、他的创作立场获得力量和依据的条件就是这样。无法证明自己在存在事件中的不在场。当这个不在场成为创作和表述的先决条件，那就不可能产生任何负责的、严肃的和意义重大的作品。专业方面的责任也是需要的（在自主的文化领域）——因为不可能直接在上帝的世界里创作。"①

巴赫金的文章《艺术与责任》揭示出这样一个观点，它不仅是维·伊万诺夫美学的一个核心论点，也是俄罗斯象征派整体的一个核心论点："一个整体，如果它的各部分元素只是以外在联系结合于空间和时间之内，却没有内在的统一涵义贯穿其中，这称之为机械的整体。这一整体的各个部分，尽管并列一起，并相互联系，但内在却格格不入。"② 自然，在对艺术的这种理解上，维·伊万诺夫更接近巴赫金。然而，对伊万诺夫的思想形成起到影响的也有其他象征主义者的思想。伊万诺夫的文章《雅典娜的长矛》发表在杂志《天秤》1904 年第十期上，成为该杂志的代表性文章之一。《天秤》在勃留索夫的领导下创建，并成为象征派理论的核心刊物。最初两年，该杂志只刊登文章、综述和评论。③ 在 1904—1905 年间《天秤》刊登了一系列具有代表意义的发言稿，他们诞生于勃留索夫与年轻一代象征主义理论家们（别雷、伊万诺夫）的谈话中。伊万诺夫将出自勃留索夫的《忒休斯致阿里阿德涅》中的诗句作为文章《雅典娜的长矛》的开头语绝非偶然："我们，像灯塔，早就被雅典娜/放置，——如同严肃的长矛"④（在《雅典娜的长矛》一文中，维·伊万诺夫发现"……艺术家不是创始

---

① Н. И. Николаев, Искусство и ответственность. Комментарий//М. М. Бахтин, *Собрание сочинений*: в 7 т. Т. 1. М.: 2003, С. 351.

② М. М. Бахтин, *Собрание сочинений*: в 7 т. Т. 1. М.: 2003, С. 5.

③ О. А. Клинг, Брюсов в «Весах» (к вопросу о роли Брюсова в издании журнала)//Из истории русской журналистики начала ⅩⅩ века. М.: 1984, С. 160 – 186.

④ В. И. Иванов, *Лик и личины России*, Эстетика и литературная теория, М.: 1995, С. 51.

人，而是完成者，是直接表达人民自我意识的工具"①）。伊万诺夫强调了勃留索夫对他的影响。这样，在早期巴赫金的美学观念的形成过程中就勾勒出一条线索：象征派的理论经由勃留索夫而对巴赫金产生了影响。正如上文所述，这是经由维·伊万诺夫对瓦·勃留索夫思想的接受而产生的间接影响。对维·伊万诺夫和年轻一代象征主义者的理论建构起到推动作用的是勃留索夫的文章《秘密的锁钥》，该文发表于《天秤》第一期。勃留索夫驳斥了当时大家习以为常的艺术起源观念（有效性、社会性、知识、"纯艺术"等），强调了艺术的特殊作用："艺术或许是人类掌握的最伟大力量。当所有的科学铁棒，所有的社会生活斧头不能拆毁封闭我们的大门和围墙时，艺术本身却蕴含了可怕的烈性炸药，它能摧毁这些墙壁。不仅如此，它还像芝麻，有了它，这些大门就能自动打开。"② 勃留索夫虽对象征主义的目标尚未有清晰认识，但他提出一个如今被视为创造生活的论点："让现代艺术家们自觉地将作品锻造为秘密锁钥，秘密的钥匙，它们能为人类打开由'蓝色的监牢'通向永恒自由的大门。"③ 作为老一代象征主义者，勃留索夫在《崇高的牺牲》一文中表达了年轻一代象征主义者创造生活的一个方面。该文刊登于1905年第一期的《天秤》上，是俄罗斯象征派的宣言。它产生于勃留索夫与年轻一代象征主义者朋友们的交往中，对他们，包括维·伊万诺夫，产生了重要影响。通过伊万诺夫，它又影响了作品《艺术与责任》的作者——年轻的巴赫金。勃留索夫的观点如下："我们要求诗人不知疲倦地做出'崇高的牺牲'，不仅创作诗，还占用生命中的每一个时刻、每一种感觉——自己的爱、自己的恨、成就和堕落。让诗人创作出来的不是自己的书，而是自己的生活。"④

---

① В. И. Иванов, *Лик и личины России*, Эстетика и литературная теория, М.：1995, С. 52.
② В. Я. Брюсов, *Собрание сочинений*：в 7 т. Т. 6. М.：1975, С. 95.
③ В. Я. Брюсов, *Собрание сочинений*：в 7 т. Т. 6. М.：1975, С. 95.
④ В. Я. Брюсов, *Собрание сочинений*：в 7 т. Т. 6. М.：1975, С. 99.

在《艺术与责任》中，巴赫金转向人类文化的核心领域——艺术与现实的相互关系问题。只不过他往这个二元体系中又添加了一环——科学："科学、艺术和生活——只能在个人那里获得统一，个人也将它们纳入自己的统一体。"① 20 世纪初，勃留索夫撰写了大量与艺术和科学相关的文字。在 1909 年的文章《科学诗歌》中，他继法国象征主义理论家勒内·吉尔之后论证科学诗歌的原理："所有艺术都是特殊的认知方法。基于这一观点，我们发现了科学和艺术之间的差异，但仅仅体现在它们采用的方法上。科学的方法（用普通术语来说）是分析，艺术的方法是综合。科学尝试借助比较、对照、对比将世界现象分解为它们的组成要素，艺术热衷于借助类比将世界的要素联结为一些整体。因此，科学会提供艺术家进行创作所需的那些要素，而艺术则从科学停止的地方起步。这完全符合'科学诗歌'学说。"② 回到巴赫金文章中独特的审美三角时，我们应当关注一个重要的理论："但这种联系可能成为机械的、外部的联系"。③ 巴赫金对待这个问题略有不同："艺术家与人幼稚地、经常机械地集于一身：一个人从'生活的困扰'中暂时抽离并进入到创作中，犹如进入另一个充满'灵感、悦耳声音和祈祷'的世界。结果如何呢？艺术过于大胆、自信，过于激情澎湃，要知道它不需要为生活负责，当然，生活也追赶不上这样的艺术。'我们哪能啊，——生活说，——人家是艺术，而我们是平庸的生活'。"④ 巴赫金引用了普希金的诗句"当阿波罗还没有要求诗人/去从事一种崇高的牺牲……"，它也曾被勃留索夫作为《崇高的牺牲》的题词。这里经由文本层面（也不仅仅借助于此），巴

---

① М. М. Бахтин, *Собрание сочинений*: в 7 т. Т. 1. М.: 2003, С. 5.
② В. Я. Брюсов, "Литературная жизнь Франции. Научная поэзия", *Русская мысль*, 1909, No. 6, С. 242.
③ М. М. Бахтин, *Собрание сочинений*: в 7 т. Т. 1. М.: 2003, С. 5.
④ М. М. Бахтин, *Собрание сочинений*: в 7 т. Т. 1. М.: 2003, С. 5.

赫金和勃留索夫实现了相互呼应。在《崇高的牺牲》结尾，勃留索夫与普希金进行辩论，他声称："并不存在诗人成为诗人这一特殊的时刻：他或者总是诗人，或者从不是诗人。心灵不应当等待绝妙的言语，只为像'惊醒的鹰'那样猛地精神一振。这只鹰应当时刻用不眠的双眼紧盯着世界。"①

与象征主义者不同的是，巴赫金写道："当个人置身于艺术时，他就不在生活中，反之亦然；两者之间没有统一性，在个体的统一中也不存在相互渗透。"②巴赫金提出一个问题："是什么保证个人身上因素间的内在联系呢？"并回答："只能是统一的责任。对我在艺术中所体验所理解的东西，我应当以自己的生活承担起责任，使体验和理解不致在生活中无所作为。但与责任相关的还有过失。生活与艺术，不仅应该相互承担责任，还要相互承担过失。诗人应当记住，生活庸俗而平淡，是他的诗之过失；而生活之人应当知道，艺术徒劳无功，过失在于他对生活问题缺乏严格要求和认真态度。个人应该全面承担责任：个人的一切因素不仅要纳入他的生活的时间序列里，而且要在过失与责任的统一中相互渗透。"③勃留索夫在《崇高的牺牲》结尾谈到了与诗人使命相关的类似看法："就让他维持着祭坛之火永不熄灭，就像灶神火那样；就让这火燃成熊熊篝火，不必担心，他的生命也将在此燃尽。"④的确，在这里可以发现巴赫金和勃留索夫的联系。但在灵感本质的理解上，巴赫金与象征主义者也有争论："无须借口'灵感'来为不负责任开脱罪名。那种忽视生活而自己也为生活所忽视的灵感，不是灵感，而是迷狂。所有关于艺术与生活的关系，关于纯艺术等等的老问题，其正确的而非虚假的涵义，其真正的精神，仅仅在

---

① В. Я. Брюсов, *Собрание сочинений*: в 7 т. Т. 6. М.：1975, С. 99.
② В. Я. Брюсов, *Собрание сочинений*: в 7 т. Т. 6. М.：1975, С. 99.
③ М. М. Бахтин, *Собрание сочинений*: в 7 т. Т. 1. М.：2003, С. 5.
④ В. Я. Брюсов, *Собрание сочинений*: в 7 т. Т. 6. М.：1975, С. 99.

于：艺术与生活想要相互地减轻自己的任务，取消自己的责任，因为对生活不承担责任，就较为容易创作，而不必考虑艺术则较为容易生活。艺术与生活不是一回事，但应在我身上统一起来，统一于我的责任中。"[1]（在《艺术与责任》中可以看到对勃洛克革命后文章的呼应和争鸣，但这应是另一篇文章的主题了。）

在我们所熟知的早期巴赫金的第二篇专论《论行为哲学》（部分手稿直到1986年才发表）中，存在着许多与象征主义者整体上更多的呼应，其中也包括维·伊万诺夫。该文注释者已准确地查证："手稿写于1918—1924年间。"[2] 巴赫金的这篇文本主要是哲学探讨，尽管对于文学包括象征主义文学来说，道德问题也相当重要。纳·塔玛尔琴科的论证令人信服：巴赫金的专论《论行为哲学》和《审美活动中的作者与主人公》阐明了："一个学者的最普遍范畴的道德哲学和他对文学研究主题的最具体表达通过他的哲学美学具体联系了起来……而巴赫金在这方面的观点……依托于强大的学术传统和众多的文献资料。"[3]

巴赫金，正如其研究者所强调的，在《论行为哲学》中引入了许多重要概念，其中一个就是"绝对的自我—例外"。[4] 谢·阿韦林采夫和柳·戈戈吉什维里得出结论："……个体唯一的我的分量的概念性增长……不是按照'意志能动论'或'主观主义'，而是具有'做牺牲品'的目的（类似按仪式养肥祭祀用的羔羊）。我就是巴赫金道德哲学神秘剧中的牺牲品，或者说，是它的悲剧主人公，由于悲剧的净

---

[1] М. М. Бахтин, *Собрание сочинений*: в 7 т. Т. 1. М.: 2003, С. 5–6.
[2] С. С. Аверинцев, Л. А. Гоготишвили: Комментарий//М. М. Бахтин, *Собрание сочинений*: в 7 т. М.: 2003, Т. 1. С. 352.
[3] Н. Д. Тамарченко, «Эстетика словесного творчества» М. М. Бахтина и русская философско-филологическая традиция, М.: 2011, С. 204.
[4] С. С. Аверинцев, Л. А. Гоготишвили: Комментарий//М. М. Бахтин, *Собрание сочинений*: в 7 т. М.: 2003, Т. 1. С. 352.

化目的他注定走向死亡。"① 看上去，这与象征主义对个体个性的基本定位完全矛盾。对于他们更重要的是叔本华和尼采。然而，阿韦林采夫和戈戈吉什维里的见解很重要，使一切都很清楚："由米·巴赫金从概念上进行论证的如何放弃消除个性化这一论题（与叔本华－尼采的哲学倾向相反）之所以能够得到突显，要归功于自我—例外原则，失去二律背反，它就不完整。"② 在个体个性问题上，巴赫金与象征派尤其是年轻一代象征主义者之间的联系仍存在。别雷和伊万诺夫推崇个体个性，但也像晚期的巴赫金那样自相矛盾，他们致力追求的是伊万诺夫所谓的聚合性。

巴赫金强调他尚未放弃的个体个性的作用，这对象征派也同样重要，但对其他人来说与生活相悖："生活从自我出发，在自己的行为中从自我出发，完全不意味着为自我生活，为自我实现行为……我眼中之我是行为的来源中心，是肯定和承认一切价值的能动性的来源中心，因为这是我能负责地参与唯一存在的唯一地点，是作战指挥部，是在存在事件中统帅我的可能性与应分性的大本营。只有从我的唯一地点出发，我才能成为能动的，也应当成为能动的……对世界的体验不是根据头脑中的分析原理，而是要有发出具体评价、确认、行动等的真正具体中心（也是时间和空间的中心）。这里各种成分的本质都是真正现实的事物，它们通过具体的事件关系而联结在……唯一的存在事件中。"③ 在这里，巴赫金与俄罗斯象征派在美学和世界观上是接近的，与象征派的综合式文学研究也是接近的。在继承俄罗斯象征派的理论传统之同时，他也研究艺术哲学。

---

① С. С. Аверинцев, Л. А. Гоготишвили: Комментарий//М. М. Бахтин, *Собрание сочинений*: в 7 т. М.：2003，Т. 1. С. 357.
② С. С. Аверинцев, Л. А. Гоготишвили: Комментарий//М. М. Бахтин, *Собрание сочинений*: в 7 т. М.：2003，Т. 1. С. 357.
③ М. М. Бахтин, *Собрание сочинений*: в 7 т. Т. 1. М.：2003，С. 55 – 56.

与此相关的还有《论艺术哲学》中一个贯穿全文的主题。从文章名称就能看出，它大部分是讨论形式论批评，讨论"材料美学的过失"①。巴赫金强调研究要基于象征主义理论传统，正是它赋予艺术整体和文学的哲学方面以特殊意义。我们照例又可以谈到俄罗斯象征派的综合式文学研究，它与巴赫金的风格接近，尤其是早期巴赫金。在巴赫金对普希金的诗《为了遥远祖国的海岸……》的分析中，这一点就已表现出来：在这里，没有别雷的诗韵学要素，也不像形式论学派那般拒绝语义分析，巴赫金更接近象征派。巴赫金称自己的方法为"形式—内容式"。②他强调："就审美观照世界的价值中心（具体的人）来说，不应区分形式和内容：人既是观照的形式原则，又是内容原则，它们既统一又相互渗透。……一切抽象形式的因素和内容因素，只有与普通人的具体价值相关，才能成为具体的建构因素。"③对巴赫金来说，重要的是"存在的具体因素的配置"。这一原则成为巴赫金分析普希金诗歌的基础："祖国海岸处于女主人公生活的有价值的时空背景之中。对她来说，正是祖国，在她的情感意志语调中这种可能的空间视野成为祖国（就这一词语的充分而具体的价值涵义来说）；事件中具体化为'异国他乡'的空间，与她的唯一性相关联才存在。就连由异国向祖国的空间移动这一时刻，也作为事件在她的情感意志语调中实现。"④

在巴赫金分析普希金诗歌时，还出现了一个核心概念——"所选抒情诗的建构特点"。⑤巴赫金照例公开表达了他对抒情作品的内容和形式的理解："整个这一建构，不管是在内容方面，还是在形式因素

---

① М. М. Бахтин, *Собрание сочинений*: в 7 т. Т. 1. М.：2003，С. 56.
② М. М. Бахтин, *Собрание сочинений*: в 7 т. Т. 1. М.：2003，С. 60.
③ М. М. Бахтин, *Собрание сочинений*: в 7 т. Т. 1. М.：2003，С. 59.
④ М. М. Бахтин, *Собрание сочинений*: в 7 т. Т. 1. М.：2003，С. 62.
⑤ М. М. Бахтин, *Собрание сочинений*: в 7 т. Т. 1. М.：2003，С. 65.

上，对审美主体都是真实生动的，因为审美主体的确确立了整个人类的价值。审美观照世界的具体建构就是如此。这里的种种价值因素，都不是由原理原则所决定，而是由事物在事件具体建构中的唯一位置所决定，而事件的建构又是从参与主体的唯一位置出发。所有这些因素都作为具体人的唯一性因素而得到确认。"① 上文已经强调了这与俄罗斯象征派的综合式文学研究的联系。巴赫金称自己的文本研究方法的基础是"审美建构"② 原则。作为审美范畴的建构这一定义来自象征派——这与他们对整体文艺作品和部分抒情作品的审美成分特别感兴趣相关。

在《论行为哲学》中出现了巴赫金的核心思想之一——"我与他人"："现实的行为世界所遵循的最高建构原则，就是在我与他人之间在具体的结构—意义上的对立。"巴赫金又做出重要的补充："这并不破坏世界含义的统一性，但可使其达到事件唯一性的高度。"③ 巴赫金看出"内容和形式的矛盾、歧义"。但他在论述中又消除了这种可能存在的矛盾："只有通过描写具体的建构中的相互关系的方式，才能表现出这一方面，然而道德哲学目前还不会作这样的描写。"④《论行为哲学》的结尾完全是象征主义式的，更像是满怀年轻一代象征主义者的精神而向世界观问题（别雷的思想：作为世界观的象征主义）和基督教价值问题的挺进："自然，不可由此断言这种对立完全没有得到表达和表述。要知道这就是整个基督教道德的含义所在，由此含义又引发了利他主义道德。只是这一（不清晰的）道德原则至今未得到恰如其分的科学表述，也没有从原则上进行过周密思考。"⑤

---

① М. М. Бахтин, *Собрание сочинений*：в 7 т. Т. 1. М.：2003, С. 67.
② М. М. Бахтин, *Собрание сочинений*：в 7 т. Т. 1. М.：2003, С. 66.
③ М. М. Бахтин, *Собрание сочинений*：в 7 т. Т. 1. М.：2003, С. 67.
④ М. М. Бахтин, *Собрание сочинений*：в 7 т. Т. 1. М.：2003, С. 68.
⑤ М. М. Бахтин, *Собрание сочинений*：в 7 т. Т. 1. М.：2003, С. 68.

巴赫金就这样在自己学术发展的另一阶段上重返俄罗斯象征派的综合式文学研究原则。按照他的观点，他也强调了形式论方法在研究作品方面的不足。在巴赫金20世纪20年代的专论《审美活动中的作者与主人公》《话语创作美学方法论问题》中，这些论点得到了进一步发展。在后者的《文学话语创作的形式、内容与材料问题》中，巴赫金表达了对形式论学派的著作和维·日尔蒙斯基的部分论著的不满，指责他们"渴望建立某一艺术门类的科学见解体系……，却脱离了普遍的艺术本质问题"[①]。在这场论战中，巴赫金依据的仍是俄罗斯象征派著作的第二构成成分——美学。巴赫金并不否认研究作品形式的必要性，与此同时，他仍继续遵循象征派的综合式文学研究传统。巴赫金的《审美活动中的作者与主人公》中的某些论点与象征派首先提出的思想有间接的关联。比如，在尤里·蒂尼亚诺夫的术语"抒情主人公"之前，勃留索夫和别雷就论述过诗歌中"我"的特征。用巴赫金的话来说，"作者—创造者"和"作者—个人"的问题早就在俄罗斯象征派的理论和实践中得到积极研究。在其专著《陀思妥耶夫斯基诗学问题》中也能观察到与俄罗斯象征派思想的联系。这种联系既是排斥的（相对于梅列日科夫斯基对陀思妥耶夫斯基的理解），又是吸引的（伊万诺夫的《悲剧小说》）。这种双重性——吸引与排斥——正是后象征主义诗人对自己的前辈象征主义者所持的态度模式。这种模式，对于象征主义文艺学家和后象征主义一代的文化理论家（可以将巴赫金归为此类）来说，是一种典型模式。尽管与象征派存在争论，巴赫金在这部专著的开头仍对诗学问题的作用给予了相当到位的评价，诗学研究在俄罗斯的起源就是俄罗斯象征派。巴赫金强调，在此论著中，他只从一种视角（诗学问题）出发去研究作家的创作。巴赫金和象征派理论家的思想的联系也表现在其他著作中，其中包括研究喜剧和笑

---

① М. М. Бахтин, *Собрание сочинений*: в 7 т. Т. 1. М.：2003, С. 267.

问题的著作。可以看出，他的探索既和伊万诺夫，也和别雷的《果戈理的技巧》（1934）有一定联系。这直接体现于其论文《讽刺》和《果戈理之笑的历史传统和民间渊源问题》。关于这一主题，巴赫金的有关俄罗斯象征派的讲座也同样重要。但巴赫金对象征派的态度不仅是被吸引，也有排斥。对上述问题的另一面，即对象征派遗产的排斥，进行研究也很重要。也正是在这条道路上，巴赫金形成了独一无二的、在许多方面基本上全新的哲学—美学世界观，有待进一步研究。

附录二 鲍·艾亨鲍姆重要作品目录

一 著作

1922　Мелодика русского лирического стиха《俄国抒情诗的旋律》

1922　Молодой Толстой《青年托尔斯泰》

1923　Анна Ахматова. Опыт Анализа《安娜·阿赫玛托娃：分析尝试》

1924　Лермонтов. Опыт историко-литературной оценки《莱蒙托夫：历史—文学评价尝试》

1924　Сквозь литературу：Сб. статей《透视文学：文集》

1927　Литература：Теория. Критика. Полемика《文学：理论·批评·论战》

1928　Лев Толстой：пятидесятые годы《列夫·托尔斯泰：50年代》

1929　Мой временник：Словесность. Наука. Критика. Смесь《我的编年期刊：文学·学术·批评·杂谈》

1931　Лев Толстой：шестидесятые годы《列夫·托尔斯泰：60年代》

1933　Маршрут в бессмертие（Жизнь и подвиги чухломского дворянина и международного лексикографа Николая Петровича Макарова）《通往不朽之路——丘赫洛马市贵族和国际词典学家尼古拉·彼得洛维奇·马卡罗夫的生活与功绩》

1961　Статьи о Лермонтове《关于莱蒙托夫的文章》

1969　О поэзии《论诗歌》

1969　О прозе：Сб. Статей《论散文：文集》

1974　Лев Толстой：семидесятые годы《列夫·托尔斯泰：70年代》

1986　О прозе. О поэзи：Сб. Статей《论散文·论诗歌：文集》

1987　О литературе：Работы разных лет《论文学：历年作品》

2001　Мой временник. Маршрут в бессмертие《我的编年期刊·通往不朽之路》

2001　Мой временник：Художественная проза и избранные статьи 20-30-х годов《我的编年期刊：文学散文与20—30年代文集》

2009　Лев Толстой：Исследования. Статьи《列夫·托尔斯泰：研究·文章》

二　文章

1907　Пушкин-поэт и бунт 1825 года《诗人普希金和1825年暴动》

1916　Карамзин《卡拉姆津》

1916　Новые стихи Н. Гумилева《尼·古米廖夫的新诗》

1916　Державин《杰尔查文》

1916　Письма Тютчева《丘特切夫的信》

1916　К вопросу о звуках стиха《关于诗歌声音的问题》

1918　Иллюзия сказа《讲述体的幻想》

1919　О трагедии и трагическом《论悲剧和悲剧性》

1919　Как сделана «Шинель» Гоголя《果戈理的〈外套〉是怎样写成的》

1920　О кризисах Толстого《论托尔斯泰的几次危机》

1921　Судьба Блока《勃洛克的命运》

1921　Некрасов《涅克拉索夫》

1923　Путь Пушкина к прозе《普希金的散文之路》

1924	Основные стилевые тенденции в речи Ленина《列宁语言中的基本修辞倾向》
1924	Ораторский стиль Ленина《列宁的演说风格》
1924	Вокруг вопроса о формалистах《关于形式论学者的问题》
1926	Литература и кино《文学与电影》
1927	О. Генри и теория новеллы《欧·亨利与短篇小说理论》
1927	Теория «формального метода»《"形式方法"的理论》
1927	Лесков и современная проза《列斯科夫与现代散文》
1927	Литературный быт《文学的日常生活》
1927	Литература и писатель《文学与作家》
1927	Проблемы киностилистики《电影修辞问题》
1929	Литературная карьера Л. Толстого《列夫·托尔斯泰的文学事业》
1935	Творческие стимулы Л. Толстого《列夫·托尔斯泰的创作动机》
1937	Пушкин и Толстой《普希金与托尔斯泰》
1939	О противоречиях Льва Толстого《论列夫·托尔斯泰的矛盾》
1940	О Маяковском《论马雅可夫斯基》
1941	Литературная позиция Лермонтова《莱蒙托夫的文学立场》
1957	О взглядах Ленина на историческое значение Толстого《论列宁对托尔斯泰的历史意义的看法》
1961	Наследие Белинского и Лев Толстой（1857—1858）《别林斯基的遗产与列夫·托尔斯泰（1857—1858）》

参考文献

一 中文

（一）著作

陈燊编选:《欧美作家论列夫·托尔斯泰》,中国社会科学出版社1983年版。

方珊:《形式主义文论》,山东教育出版社1994年版。

胡经之、王岳川主编:《文艺学美学方法论》,北京大学出版社1994年版。

黄玫:《韵律与意义:20世纪俄罗斯诗学理论研究》,人民出版社2005年版。

李恒基、杨远婴主编:《外国电影理论文选》,上海文艺出版社1995年版。

李幼蒸选编:《结构主义和符号学:电影理论译文集》,生活·读书·新知三联书店1987年版。

林精华主编:《西方视野中的白银时代》,东方出版社2001年版。

刘宁主编:《俄国文学批评史》,上海译文出版社1999年版。

刘万勇:《西方形式主义溯源》,昆仑出版社2006年版。

倪蕊琴编选:《俄国作家批评家论列夫·托尔斯泰》,中国社会科学出版社 1982 年版。

彭克巽主编：《苏联文艺学学派》，北京大学出版社 1999 年版。

申丹：《叙述学与小说文体学研究》，北京大学出版社 2004 年版。

盛同等译：《回顾与反思——二、三十年代苏联美学思想》，中国人民大学出版社 1988 年版。

谭霈生：《电影美学基础》，江苏人民出版社 1984 年版。

汪介之：《俄罗斯现代文学批评史》，中国社会科学出版社 2015 年版。

伍蠡甫、翁义钦：《欧洲文论简史》，人民文学出版社 2002 年版。

杨燕：《什克洛夫斯基诗学研究》，社会科学文献出版社 2016 年版。

张冰：《陌生化诗学：俄国形式主义研究》，北京师范大学出版社 2000 年版。

张杰、汪介之：《20 世纪俄罗斯文学批评史》，译林出版社 2000 年版。

张捷编选：《十月革命前后苏联文学流派》，丁由译，上海译文出版社 1998 年版。

张秋华等编选：《"拉普"资料汇编》，中国社会科学出版社 1981 年版。

赵白生：《传记文学理论》，北京大学出版社 2003 年版。

赵毅衡：《新批评：一种独特的形式主义文论》，中国社会科学出版社 1986 年版。

周启超：《白银时代俄罗斯文学研究》，北京大学出版社 2003 年版。

周启超：《对话与建构》，安徽文艺出版社 2004 年版。

周启超：《开放与恪守：当代文论研究态势之反思》，河北大学出版社 2013 年版。

周启超：《现代斯拉夫文论导引》，河南大学出版社 2011 年版。

朱立元主编：《当代西方文艺理论》，华东师范大学出版社 2001 年版。

[比] J. M. 布洛克曼：《结构主义：莫斯科—布拉格—巴黎》，李幼蒸译，商务印书馆 1986 年版。

[俄] 车尔尼雪夫斯基：《车尔尼雪夫斯基论文学》下卷（一），辛未

艾译，上海译文出版社1982年版。

［俄］果戈理：《彼得堡故事》，满涛译，人民文学出版社2008年版。

［俄］列夫·托尔斯泰：《列夫·托尔斯泰文集》第14卷，人民文学出版社1992年版。

［俄］列夫·托尔斯泰：《列夫·托尔斯泰文集》第2卷，人民文学出版社1986年版。

［俄］列夫·托尔斯泰：《列夫·托尔斯泰文集》第3卷，人民文学出版社1986年版。

［俄］列夫·托尔斯泰：《战争与和平》，张捷译，译林出版社2003年版。

［俄］米·巴赫金：《周边集》，李辉凡等译，河北教育出版社1998年版。

［俄］涅克拉索夫：《涅克拉索夫文集》第3卷，魏荒弩译，上海译文出版社1992年版。

［俄］普希金：《普希金诗选》，查良铮译，译林出版社2000年版。

［俄］普希金：《普希金诗选》，田国彬译，北京燕山出版社2000年版。

［俄］普希金：《普希金诗选》，乌兰汗等译，浙江文艺出版社2001年版。

［俄］屠格涅夫：《屠格涅夫全集》第5卷，南江等译，河北教育出版社2000年版。

［俄］托洛茨基：《文学与革命》，刘文飞、王景生、季耶译，外国文学出版社1992年版。

［俄］瓦·叶·哈利泽夫：《文学学导论》，周启超等译，北京大学出版社2006年版。

［俄］维·什克洛夫斯基：《列夫·托尔斯泰传》，安国梁等译，海燕出版社2005年版。

［俄］维·什克洛夫斯基等：《俄国形式主义文论选》，方珊等译，生活·读书·新知三联书店1989年版。

［俄］维谢洛夫斯基：《历史诗学》，刘宁译，百花文艺出版社2003年版。

［俄］谢·弗兰克：《社会的精神基础》，王永译，生活·读书·新知

三联书店 2003 年版。

[俄] 左琴科:《左琴科幽默讽刺作品集》,吕绍宗译,译林出版社 2004 年版。

[法] 茨·托多罗夫:《俄苏形式主义文论选》,蔡鸿滨译,中国社会科学出版社 1989 年版。

[法] 茨·托多洛夫:《批评的批评》,王东亮、王晨阳译,生活·读书·新知三联书店 2002 年版。

[法] 亨利·柏格森:《时间与自由意志》,吴士栋译,商务印书馆 2002 年版。

[古希腊] 亚里斯多德、贺拉斯:《诗学 诗艺》,罗念生、杨周翰译,人民文学出版社 1962 年版。

[荷] D. W. 佛克马、E. 贡内-易布思:《二十世纪文学理论》,林书武等译,生活·读书·新知三联书店 1988 年版。

[美] 弗·詹姆逊:《语言的牢笼 马克思主义与形式》,钱佼汝、李自修译,百花洲文艺出版社 1995 年版。

[美] 勒内·韦勒克、奥斯汀·沃伦:《文学理论》,刘象愚等译,江苏教育出版社 2005 年版。

[美] 雷纳·韦勒克:《近代文学批评史》第 7 卷,杨自伍译,上海译文出版社 2006 年版。

[美] 雷内·韦勒克:《批评的概念》,张今言译,中国美术学院出版社 1999 年版。

[美] 马克·斯洛宁:《现代俄国文学史》,汤新楣译,人民文学出版社 2001 年版。

[瑞] 费·德·索绪尔:《普通语言学教程》,高名凯译,商务印书馆 2003 年版。

[苏] 巴赫金:《文艺学中的形式方法》,邓勇、陈松岩译,中国文联出版公司 1992 年版。

［苏］E. 多宾：《电影艺术诗学》，罗慧生、伍刚译，中国电影出版社1984年版。

［苏］弗·马雅可夫斯基：《马雅可夫斯基选集》第4卷，萧三译，人民文学出版社1987年版。

［苏］卢纳察尔斯基：《艺术及其最新形式》，郭家申译，百花文艺出版社1998年版。

［苏］苏联科学院艺术史研究所编：《苏联电影史纲》第1卷，龚逸霄译，中国电影出版社1983年版。

［苏］维·什克洛夫斯基：《散文理论》，刘宗次译，百花洲文艺出版社1994年版。

［英］艾尔默·莫德：《托尔斯泰传》第1卷，宋蜀碧、徐迟译，北京十月文艺出版社1984年版。

［英］特伦斯·霍克斯：《结构主义和符号学》，瞿铁鹏译，上海译文出版社1997年版。

《电影艺术词典》，中国电影出版社1986年版。

《世界艺术与美学》第7辑，文化艺术出版社1986年版。

《外国文学研究集刊》第16辑，中国社会科学出版社1994年版。

（二）中文论文

陈本益：《俄国形式主义文学批评论的美学基础》，《东南大学学报》2003年第3期。

董晓：《超越形式主义的"文学性"》，《国外文学》2000年第2期。

洪宏：《简论俄国形式主义电影理论》，《当代电影》2004年第6期。

黄玫：《巴赫金与俄国形式主义的诗学对话》，《俄罗斯文艺》2001年第2期。

乔雨：《俄苏形式主义在当代苏联文艺学界的命运》，《外国文学评论》1991年第3期。

陶东风：《俄国形式主义的文学史观》，《外国文学评论》1992年第3期。

王加兴：《讲述体理论初探》，《外语与外语教学》1996年第2期。

张冰：《对话：奥波亚兹与巴赫金学派》，《外国文学评论》1999年第2期。

张隆溪：《艺术旗帜上的颜色——俄国形式主义与捷克结构主义》，《读书》1983年第8期。

二　俄文

Бахтин М. М., *Собрание сочинений*, Т. 2. М. : Русские словари, 2000.

Белый А., *Символизм*, М. : Русское товарищество, 1910.

Борис Парамонов, "Формализм: метод или мировоззрение?", *Новое литературное обозрение*, No. 14, 1995.

Виноградов В. В., *Проблема сказа в стилистике*, Л. : Изд. Academia, 1926.

Виноградов В. В., *Избранные труды: Поэтика русской литературы*, М. : Наука, 1976.

Гинзбург Л. Я., *Литература в поисках реальности: Статьи. Эссе. Заметки*, Л. : Сов. писатель, 1987.

Гинзбург Л. Я., *Записные книжки. Воспоминания. Эссе.* Спб. : Искусство-СПБ, 2002.

Горных А. А., *Формализм: от структуры к тексту и за его пределы*, Мн. : И. П. Логвинов, 2003.

Денис Устинов, "Формализм и младоформалисты", *Новое литературное обозрение*, М. : 2001, No. 50.

Дыхаова Б. С., *В зеркалах устного слова*, Воронеж: Изд-во Воронежского госпедуниверситета, 1994.

Екатерина Орлова, "Борис Эйхенбаум как литературный критик", *Вопросы литературы*, 2012, No. 2.

Жирмунский В. , *Вопросы теории литературы*, Л. : Academia, 1928.

Жирмунский В. , *Поэтика русской поэзии*, Спб. : Азбука-классика, 2001.

Каверин В. , *Литератор*, М. : Сов. писатель, 1988.

Кертис Дж. , *Борис Эйхенбаум: его семья, страна и русская литература*, Спб. : Академический проект, 2004.

Левченко Я. С. , *Другая наука: Русские формалисты в поисках биографии*, М. : Изд. дом Высшей школы экономики, 2012.

Леонтьев К. Н. , *О романах гр. Л. Н. Толстого: Анализ, стиль и веяние. Критический этюд*, М. : Книжный дом «ЛИБРОКОМ», 2012.

Лотмановский сборник, М. : Издательство «ИЦ-Гарант», 1995.

Медведев Н. Н. , *Формализм и формалисты*, Л. : Издательство писателей в Ленинграде, 1934.

Минц З. , *Поэтика русского символизма*, Спб. : Искусство, 2004.

Михайлова Е. , *Русский позитивизм на рубеже XIX-XX веков: проблема социокультурного развития*, М. : Московский гос. областной университет, 2004.

Мущенко Е. Г. , Скобелев В. П. , Кройчик Л. Е. , *Поэтика сказа*, Воронеж: Изд-во Воронежского госуниверситета, 1978.

Пушкин в прижизненной критике, 1820 - 1827, СПб. : Государственный пушкинский театральный центр, 1996.

Рудометкин И. В. , *Эйхенбаумовская концепция литературного сказа*, Известия ВГПН, №. 4, 2014.

Русская теория: 1920—1930-е годы, М. : РГГУ, 2004.

Светликова И. Ю. , *Истоки русского формализма: Традиция психологизма и формальная школа*, М. : Новое литературное обозрение, 2005.

Степан Шевырёв: Словесность и торговля, https://proza. ru/2017/

06/28/599? ysclid = 16dpjtalsr777779186, 2021 年 4 月 5 日。

Тынянов Ю., *Поэтика. История литературы. Кино*, М.: Наука, 1977.

Тынянов Ю., *Литературная эволюция: избранные труды*, М.: Аграф, 2002.

Тыняновский сборник, Вторые Тыняновские чтения, Рига: Зинатне, 1986.

Тыняновский сборник, Вып. 11: Девятые Тыняновские чтения, М.: ОГИ, 2002.

Ханзен-лёве Оге. А., *Русский формализм: Методологическая реконструкция развития на основе принципа остранения*, М.: Языки русской культуры, 2001.

Чернов И., *Хрестоматия по теоретическому литературоведению*, Тарту, 1976.

Шкловский В., *Ход коня: Сб. статей*, М.-Берлин: Геликон, 1923.

Шкловский В., *За сорок лет*, М.: Искусство, 1965.

Шкловский В., *Собрание сочинений*, Т. 3, М.: Худож. лит., 1974.

Шкловский В., *Третья фабрика*, Letchworth-Herts-England: Prideaux press, 1978.

Шкловский В., *Избранное в двух томах*, М.: Худож. лит., 1983.

Шкловский В., *Гамбургский счет: статьи-воспоминания-эссе (1914—1933)*, М., Советский писатель, 1990.

Эйхенбаум Б., "София", *Русская мысль*, 1914, № 1.

Эйхенбаум Б., *Мелодика русского лирического стиха*, Пг.: «ОПОЯЗ», 1922.

Эйхенбаум Б., *Сквозь литературу: Сб. статей*, Л.: Academia, 1924.

Эйхенбаум Б., *Литература: Теория. Критика. Полемика*, Л.: Прибой, 1927.

Эйхенбаум Б., "Ответ на вопрос редакции «Читателя и писателя»", *Читатель и писатель*, 1928, 14 октября.

Эйхенбаум Б., *Лев Толстой: 50-е годы*, Л.: Прибой, 1928.

Эйхенбаум Б., *Лев Толстой: 60-е годы*, Л.-М.: Государственное издательство художественной литературы, 1931.

Эйхенбаум Б., *Статьи о Лермонтове*, М.-Л.: Изд-во АН СССР, 1961.

Эйхенбаум Б., *О прозе: Сб. Статей*, Л.: Худож. лит., 1969.

Эйхенбаум Б., *Лев Толстой: 70-е годы*, Л.: Худож. лит., 1974.

Эйхенбаум Б., *О прозе, о поэзии: Сб. статей*, Л.: Худож. лит., 1986.

Эйхенбаум Б., *О литературе: Работы разных лет*, М.: Советский писатель, 1987.

Эйхенбаум Б., *Мой временник: Художественная проза и избранные статьи 20-30-х годов*, Спб.: Инапресс, 2001.

Энгельгардт Б., *Формальный метод в истории литературы*, Л.: Academia, 1927.

Эрлих В., *Русский формализм: история и теория*, Спб.: Академический проект, 1996.

Якобсон Р., *Работы по поэтике*, М.: Прогресс, 1987.

三 英文

Any, C. J., *Boris Eikhenbaum: Voices of A Russian Formalist*, Stanford (Cal.): Stanford Univ. Press, 1994.

Any, C. J., "Boris Eikhenbaum in OPOIZA: Testing the Limits of the Work-centered Poetics", *Slavic Review*, Vol. 49, No. 3 (Autumn), 1990.

Any, C. J., "Boris Eikhenbaum's Unfinished Work on Tolstoy: A Dialogue with Soviet History", *PMLA*, Vol. 105, No. 2 (Mar.), 1990.

Bennett, T. , *Formalism and Marxism*, London and New York, 1989.

Eagle, Herbert, *Russian Formalist Film Theory*, Michigan, 1981.

Erlich, Victor, *Twentieth-century Russian Literary Criticism*, New Haven and London Yale University Press, 1975.

Garson, Judith, "Literary History: Russian Formalist Views, 1916 - 1928", *Journal of the History of Ideas*, Vol. 31, No. 3 (Jul. -Sep.), 1970.

Greenfeld, Liah, "Russian Formalist Sociology of Literature: A Sociologist's Perspective", *Slavic Review*, Vol. 46, No. 1 (Spring), 1987.

Harold, K. Schefski, "The Changing Focus of Eikhenbaum's Tolstoi Criticism", *Russian Review*, Vol. 37, No. 3 (Jul.), 1978.

James, M. Curtis, "Bergson and Russian Formalism", *Comparative Literature*, Vol. 28, No. 2 (Spring), 1976.

Karcz Andrzej, *The Polish Formalist School and Russian Formalism*, Jagiellonian University Press, 2002.

Matejka, Ladislav and Krystyna Pomorska (eds.), *Readings in Russian Poetics: Formalist and Structuralist Views*, Michigan Slavic Publications, 1978.

Russian Formalism: A Retrospective Glance/A Festschrift in Honor of Victor Erlich, New Haven: Yale Center for International and Area Studies, 1985.

Samuel, D. Eisen, "Whose Lenin Is It Anyway? Viktor Shklovsky, Boris Eekhenbaum and the Formalist-marxist Debate in Soviet Cultural Politics (A View from the Twenties)", *Russian Review*, Vol. 55, No. 1 (Jan.), 1996.

Steiner, Peter, *Russian Formalism. A. Metapoetics*, Ithaca, NY: Cornell University Press, 1984.

后　记

处暑，终于可以与炎热的长夏就此别过，这本书也到了收尾的时候。

2003年进入中国社会科学院研究生院攻读博士学位期间，我开始关注俄罗斯形式论学派。在系统阅读相关书籍之后，我决定将艾亨鲍姆的文艺理论思想作为博士学位论文选题。博士毕业后，我也未曾放弃对这一课题的研究。研究一个文论学派的代表人物，不仅要将其放到整个流派之中做横向比较，还需要将其放到当时的社会文化背景中做纵向考察，这些都要求研究者具备扎实的文论功底和开阔的学术视野，需要不断关注前沿信息，更新理论储备，只有这样，研究者才能有新的领悟。我的理论基础知识比较薄弱，在写作本书的过程中，遇到过不少困难，也产生过烦躁苦闷的情绪，所幸遇到许多恩师和朋友，得益于他们的关心和帮助，我才能顺利完成这部书稿，在此一并表示由衷的感谢！

首先要感谢我的导师——浙江大学人文学院周启超教授。导师学识渊博，治学严谨，又平易近人。在我求学期间，从对博士学位论文选题的确立、资料的搜集、结构的设计到论文的修改，他都给予了悉心指导；在我工作后，每次开会遇见，他都会关切地了解我的科研情况,提醒我关注科研动向和学术会议信息,这些督促和教诲激励着我在科研的道路上前行,不敢懈怠。

其次要感谢无私帮助过我的老师们!中国社会科学院外文所的吴元迈研究员、吴晓都研究员、苏玲研究员不吝赐教的学术风范、慷慨无私的帮助都令我永志难忘;北京外国语大学的白春仁教授为我的论文提出了许多宝贵的修改意见,讲授的洛特曼文艺理论课让我获益匪浅;北京师范大学的张冰教授在百忙之中为我梳理论文写作思路,提出许多建设性意见;夏忠宪教授的热情鼓舞和亲切关怀令我倍感温暖;华东师范大学的陈建华教授、南京大学的王加兴教授、山东大学的李建刚教授对我的博士学位论文提出了诸多富有启发性的建议,对我的研究工作给予了莫大的关心和支持。

在此还要感谢两位已故恩师。一位是我的硕士导师,南京大学余一中教授。对我而言,余老师亦师亦父,他教会我如何规范写作,引领我走上学术科研之路;他胸怀坦荡、光明磊落,教会我做人的道理;另一位是苏州大学陆肇明老师。我刚参加工作时,有幸结识陆老师。他非常关心我的成长,赠送我学术书籍,传授我教学方法,使我尽快适应了教学工作。

感谢苏州大学对书稿付梓提供的有力支持;感谢中国社会科学出版社的刘志兵编辑,他对本书从形式到内容上,都提出不少中肯意见,为本书的顺利出版付出了辛勤的劳作。

感谢同事们在工作上给我提供友好的帮助,让我体会到集体大家庭的温暖,与他们在工作上和科研上的交流使我提升了教学能力,拓展了学术视野。

感谢我的父母和家人,他们一直默默地支持我,包容我,是我坚强的后盾,使我无须为生计奔波,能够全身心投入研究。

科研之路,道阻且长。踏上这条充满艰辛的寂寞求索之路,我时常提醒自己要常怀畏惧之心,秉持求真求实的态度。但是,由于才疏

后 记

学浅，学术积累并不深厚，我在写作过程中常有捉襟见肘之感，对有些术语的理解也并不到位，难免会有不足和疏漏之处，真诚希望各位专家学者提出宝贵的意见和建议，我会以此为动力，将对俄罗斯文论的研究继续深入下去。

李冬梅

2022 年 8 月